2021年重庆师范大学学术专著出版基金资助(21XCB01)

百年汉赋研究史论

以中国为中心

杨海霞 著

中国社会科学出版社

图书在版编目（CIP）数据

百年汉赋研究史论：以中国为中心 / 杨海霞著. 北京：中国社会科学出版社，2025. 6. -- ISBN 978-7-5227-4336-3

Ⅰ. I207.22

中国国家版本馆CIP数据核字第2024X1K340号

出 版 人	赵剑英
责任编辑	王小溪
责任校对	李　云
责任印制	戴　宽

出　　版	中国社会科学出版社
社　　址	北京鼓楼西大街甲158号
邮　　编	100720
网　　址	http://www.csspw.cn
发 行 部	010-84083685
门 市 部	010-84029450
经　　销	新华书店及其他书店

印　　刷	北京君升印刷有限公司
装　　订	廊坊市广阳区广增装订厂
版　　次	2025年6月第1版
印　　次	2025年6月第1次印刷

开　　本	710×1000　1/16
印　　张	14.25
字　　数	194千字
定　　价	79.00元

凡购买中国社会科学出版社图书，如有质量问题请与本社营销中心联系调换
电话：010-84083683
版权所有　侵权必究

目　录

绪　论 …………………………………………………………… 1

第一章　古代赋学研究概况 ………………………………… 4

　　第一节　两汉时期 ………………………………………… 5
　　第二节　魏晋南北朝时期 ………………………………… 24
　　第三节　唐宋元时期 ……………………………………… 43
　　第四节　明清及近代时期 ………………………………… 61

第二章　百余年来汉赋研究概况 …………………………… 82

　　第一节　20 世纪初至 40 年代末 ………………………… 82
　　第二节　20 世纪 50 年代至 70 年代末 …………………… 86
　　第三节　20 世纪 80 年代至今 …………………………… 94
　　第四节　小结 ……………………………………………… 102

第三章　汉赋否定论者 ……………………………………… 116

　　第一节　文学史中的汉赋观 ……………………………… 116
　　第二节　王缵叔 …………………………………………… 120
　　第三节　郑在瀛 …………………………………………… 122
　　第四节　姜书阁 …………………………………………… 126
　　第五节　马积高 …………………………………………… 128

第六节　小结 …………………………………………… 132

第四章　汉赋肯定论者 ……………………………………… 134
　　　第一节　龚克昌 …………………………………………… 134
　　　第三节　郭芳、徐声扬、金荣权 ………………………… 145
　　　第四节　顾绍炯、张志岳 ………………………………… 149
　　　第五节　小结 ……………………………………………… 151

第五章　汉赋艺术论者 ……………………………………… 154
　　　第一节　朱一清、章沧授、康金声 ……………………… 155
　　　第二节　万光治、何新文、冯俊杰 ……………………… 157
　　　第三节　小结 ……………………………………………… 161

第六章　百余年来海外汉赋研究 …………………………… 164
　　　第一节　百余年来海外汉赋研究概述 …………………… 164
　　　第二节　康达维的汉赋研究 ……………………………… 167
　　　第三节　百余年来海外其他汉赋研究者 ………………… 193
　　　第四节　小结 ……………………………………………… 200

第七章　结语　203
　　　第一节　百余年来汉赋研究的特点 ……………………… 203
　　　第二节　汉赋研究的展望 ………………………………… 211

参考文献 ………………………………………………………… 216

后　记 …………………………………………………………… 222

绪 论

赋在中国辞赋史上具有重要的地位，在中国文学史上产生过重大的影响。汉赋作为中国古代文学中的一种特殊体裁，在诗歌、散文、戏曲、小说诸文体中独树一帜。然而千百年来，人们对汉赋却没有给予充分的重视和研究，甚至产生了很多不同的意见。尤其是在中华人民共和国成立后，人们视其为古代文化中的糟粕，认为它是粉饰太平的宫廷文学。从 20 世纪 20 年代至今的百余年来，汉赋的价值渐为人们所窥见，学者们开始多角度地进行研究，赋篇宏大的结构、华美的语言、虚构夸张的浪漫主义创作手法成为学者们研究的重心。这一时期的汉赋研究起着承上启下的重要作用，它较之以往的汉赋研究角度更加广阔，更为后来的汉赋研究活动积累了宝贵的经验。本书即试图对此时期涉及汉赋研究的论著作一全面深入的分析、考述。

不谋全局者，不足谋一域。在对 20 世纪至今百余年来的赋学研究梳理之前，本书第一章首先简要回顾了既往先贤学者对古代赋学的研究概况，以期为本书的主体内容提供宏大的叙事背景。

第二章将百余年来的汉赋研究按时间顺序划分为 20 世纪初至 40 年代末、20 世纪 50 年代至 70 年代末、20 世纪 80 年代至今三个大的历时阶段，并对汉赋研究的基本情况和本书的基本结构进行简要的概述，对百余年来汉赋研究的状况进行简要的说明和历史梳理。

第三章到第五章是在百余年来历时梳理的基础上，对汉赋研究价值判断的共时考察。其中，第三章主要介绍汉赋否定论者的观点，这一时段对汉赋持否定观点的论者可分为两类：一类是对汉赋持全盘否定的态度，这一类论者在汉赋研究领域占少数；一类是对汉赋某一方面的缺陷提出批判。这一类论者是汉赋否定论中的主流。主要代表有王缵叔、郑在瀛、姜书阁、马积高等，80年代文学史教材中涉及汉赋的章节，他们都对汉赋给予了很低的评价。第四章介绍汉赋肯定论者的观点，他们从汉赋产生的时代背景和文学发展的历程出发，对汉赋的价值和地位进行了重新评价和认可，主要代表有龚克昌、郭芳、顾绍炯、张志岳等。第五章介绍汉赋艺术论者的观点，他们从艺术特色、审美特征、美学的角度研究汉赋的价值，对汉赋的评价多持一种客观而公正的态度，对汉赋的艺术价值进行了有益的探索，为本时段的汉赋研究开拓了新的维度。汉赋艺术论者在汉赋研究史上占据了重要的地位，主要代表有朱一清、万光治、章沧授、康金声、何新文、冯俊杰、刘斯翰、简宗梧、曹淑娟等。

从全局谋划一域，以一域服务全局。只有站在世界舞台上才能看清全貌，虽然本书是以中国为中心探讨百年来汉赋研究，但是对海外赋学研究的成果和批评不能视而不见。

第六章对百余年来海外汉赋研究进行了梳理，对海外汉赋研究的译介阶段和零散研究阶段进行了简要介绍，重点整理研究了美国汉学家康达维及其之后的系统汉赋研究成果。

第七章对这一时期的汉赋研究特点进行简要的概述，并表明本书的观点。百余年来汉赋研究角度更加开阔，将新方法引入汉赋研究中，更从美学的角度对汉赋进行了有益的探索。通过对百余年来以中国为中心的赋学研究状况的梳理，本书认为汉赋是我国文学发展史和世界文学史上不可或缺的一环，只有把汉赋放到文学史、韵文史中进行横向的比较和考察，才能对汉赋的价值和地位作出客观而公正的评价。

第一章　古代赋学研究概况

赋是中国文学史上一种独具特色的文学体裁，有着悠久的历史和丰硕的创作成果。在大汉帝国特定的历史背景下，汉赋不仅在政治、经济和文化方面产生了重大的影响，还对我国古代文学创作的形成、发展和成熟作出了特殊的贡献。它的体式独特、辞采华美、用途广泛，享有作品被全文大量收录进正史的殊荣。即使是在今天，汉赋也以其典雅奥博、艳丽浑厚的艺术特色成为中国古典文学作品中的一朵奇葩。

长久以来，这种重要的文体存在着巨大的争议。西汉的扬雄认为写作汉赋是"童子雕虫篆刻"，因而发誓从此再也不写汉赋；南朝的沈约却称赞汉赋有着"英辞润金石，高义薄云天"的神奇魅力。不仅如此，相对于同时韵文的诗，以及后起的词、曲，汉赋的研究没有受到足够的重视，古代学者对汉赋的评论也散落在各种文学批评史中。20世纪二三十年代，许多学者对汉赋研究给予了一定的重视，例如鲁迅、谢无量、郑振铎、刘永济、郭绍虞、刘大杰等。20世纪40—70年代，汉赋研究只在游国恩、余冠英等编写的文学史教材中略有涉及，汉赋研究几乎处于沉寂状态。然而令人惊奇的是，到了80年代，赋学蓦然复兴，学界对汉赋的研究呈现出空前的繁盛局面。

汉赋在中国文学发展的历史上产生过重大的影响，但千百年来，学者们对汉赋的批评与评价存在着巨大的分歧。此外，从20世纪初至中华人民共和国成立前后，学界对汉赋的研究几乎处于停滞状态。有鉴于此，本书先对以往的汉赋研究情况作简要的梳理。

第一节　两汉时期

两汉既是汉赋的产生时代，同时也是汉赋批评研究的开创与奠基时代。在这一时期，研究汉赋的代表人物有：司马迁、扬雄、刘向刘歆父子、王充、西汉帝王、班固、蔡邕等。他们或以诗学之美刺观为准绳评价汉赋，或以"赋迹""赋心"说评价汉赋的艺术技巧和浪漫主义手法，或对汉赋的艺术美持十分肯定的态度。两汉时期的汉赋研究主要有三个特点。

第一，颂美、讽谏说贯穿始终。汉人评价《诗经》不外乎美、刺两端，同样的，汉人在评价汉赋时也借鉴了诗学的美刺理论。司马迁评价汉赋以美刺为标准，称赞司马相如赋有讽谏色彩；班固评汉赋亦以美刺为标准，称赞汉赋作品"抒下情而通讽谕""宣上德而尽忠孝"。此外，扬雄、王充、蔡邕在评价汉赋作品时也是以美刺为标准的。

第二，汉赋艺术论萌芽。司马迁以"赋迹""赋心"说评论汉赋，在艺术上肯定了汉赋的浪漫主义表现手法。汉武帝刘彻、汉宣帝刘询、汉灵帝刘宏等皆对汉赋的艺术技巧十分欣赏。他们对汉赋艺术美感的肯定，虽然在当时并非主流的汉赋观，但为后世学者研究汉赋开辟了新的维度。

第三，编录工作规模庞大，注释工作初见端倪。西汉末年的刘向、刘歆父子对900余篇汉赋进行了分类和整理，班固的《汉书》也收录了汉赋作品，这给后世学者研究汉赋提供了宝贵的资料。自班昭为其兄班固的《幽通赋》作注以后，汉代的郑玄、胡广、刘德、李奇等纷纷开始为赋作注。这为六朝和唐代为赋作注奠定了基础。

司马迁不仅是西汉时期伟大的史学家、文学家、思想家，同时也是真正意义上汉赋研究的第一人。司马迁对汉赋的评论极其简要，却对当时的汉赋研究，乃至其后两千多年的汉赋研究都具有示范价值和开创之功。

《史记》中辑录了大量的汉赋文献资料，记载了西汉赋家贾谊、枚乘、庄忌、邹阳、公孙诡、司马相如、羊胜等的生平资料，这为后人研究上述赋家的思想性格和赋作意蕴提供了宝贵的资料。《史记》还系统地收集和整理了司马相如和贾谊的赋作，并阐述了其作赋前后的经过。如记载司马相如《大人赋》的创作经过，其本意是劝阻汉武帝求仙，不料汉武帝被华美的辞藻吸引，"大说，飘飘有凌云之气，似游天地之间意"，没有达到其讽谏的意义。《史记》中还记录了汉初文学团体的活动。《史记·司马相如列传》记载了司马相如为了创作满意的赋作，寻觅志同道合的辞赋家，宁愿放弃官职，最后创作出了举世闻名的《子虚赋》，而后因该赋作受到汉武帝的召见和赏识。《史记·鲁仲连邹阳列传》记载了梁孝王门下聚集了司马相如、邹阳、庄忌、枚乘、羊胜、公孙诡等汉赋作家，他们著文写赋、曲水流觞、彼此唱和，形成了辞赋创作的文学团体，极大地促进了汉代辞赋的繁荣。

司马迁的汉赋观。司马迁的《史记》不仅收集了丰富的有关汉赋的文献资料，而且发表了一些汉赋评论，可谓汉赋研究第一人。首先，对汉赋渊源和辞赋关系的理解。司马迁将屈原和贾谊合传，称屈原"乃作《怀沙》之赋"，以赋称屈原的楚辞作品；后称贾谊"为赋以自广""为赋以吊屈原"，称《鵩鸟》《吊屈原》为赋。由此可见，在司马迁看来，楚辞和汉赋是没有区别的，楚辞和汉赋都可以被称作"赋"。《史记·屈原列传》云："屈原既死之后，楚有宋玉、唐勒、景差之徒者，皆好辞而以赋见称。"这里"辞"非楚辞，而是指修饰之文辞。对于楚辞体和汉赋文学作品，司马迁一概称为"赋"。他认为无论在作品的精神实质还是在艺术结构层面，汉赋都是直承楚辞而来，两者无本质区别。司马迁对楚辞和汉赋概念的模糊对后世汉赋观产生了重大的影响，《汉书·艺文志》将楚辞和汉赋并在一起，统称为"赋"，今人郭沫若《屈原赋今译》、姜亮夫《屈原赋校注》、刘永济《屈赋通笺》将屈原作品称为"赋"。其次，强调汉赋的讽谏功能。《史记·司马相如列传》曰："其（《天子游猎赋》）卒章归之于节俭，因以风谏。"又曰："《春秋》推见至隐，《易》本隐之以显，《大雅》言王公大人，而德逮黎庶，《小雅》讥小己之得失，其流及上。所以言虽外殊，其合德一也。相如虽多虚辞滥说，然其要归引之节俭，此与诗之风谏何异？"又云："《子虚》之事，《大人》赋说，靡丽多夸，然其指风谏，归于无为。"太史公认为司马相如的赋作合乎"德"（伦理规范），只是与《诗经》在表现方式上有所不同，但在讽谏君主方面无本质区别。太史公贯彻讽谏的标准，《史记》中收录的大量作品都具有很强的讽谏性。

此外，在肯定汉赋讽谏性的社会功用外，司马迁也批评了汉赋的文辞华丽和夸张虚构。《史记·司马相如列传》和《史记·太史公自序》都曾提及司马相如赋作"虚辞滥说""靡丽多夸"，描写天子、诸侯之事"奢靡过其实"，是指其言辞过于虚构和夸大。最后，在对汉赋作品的解读方面，司马迁往往能"知人论世"。他联系赋家的生平和亲身经历，能够设身处地揣摩作家在创作时的思想倾向和情感状态，因而在评价汉赋作品和理解作品主旨时会更加中肯。

司马迁最早对汉赋作品进行了批注和解析，堪称汉赋研究的开拓者和奠基者，其垂范后人，对后世的汉赋研究产生了深远的影响。

扬雄是西汉末年著名的文学家、赋家、哲学家，同时也是影响深远的汉赋研究者。他的汉赋观分为前、后两个时期，早年间创作了大量的汉赋作品，晚年间"辍而不为"，称其为"童子雕虫篆刻"，而"壮夫不为"。扬雄的汉赋观主要体现在三个方面。

第一，将讽谏功能作为评价汉赋的唯一标准。扬雄早年创作了《羽猎赋》《甘泉赋》《长杨赋》《河东赋》四大名赋，其创作均具有很强的现实针对性，讽谏意图明显。相较于司马相如的赋作，篇幅短小，意在讽谏和说理。在扬雄看来，讽谏功能是汉赋安身立命之根本，而若汉大赋起不到讽谏的作用，所以便"辍而不为"，放弃了汉大赋的创作。扬雄以儒家经世致用的文学观念评价汉赋，对后世汉赋评论家影响甚大。一方面，强调汉赋作家应该承担劝诫的社会责任、汉赋作品应该具备讽谏的社会功能的文学评论家，大都会打出扬雄的旗号；另一方面，汉赋否定论者都会将扬雄视为权威。

第二，扬雄从现实主义出发，对汉赋的"丽"的特点给予了一定程度的肯定。

> 或问：景差、唐勒、宋玉、枚乘之赋也益乎？曰：必也淫。
> 淫则奈何？曰：诗人之赋丽以则，辞人之赋丽以淫。如孔氏之门用赋也，则贾谊升堂、相如入室矣。如其不用何？[1]

扬雄在对赋家的身份才学、思想倾向和风格趣旨作了梳理后，再对作品的思想内容、艺术特色和社会功能作了综合的分析，将赋

---

[1] （汉）扬雄著，汪荣宝撰，陈仲夫点校：《法言义疏》，中华书局1987年版，第49—50页。

作分为"诗人之赋"和"辞人之赋"。"丽"是这两类赋作共有之特点，主要是指辞藻华丽、富于文采、结构匀称。在扬雄之前，司马迁曾评价司马相如的赋作为"靡丽多夸"，那是对具体作家作品的评价，而扬雄对此前所有赋家的作品进行了综合评价，具有很强的普遍性和抽象性。扬雄认为"诗人之赋丽以则"，赋作之"丽"必须合乎"则"，即儒家的思想原则和道德规范，否则便是"淫丽""靡丽""侈丽"，失去了价值和意义。由此观点出发，扬雄对丽辞雅义的"诗人之赋"予以了充分的肯定，对繁华损枝的"辞人之赋"表达了充分的不满，这也是他经世致用文学评论观的体现。

第三，神化与模拟。"神化"，直承司马迁之"赋心"说，即一种出神入化的浪漫主义精神，是扬雄早期的汉赋观，他在《与桓谭书》中说：

> 长卿赋不似从人间来，其神化所至邪？大谛能读千赋，则能为之。谚云：伏习象神，巧者不过习者之门。①

扬雄早期推崇汉赋超越时空、自由驰骋、出神入化、纵横天地的艺术境界和浪漫主义表现手法，而且博览群书、熟习揣摩、模仿创作。这种重视知识积累、奠定良好创作基础的创作经验，对后人的文学创作产生了深远的影响，所谓"熟读唐诗三百首，不会作诗也会吟"大抵也是受此启发。总之，儒家经世致用的文学观是扬雄汉赋观的基础，讽谏说则是扬雄汉赋观的主体，其"神化"说、"丽则"与"丽淫"说等汉赋价值论前后期有着巨大的差异，主要也是由其性格特点、所处时代决定的。

最早载录汉赋作品的是司马迁的《史记》，而最早对当时所有

---

① （汉）扬雄著，张震泽校注：《扬雄集校注》，上海古籍出版社1993年版，第274页。

汉赋进行整理和编录的却是西汉末年的刘向刘歆父子。《汉书·艺文志·总序》云："成帝时，以书颇散亡，使谒者陈农求遗书于天下。诏光禄大夫刘向校经传诸子诗赋，步兵校尉任宏校兵书，太史令尹咸校数术，侍医李柱国校方技。每一书已，向辄条其篇目。"可见，除此之外，刘向刘歆父子还对赋作进行了一次系统的归纳和分类工作，将周秦西汉时期的赋分成屈原赋之属、陆贾赋之属、孙卿赋之属、杂赋，并在此基础上对周秦西汉时期的赋作了整体评价：

> 《传》曰："不歌而诵谓之赋，登高能赋，可以为大夫。"言感物造耑，材知深美，可与图事，故可以为列大夫也。古者诸侯卿大夫交接邻国，以微言相感，当揖让之时，必称《诗》以谕其志，盖以别贤不肖而观盛衰焉。故孔子曰"不学《诗》，无以言"也。春秋之后，周道浸坏，聘问歌咏，不行于列国，学《诗》之士，逸在布衣，而贤人失志之赋作矣。大儒孙卿及楚臣屈原，离谗忧国，皆作赋以风，咸有恻隐古诗之义。其后宋玉、唐勒，汉兴枚乘、司马相如，下及扬子云，竞为侈丽闳衍之词，没其风谕之意。是以扬子悔之，曰："诗人之赋丽以则，辞人之赋丽以淫。如孔氏之门用赋也，则贾谊登堂，相如入室矣，如其不用何？"自孝武立乐府而采歌谣，于是有代、赵之讴，楚、秦之风，皆感于哀乐，缘事而发，亦可以观风俗，知薄厚云。序诗赋为五种。[①]

刘向刘歆父子探讨了赋的起源及性质，阐明了赋源于诗，认为辞赋兴起的直接原因是礼崩乐坏，传统的道德标准和礼乐制度被打破，原来的文人志士流落民间，于是产生了以屈原、荀卿为代表的"贤人失志之赋"。刘向父子也强调赋作的讽谏功能，对"作赋以风"

---

① （汉）班固著，（唐）颜师古注：《汉书》，中华书局1962年版，第1756页。

的荀子、屈原大加赞赏，对于"没其风谕之意"的"辞人之赋"十分不满。总之，刘向刘歆父子是历史上最早对当时所有赋作进行编录和整理的学者，他们对汉赋研究作出了独特的贡献。

西汉帝王大量招揽辞赋作家，组织群体创作活动，对优秀的赋作予以表彰，虽然他们自身无太多的赋作和赋论发表，但对汉赋创作的繁荣和昌盛起到了促进作用，也有利于汉赋研究的兴起。西汉初期吴王刘濞、淮南王刘安、梁孝王刘武常招揽宾客数千，鼓励辞赋创作，奖优罚劣，附庸风雅，客观上为汉赋创作走向繁荣做好了铺垫。此后，汉武帝、汉宣帝、汉成帝更直接促进了汉赋创作走向繁荣。

汉武帝也大力招揽辞赋作家，汉赋在他的推动之下全面走向繁荣。《史记·司马相如列传》载："居久之，蜀人杨得意为狗监，侍上。上读《子虚赋》而善之，曰：'朕独不得与此人同时哉！'得意曰：'臣邑人司马相如自言为此赋。'上惊，乃召问相如。"汉武帝对司马相如的《子虚赋》大加赞赏，甚至误以为是前代贤人的作品，足见其对此赋的评价之高。《史记·司马相如列传》又云："相如曰：'有是，然此乃诸侯之事，未足观也。请为《天子游猎赋》，赋成奏之。'上许，令尚书给笔札……奏之天子，天子大悦。……赋奏，天子以为郎。"汉武帝读《天子游猎赋》后大悦，较之《子虚赋》更加喜爱了，还封司马相如为"郎"。《天子游猎赋》延续了《子虚赋》夸张铺陈的描写，将华丽、新奇、宏富的艺术境界推向极致，符合大汉帝国空前统一、经济繁荣、文明昌盛的客观事实，更符合汉武帝偏重享受的评价观。汉武帝不仅懂赋、赏赋、爱赋，还组织文人进行汉赋创作，所以也是汉赋创作的组织者、策划者和领导者，他本人也积极参与汉赋创作，创作了《李夫人赋》《秋风辞》。汉武帝的贡献对汉赋成为一代之文学起到了决定性的作用。

汉宣帝刘询、汉成帝刘骜之汉赋观，都与其祖汉武帝一脉相承，但也有创新之处。汉宣帝对汉赋的社会功用有着更为全面的认可。《汉书·王褒传》："议者多以为淫靡不急，上曰：'不有博奕者乎？为之犹贤乎已！辞赋大者与古诗同义，小者辩丽可喜。辟如女工有绮縠，音乐有郑卫，今世俗犹皆以此虞说耳目，辞赋比之，尚有仁义风谕，鸟兽草木多闻之观，贤于倡优博奕远矣。'"这是汉宣帝汉赋观之精彩呈现，肯定了汉赋的三种社会功用。

第一，讽谕教化的功能。汉宣帝认为汉赋"大者与古诗同义"，且"尚有仁义风谕"，汉赋与《诗经》一样具有讽谏功能，能够宣扬儒家思想的仁义思想和伦理道德。汉宣帝的这种思想承接了司马迁"相如虽多虚辞滥说，然其要归引之节俭，此与诗之风谏何异"（《史记·司马相如列传》）的汉赋观，也在一定程度上提高了汉赋的社会地位。

第二，汉赋具有认识功能。"鸟兽草木多闻之观"，是指汉赋作品大肆描绘景观，摹状现场，铺写名物，以展现客观世界的丰富多彩，展现大汉帝国的繁荣和昌盛，体现赋家非凡的想象力和无与伦比的文学修养与博学才气。这就造就了汉赋作品里名物繁多、辞藻繁复，读之能增长知识和见闻，有助于文学创作。这种观点古已有之，孔子曾说："小子何莫学夫《诗》？《诗》可以兴，可以观，可以群，可以怨，迩之事父，远之事君，多识于鸟兽草木之名。"（《论语》）汉宣帝对汉赋作品认识功能的肯定，契合了孔子对《诗经》的评价。

第三，审美娱乐功能。汉宣帝认为汉赋作品辞藻华美、音律和谐，天马行空驰骋的想象具有很强的艺术感染力，读之令人心生美好，心情愉悦。汉宣帝置儒家传统观点于不顾，大胆地将汉赋与"郑卫之声"和"害女工"之"绮縠"相提并论，并明确肯定了汉赋之"辩丽可喜"。这也体现了汉宣帝能冲破传统观念的束缚，从世俗的审美出发，对汉赋的审美功能予以积极的肯定。今日看来，文学作品的审美功能和艺术感染力是其区别于其他社会科学的关键因素，也是文学作品之所以为文学作品的首要条件。文学作品所具有的讽谕教化的社会功能和认识功能也只有通过其审美功能和艺术感染力才得以实现。可见,汉宣帝的汉赋观全面而深刻,已达到了很高的理论水平。

汉成帝的汉赋观延续了汉武帝、汉宣帝重视汉赋的艺术审美功能。他对汉赋研究的最大贡献体现在其责令刘向等人典校和整理含汉赋在内的所有的文化典籍上,这使汉赋在历史上第一次得到了大规模的整理、搜集、分类、编录,大大促进了汉赋作品的研究和传播。

东汉时期的王充是杰出的唯物主义思想家和文学评论家。他的汉赋观主要有三个特点。

第一,否定了汉赋浪漫主义创作手法,并抨击其为"虚妄"之言。东汉初年,整个社会弥漫着"张皇鬼神,称道灵异"的气氛,王充向这种谶纬神学和宗教迷信思想发起了猛烈的攻击,创作了哲学著作《论衡》。他创作《论衡》的目的是倡导真实、清明、实用、纯净的社会风气,抨击虚假、欺骗、迷妄、惑乱的不良社会风气。在王充看来,汉赋作品中存在着"虚妄"的成分,他在《谴告篇》中说:

> 孝武皇帝好仙,司马长卿献《大人赋》,上乃仙仙有凌云之气。孝成皇帝好广宫室,扬子云上《甘泉赋》,妙称神怪,若曰非人力所能为,鬼神力乃可成,皇帝不觉,为之不止。长卿之赋,如言仙无实效;子云之颂,言奢有害。孝武岂有仙仙之气者,孝成岂有不觉之惑哉?然即天之不为他气以谴告人君,反顺人心以非应之,犹二子为赋颂,令两帝惑而不悟也。①

---

① (汉)王充:《论衡》,《四部丛刊初编》,景印上海涵芬楼藏明通津草堂刊本,第437册,第24—25页。

王充以"真实"为评价标准,批评了司马相如的《大人赋》"言仙无实效"、扬雄的《甘泉赋》"言奢有害",否定了汉赋作品中夸张虚构的浪漫主义手法,但王充将赋纳入"虚妄"的范围予以批判,则又滑向了偏执的一端。

第二,批判汉赋夸张靡丽的语言风格。在《论衡·超奇篇》中,王充用核实和皮壳、羽毛和肢体、根株和荣叶等作比喻,阐明内容和形式互为表里、不可分割的关系。他认为,形式是内容的外在表现形式,内容离不开形式;内容决定形式,形式也离不开内容;只有内容与形式的相互统一,才能达到理想的艺术境界,才能达到"夺于心肝"的艺术效果。从真与美、文与质相协调统一的创作原则出发,王充对汉赋作品里典重繁复的语言提出了尖锐的批评:

> 夫口论以分明为公,笔辩以获露为通,吏文以昭察为良。深覆典雅,指意难睹,唯赋颂耳。①

王充认为无论是口头语言、辩论文字还是应用型的公文写作,都应该明白晓畅、传情达意。他认为汉赋作品的语言深奥繁复、典重古雅、晦涩难懂。王充对汉赋作品卖弄学问、搜罗文字、故作艰深的创作方法的批评,具有一定的科学性和合理性,而对于汉赋靡丽之辞,王充也同样不以为然:

> 以敏于赋颂,为弘丽之文为贤乎?则乎司马长卿、扬子云是也。文丽而务巨,言眇而趋深,然而不能处定是非,辩然否之实。虽文

---

① (汉)王充:《论衡》,《四部丛刊初编》,景印上海涵芬楼藏明通津草堂刊本,第440册,第130页。

如锦绣，深如河、汉，民不觉知是非之分，无益于弥为崇实之化。①

王充认为汉赋语言华丽，体制庞大，用意隐晦，难以让人明辨是非，尽管"文如锦绣""深如河、汉"，但华美的语言如果不能恰当地表达作者的思想情感，那有什么实际用处呢？王充从文以载道、文质相称的角度批评汉赋靡丽之辞有一定的合理性，但忽视了汉赋语言的艺术美，他的汉赋观也存在片面性。

第三，强调汉赋讽谏和颂美的社会功能，主张文为世用。王充在《论衡·自纪篇》中指出："为世用者，百篇无害；不为用者，一章无补。"可见，王充的文艺观是反对浮华，崇尚实用，他对汉赋提出了两大任务——讽谏和颂美。王充认为汉代帝王的功绩已经远远超过唐虞三代，政治上空前统一、繁荣昌盛的大汉帝国是值得赞美和颂扬的，于是对汉赋作品的颂美功能他是予以肯定的。对于汉赋的讽谏功能，王充在《谴告篇》中指责《甘泉颂》和《大人赋》言辞过于繁复和夸张，无法达到"谴告人君"的劝诫效果，反而使君王"仙仙有凌云之气"，"令两帝惑而不悟"。他还批判了汉赋作品的言辞太过含蓄，闪烁其词，以致欲讽反劝，无法达到讽谏的目的。在王充看来，言辞只有激切刚烈、直抒胸臆、直露其文，才能真正达到讽谕的目的。总之，王充的汉赋观延续了司马迁的讽谏说和颂美说，也未能超越汉儒之美刺说，体现了儒家经世致用的文学思想。

班固是我国东汉时期著名的思想家和文学家，著有我国第一部纪传体断代史《汉书》，与司马迁一起被称为"班马"。在汉赋方面，他创作了《两都赋》《竹扇赋》《答宾戏》《幽通赋》等赋作，与司马相如、扬雄、张衡被合称为"汉赋四大家"。班固对汉赋研究的贡献

---

① （汉）王充:《论衡》,《四部丛刊初编》，景印上海涵芬楼藏明通津草堂刊本，第440册，第59页。

主要体现在两个方面。一是，汉赋资料的整理和保存。《汉书》采用了《史记》的编纂体例，收录了西汉主要的赋家，为汉赋研究提供了重要的资料。二是，《汉书》不仅收录了西汉时期的赋作，还对西汉赋作进行了理论批评和价值评判，形成了具有时代特征和个人色彩的汉赋观。班固的汉赋观主要见于《离骚序》《汉书》和《两都赋序》，其主要概括为以下几方面。

第一，汉赋的性质渊源。班固《两都赋序》云："或曰'赋者，古诗之流也'。"这里引用前人之语指出汉赋是从《诗经》发展而来的，与"诗"属于同一源流。这一论点虽非班固首创，但经过他的阐发，在汉赋研究史上产生了较为深远的影响。赋虽源于诗，但也存在着区别。在《汉书·艺文志》中，班固引用了刘向"不歌而诵谓之赋"的说法，指出诗和赋的区别是：诗可以合乐而唱，赋则不歌而诵。班固与司马迁、刘向、刘歆等文艺理论家一样，视屈原等的作品为赋，且辞、赋不分。班固对屈原的作品极其推重，他认为："后世莫不斟酌其英华，则象其从容。自宋玉、唐勒、景差之徒，汉兴，枚乘、司马相如、刘向、扬雄，骋极文辞，好而悲之，自谓不能及也。"（《离骚序》）班固将屈原奉为"辞赋之宗"，言屈作胜过所有汉赋作家。现代的研究者认为，赋继承了诗歌的对仗、用韵等特点，但又从诗歌中脱离出来，成为一种介于诗歌和散文之间的新文体。可见，班固之谓汉赋"古诗之流""不歌而诵"、《离骚》"辞赋宗"等关于汉赋性质渊源的探讨对后世学者研究汉赋的起源和文体性质提供了借鉴。

第二，分析了汉赋兴盛的缘由。首先，班固认为汉赋的兴盛得益于前代文学的滋养。汉赋的颂美和讽谏功能是从《诗经》的《雅》和《颂》发展而来，而其华丽的辞藻和宏大的体制则是得益于楚辞。其次，汉代社会的安定和平为汉赋的兴盛提供了外在环境条件。班固认为"众庶悦豫""福应尤盛"，即社会安定、百姓和乐，王泽广被、祥瑞频生是汉赋得以萌生、成长和昌盛的外在条件。最后,班固认为汉代帝王的提倡和文人竞相作赋是汉赋得以兴盛的直接原因。《汉书·艺文志》《司马相如传》《枚乘传》《王褒传》《礼乐志》等记载了汉武帝、汉宣帝招揽大批汉赋作家,建立各种文化激励制度,组织和参与汉赋创作,直接促进了汉赋创作的兴盛局面。

第三,强调汉赋的社会功能。在经学昌盛的汉代,说诗不外乎"美""刺",说赋不外乎颂美和讽谏。所谓"宣上德而尽忠孝""抒下情而通讽谕",作为正统儒学家和历史家的班固,更是用儒家经世致用的观念评价汉赋,但在班固的汉赋观中体现出了强调颂美、弱化讽谏的倾向,这与其所处的社会环境有关。班固赞扬汉赋符合社会的发展和时代的需要,称其"颂大汉之天声",他本人也创作了《两都赋》来歌颂汉帝国繁荣昌盛。对于汉赋的讽谏功能,班固却稍显弱化,主要由于他生活的时代社会安定,经济复苏,且又出生于世家大族,所以对于帝王的讽谏大多是"以礼谏君""辞意顺笃"。

第四,高度评价了汉赋的历史地位。在中国古代文学史中,对汉赋作系统、全面分析和研究,并予以肯定评价的寥寥无几。班固就是其中一位。他将汉赋与《诗经》作比附,认为其"或以抒下情而通讽谕,或以宣上德而尽忠孝,雍容揄扬,著于后嗣,亦雅颂之亚也"(《两都赋序》)。班固受司马迁汉赋观的影响,认为汉赋作品与《诗经》一样,具有讽上和化下两种社会功能。在汉代,经学昌盛,而《诗经》是五经之一,享有非常高的社会地位,班固将汉赋与《诗经》比附,也是肯定汉赋的社会地位。

第五,探讨了汉赋作品的创作原则。班固在《两都赋》中称赞东郡主人"义正乎扬雄,事实乎相如","义正"和"事实"的创作由此提出,所谓"义正",即创作要符合儒家的伦理规范,不偏不倚;所谓"事实",即创作要符合客观事实,不夸诞、不虚妄。以"义正"和"事实"为标准,班固对汉赋作品中出现的夸张的浪漫主义创作手法以及繁复华美的语言予以批评。班固《汉书》延续了司马迁《史记》品评赋家赋作的传统，在品评司马相如赋、枚皋赋、扬雄赋时更创立了新的品评方法和角度。总之，纵观两汉，班固是最全面、最深入、最系统、最完善研究汉赋的学者。无论是汉赋作品的整理和收集还是汉赋理论的探讨，班固的成就都对司马迁等有所继承完善和创新超越。他的汉赋观涉及了汉赋的性质渊源、兴盛及其原因、社会功能、历史地位甚至具体赋家赋作的评点和分析等较为全面的诸多方面。班固是两汉时期汉赋研究的一座高峰，他的汉赋观对后世的汉赋研究影响深远!

蔡邕是东汉末年著名的文学家、历史家、经学家、书法家，他创作了16篇赋，内容涉及咏物、行旅、景物、天灾、爱情婚姻，甚至还有写乐人优伶的作品。蔡邕赋作在内容方面的多样性在汉代赋家中是绝无仅有的。蔡邕赋的主题是抨击黑暗的社会现实，抒发文人的激愤之情，但他又在赋作中大力描写男女之情、琴棋书画。这也使汉赋走出宫廷，更加平民化、世俗化，也拓宽了汉赋的表现领域。他在《青衣赋》《协和婚赋》《检逸赋》《协初赋》中都有对男女之情的大胆描写，其赋作甚至被一些学者称为色情文学，为"淫媟文学始作俑者"。① 蔡邕的汉赋观却体现出前后矛盾之处，他对汉赋作品表现出了轻蔑和批判，称书画辞赋为"小人之才""匡国理政，未有其能"。蔡邕之汉赋观上承扬雄"童子雕虫篆刻，壮夫不为"（《法言·吾子》），下启曹植"辞赋小道，固未足以揄扬大义，彰示来世"（《文选·与杨祖德书》），成为中国汉赋研究史上一种特异的现象。一方面，这种奇特的现象是儒家经世致用的汉赋观和文学观的衍生。西汉时期，司马相如、东方朔和枚皋等赋家不满于自己类似于俳优的身份，一心想在政治上有所建树，所以一面创作赋

---

① 钱锺书:《管锥编》，中华书局1986年版，第1017—1018页。

作，一面又对自己的赋作不甚看重。所以，从西汉时期开始，汉赋作家就表现出明显的重政治轻辞赋的倾向。在赋家们看来，辞赋和政治是两种截然不同的社会意识形态，只有把赋作贬为"小道""小人制裁"，才能入儒家文学经世致用之流，才能被委以重任，才能成就大业。这样的认识，体现了中国古代文人以天下为己任的政治抱负，但如果一味地轻视自己的文学创作则容易走向偏执。另外，蔡邕贬低汉赋也是针对当时汉灵帝昏庸无度以及其不合理的选士制度的批判，针砭时弊，具有一定的进步意义。

汉灵帝于光和元年（178）设置了鸿都门学，此后，鸿都门生和经学儒生展开了激烈的论争。在这场论争中，两种截然相反的汉赋观显现出来，一种是以汉灵帝和鸿都门生为代表的追求感官享乐的世俗化的汉赋观。与汉武帝欣赏《天子游猎赋》之恢宏气势、华美繁复的辞藻、包罗万象的夸张描写不同，生活在社会动荡不安、经济萧条的东汉末年的汉灵帝，更加迷恋和喜爱反映游乐生活、充满市井气息的小赋和俗赋。此外，汉灵帝这种纵情享乐的汉赋观也是特定时代的产物。东汉末年，经学变得呆板、乏味、笨拙，缺乏鲜活的生命力和动人的情趣，汉灵帝只有从经学以外的诗赋书画、杂技百戏中寻找新鲜和刺激。由此导致经学地位的动摇，道教佛教开始萌生，社会上开始弥漫着一种追求率性自然、及时行乐的风气。以汉灵帝和鸿都门生为代表的追求感官享乐的汉赋观在这样的社会风气下应运而生。倘若从国家政治的角度评价这种汉赋观，它无疑是消极和颓废的，但若考虑汉代文学体裁的丰富、艺术手法的开拓等诸多方面，它又为汉魏六朝时期文学自觉时代到来奠定了坚实基础。另一种就是以蔡邕为代表的恪守儒家道德观念和经学传统的汉赋观。这种汉赋观以儒家经世致用的文学观念为主旨，对鸿都门生所创作的逸乐赋予以猛烈抨击。

综上，两汉时期是汉赋产生的时代，同时也是汉赋研究肇始的时期。这个时期的汉赋研究有以下三个特点。

首先，颂美说和讽谏说贯穿始终。汉代文人论说《诗经》，不外乎美、刺两端。汉人以《诗经》之美刺原则为准绳评价汉赋，则发展为颂美说和讽谏说。司马迁赞誉司马相如的赋作具有讽谏色彩，班固赞汉赋"抒下情而通讽谕""宣上德而尽忠孝"，皆是以《诗经》之美刺说为标准。而扬雄、王充、蔡邕等对汉赋价值的否定和批判，同样是以美刺说为准绳。

其次，汉赋艺术论开始萌芽并滋长。司马相如将汉赋的创作理论归纳为"赋迹""赋心"，谈的就是作赋技巧和文学创作中的浪漫主义手法。汉武帝刘彻、汉宣帝刘询、汉灵帝刘宏等皆对汉赋作品的艺术美十分赞赏，充满市井气息的小赋和俗赋在这一时期产生，促进了汉代文学体裁的丰富和艺术手法的开拓。汉赋艺术论的潜滋暗长为汉魏六朝时期的文学自觉奠定了基础。

最后，汉赋注释工作初见端倪，汉赋编录工作收获颇丰。西汉时期的司马迁是真正意义上研究汉赋的第一人，《史记》中辑录了大量的汉赋文献资料，摘录了西汉赋家贾谊、枚乘、司马相如、邹阳、庄忌、羊胜、公孙诡的作品；西汉末年的刘向刘歆父子最早对当时所有汉赋进行整理和编录，其整理编录分校经传、诸子、诗赋三大类，并为每部书编写目录、撰写提要，这为汉赋研究提供了宝贵的文献资料；班固的《汉书》采用了《史记》的编纂体例，收录了西汉主要的赋家，为汉赋研究提供了宝贵的资料。自班昭为其兄班固之《幽通赋》作注开始，后人纷纷效仿其为汉赋作品作注。这为六朝和唐代为汉赋作品作注奠定了基础。

此外，纵观两汉时期，学者们围绕着汉赋渊源、思想价值等诸多方面的问题展开了十分激烈的争议。

两汉时期的争议首先是围绕着汉赋的渊源问题而展开的。司马迁《史记》中记载了大量关于汉赋的文献资料。关于汉赋的渊源，他虽没有直接发表论点，但他将屈原与贾谊合传，并且将屈原、贾谊、宋玉、唐勒、景差的辞与赋全部称为"赋"，可见他认为汉赋无论在精神实质还是艺术结构上都是直承楚辞而来的。班固却在《两都赋序》中说："或曰：赋者，古诗之流也。"①指出汉赋是古诗的一个流派，是从《诗经》那里发展而来的。班固还在《离骚序》中提出"其文弘博丽雅，为辞赋宗。后世莫不斟酌其英华，则象其从容"②，揭示了楚辞对赋的重大影响。不仅如此，与司马迁、刘向、刘歆等一样，班固也不区分辞赋，视屈原等的楚辞作品为赋。

两汉时期还围绕着汉赋的讽谏功能展开了巨大的争议。司马迁《史记》中涉及汉赋讽谏问题的评论有以下几条。

《史记·司马相如列传》曰："其（《天子游猎赋》）卒章归之于节俭，因以风谏。"又曰："《春秋》推见至隐，《易》本引之以显，《大雅》言王公大人，而德逮黎庶，《小雅》讥小己之得失，其流及上。所以言虽外殊，其合德一也。相如虽多虚辞滥说，然其要归引之节俭，此与诗之风谏何异？"

《太史公自序》云："作辞以讽谏，连类以争义，《离骚》有之。"

《屈原贾生列传》云："《国风》好色而不淫，《小雅》怨悱而不乱，若《离骚》者，可谓兼之矣。上称帝喾，下道齐桓，中述汤武，以刺世事。明道德之广崇，治乱之条贯，靡不毕见。……推此志也，虽与日月争光可也。"

司马迁多次强调司马相如与屈原作品中的讽谏性，认为它们与《诗经》《易经》《春秋》在表现方式上虽有不同，但都是合乎"德"（伦理规范）的，同样能起到规劝帝王言行的作用。汉宣帝刘询、班固与司马迁持相同的观点，都认为汉赋"或以抒下情而通讽谕，或

---

① 费振刚、胡双宝、宗明华辑校：《全汉赋》，北京大学出版社1993年版，第331页。
② 郭绍虞主编：《中国历代文论选》（第一册），上海古籍出版社2001年版，第89页。

以宣上德而尽忠孝，雍容揄扬，著于后嗣，抑亦雅颂之亚也"(《两都赋序》)。扬雄、刘歆、王充等则批评汉赋"劝而不止""没其讽谏之义"，他们对汉赋的讽谏功能持否定的态度。

两汉时期学者们也围绕着汉赋的虚构夸张与文辞华丽展开了激烈的争论。司马迁对司马相如、贾谊等的赋作是持肯定态度的，这一点在前文已经提及。在论及司马相如赋之"侈靡过其实""靡丽多夸""虚辞滥说"，司马迁认为其终归节俭，因而是可取的。扬雄言"诗人之赋丽以则，辞人之赋丽以淫"(《法言》)，王充称"弘丽之文""文丽而务巨"(《论衡》)，他们都批判汉赋的丽辞过甚、夸饰过多，因而影响了作品讽谏作用的实现。

西汉初年以牢骚为主的赋体文，现存最早的是东方朔的《答客难》。东方朔是皇帝身边的诙谐滑稽之才，身份接近于俳优，但他并不甘心只做一个宫廷侍臣，他希望在政治上有所作为，所以非常向往战国那个能凭借才能出人头地的时代。然而汉武帝的中央集权，使原先以"客"的身份自由来往于各诸侯国的士人只能完全听任专制君主的摆布，失去了独立的人格，只能在皇帝的威慑下小心翼翼地讨生活。东方朔在《答客难》里，将这一切表现得深刻而详尽，开头假设"客难"的话，其实是自己的牢骚，接下来"答难"的文章，更是充满了文人的命运之忧。除歌颂之文和牢骚之文，汉代初年贾谊的政论文，也属于赋体文一类。他的《过秦论》《陈政事疏》《论积贮疏》等文章，与牢骚之文相比，更多地继承了战国纵横家散文的恢宏气度。我们前面提到过，赋体文的另一个重要来源是战国的论说文。战国论说文在用语方面有一个非常显著的特征，就是散文而杂韵语，诸子的论说文章都是骈、散兼行，韵、散并用的，这种状况的形成与作者的写作意图有密切关系。先秦两汉，辞赋散文家众多，尤其是西汉文人，继承了《楚辞》和战国论说文的传统，文章非常讲究文采和修辞，形成赋体文这一散文的特殊群体，对后世散文的骈化产生了重要影响。

受经学昌明与极盛的影响，汉代赋论不免沾染上经学色彩，在赋学批评方面呈现出不同的特色；而汉人对《离骚》的辩论，主要围绕其思想性与艺术性两方面展开，也呈现出各自不同的观点。司马迁同时受儒、道思想的影响，不独受儒家思想的禁锢，其论赋突出讽谏而不突出教化，强调刺讥而不强调颂美，因此他对屈原辞赋的评价较高，甚至将其凌驾于风雅之上。他能从情性自然的角度及文学自身的规律来评价屈原狂狷的行为，说"屈平之作《离骚》，盖怨自生也"显然冲破了儒家"温柔敦厚"诗教观的局限。扬雄早年承认赋乃"美丽之文"，曾羡慕司马相如"弘丽温雅"的赋作，认为赋应该讲究文采，注重辞藻华丽。可惜晚年局限于儒家经学思想，作赋以颂为讽，一意主讽，用儒家教条规定赋的创作，完全忽视文学本身的规律。他藐视大赋的语言艺术形式，斥司马相如的赋为"雕虫篆刻"，以至于最后"辍不复为"，但扬雄对屈原辞赋的评价还是很高的，在他的心目中，屈原辞赋算得上"诗人之赋"。班固受儒家正统思想影响至深，作赋以讽为主，一味强调歌功颂德之类的赋作，对润色鸿业的散体大赋格外看重，但与扬雄不一致的地方是，班固并不反对辞赋"弘博丽雅"的语言形式，他说相如赋乃"蔚为辞宗，赋颂之首"，屈原辞赋"其文弘博丽雅，为辞赋宗"，都是从艺术形式方面予以肯定的。王逸"依经立义"，在批驳班固对待屈原的观点时，一一从儒家经典中寻找批驳依据，将赋视为经学的附庸，实是忽视了赋作为文学的艺术表现形式，一定程度上抹杀了《离骚》的浪漫情怀与文学想象。汉赋在走向成熟的同时，汉人就开始论赋了。由于受社会主流意识形态经学思潮的影响，在以学术为主导的社会环境中，两汉赋作不可能完全摆脱经学的浸染，两汉赋论也就或多或少地打上了时代的烙印，表现出鲜明的时代特色。而部分赋论家论赋关注到赋作的语言艺术，并给予肯定，也说明具有了早期朦胧的文体自觉意识。

第二节　魏晋南北朝时期

魏晋南北朝时期，社会动荡不安，人民生活在水深火热之中，儒家经学独尊的地位开始动摇，辞赋创作和辞赋研究却取得了可喜的成果，数位帝王甚至大力倡导和躬亲力行创作汉赋作品。这一时期的汉赋研究呈现出三大特色。

第一，汉赋的艺术美受到肯定。"三曹"（曹操、曹丕、曹植）、傅玄、挚虞、陆机、葛洪等学者从艺术美的角度评价和肯定汉赋作品，刘勰的《文心雕龙》更是深入地对汉赋作品进行研究，分别从渊源流变、表现内容、文学成就、艺术缺陷等方面全方位探讨。

第二，汉赋作品的编录工作继续发展。宋明帝刘彧、宋新渝惠侯刘义宗、谢灵运、梁武帝萧衍、后魏崔浩等编录专门的赋集，为汉赋作品的保存、分类和传播作出了贡献。

第三，对汉赋作品的注释蔚然成风。继东汉班昭为其兄班固之《幽通赋》作注之后，这一时期李轨、綦毋邃、郭璞、薛综、臣瓒、韦昭、晋灼等纷纷为汉赋作品作注。这为唐代为汉赋作品作注奠定了基础。

东汉末年的农民起义和诸侯割据，彻底摧毁了刘氏家族的统治，也从根本上动摇了儒家经学的统治地位。这为汉赋的发展创造了条件，更促成了我国文学史、文化史、思想史和文学批评史上的一次重大转折。曹操、曹丕、曹植三父子是促成这一次转折的关键人物。

曹操是三国时魏国著名的文学家、军事家、政治家。他出身低微，在其政治生涯中兼取法家的"拨乱之政"和儒家的"治定之化"，打破身份地位的束缚选拔人才，大力起用寒士，更网罗各地的文化精英聚集其周围，组织、参与和领导文学创作活动，促进了魏晋时期建安文学繁荣局面的形成，更彻底打破了世家大族对主流文化的垄断局面。曹操曾对诗歌、散文和辞赋发表言论，但均没有保存下来。后人见曹操论赋，只见于刘勰《文心雕龙·章句》："昔魏武论赋，嫌于积韵，而善于资代。"这句话讨论了作赋是用韵的技巧，所谓"嫌于积韵"是指作赋是要避免重复使用同一韵脚；所谓"善于资代"是指作赋时善于根据文章情境换用韵脚。由于曹操所作《沧海赋》《登台赋》《鹖鸡赋》均已佚失，所以今人无从考证其用韵技巧。

曹丕是著名的文学家和文学评论家。他在文学方面的建树令人敬仰，在诗、文、赋方面的创作都很出色。他的汉赋研究主要见于《典论·论文》《与吴质书》，其汉赋观主要概括为以下几个方面。

评论汉赋作家。曹丕引入"气"的概念评论建安时期的汉赋诸家。所谓"气"，即汉赋作品的风格，也兼指汉赋作家的气质。曹丕以"气"评论汉赋诸家，发展成文气说，对我国汉赋批评史和文学史产生了深远的影响。

论汉赋作品的艺术特质。曹丕将汉赋作品的艺术特质概括为："夫文本同而末异。盖奏议宜雅，书论宜理，铭诔尚实，诗赋欲丽。"（《典论·论文》），这就是著名的"四科八体"说。曹丕提出了诗、赋创作的要求，高度概括为"诗赋欲丽"。"欲"指应该、必须、适宜，"丽"指文辞的华美、意境的优美、声韵的和谐、风格的典雅、思想的自由和奔放等诸多方面。曹丕对诗赋艺术特征的高度概括，完全脱离了儒家经世致用的文学评论观，摆脱了政教和讽谏的束缚，完全是从文学作品本身出发进行的审美判断和理论概括。这标志着汉赋研究的重大转折，也代表着文学自觉时代的来临。

论汉赋作品的价值地位。曹丕在《典论·论文》中高度肯定了汉赋的社会价值和历史地位：

> 盖文章，经国之大业，不朽之盛事。年寿有时而尽，荣乐止乎其身，二者必至之常期，未若文章之无穷。是以古之作者，寄身于翰墨，见意于篇籍，不假良史之辞，不托飞驰之势，而声名自传于后。[1]

曹丕所说的"文章""篇籍"不仅仅指那些实用性很强的文体，如诏、策、章、表、奏、记，也包含辞、赋。曹丕将汉赋作品与实用性文体同列，赞其为"经国之大业，不朽之盛事"，提高了汉赋的价值，使其获得了历史上从未有过的崇高地位。汉代的司马迁、班固都肯定过汉赋的价值，但他们对汉赋价值的肯定都是建立在赋作为"古诗之流"的评价观之上的，是建立在赋具有"抒下情而通讽谕""宣上德而尽忠孝"的社会功能之上的。而曹丕对汉赋作品的评价则完全摆脱了这样的束缚，他不仅高度赞扬经世治国、传之不朽的汉大赋，对那些篇幅短小、抒情咏物的小赋也同样大加赞赏。这是一种全新的汉赋观，在汉赋研究史上具有重大的理论价值。

曹植是建安时期杰出的文学家，擅长诗赋，他的汉赋观与曹丕有相通之处。首先，曹植也对汉代赋家进行了评论，他赞扬了王粲、

---

[1] 郭绍虞主编：《中国历代文论选》（第一册），上海古籍出版社2001年版，第159页。

陈琳、刘桢、徐干、应玚和杨修等的文学才华。其次，他还批判了王粲和陈琳等的自视甚高。此外，曹植延续了曹丕"诗赋欲丽"的观点，他在《长乐观画赞》中说："辞赋之作，华若望春"，在《王仲宣诔》中赞王粲的赋作"文若春华，思若泉涌"。前者是对汉赋作品的总体概括；后者是对具体赋家赋作的评价，都是用形象的比喻描绘汉赋作品华美的文辞，是对曹丕"诗赋欲丽"汉赋观的生动演绎。曹植在诗、文、赋方面都取得了令人瞩目的成果，其汉赋观可概括为以下几方面。

一是肯定了汉赋作品的创作方法。曹植的《玄畅赋序》云："庶以司马相如为《上林赋》，控引天地古今，陶神知机，摛理表微……"他对司马相如《上林赋》予以了高度的赞美，对天马行空、跨越时空的想象力和表现力表现出了向往之情。

二是提出"雅好慷慨"说。曹植云："余少而好赋。其所尚也，雅好慷慨，所著繁多。虽触类而作，然荒秽者众。故删定，别撰为《前录》七十八篇。"（《艺文类聚》卷五五引）所谓"雅好慷慨"，即直抒胸臆、感情激昂、慷慨悲壮、苍劲有力，能展现时代风貌和抒写时代特色的抒情小赋。由此评价标准出发，曹植批评自己前期的赋作多"荒秽者众"，可见其对辞赋创作的高要求。"雅好慷慨"说不仅是曹植对其汉赋作品创作原则的高度概括，也表现出了建安时期的文人抒发建功立业的社会抱负和反映世积乱离、风衰俗怨的社会现实的情感需求。所以，刘勰在《文心雕龙·时序》中将"雅好慷慨"视为建安文学共同的时代特征。

三是论汉赋作品的价值地位。曹植在《与杨德祖书》中写道：

> 仆少小好为文章，迄至于今二十有五年矣。……
> ……
> 今往仆少小所著辞赋一通相与。夫街谈巷说，必有可采；击辕

之歌，有应风雅；匹夫之思，未可轻弃也。昔扬子云先朝执戟之臣耳，犹称"壮夫不为"也；吾德虽薄，位为蕃侯，犹庶几戮力上国，流惠下民，建永世之业，流金石之功，岂徒以翰墨为勋绩，辞赋为君子哉？若吾志未果，吾道不行，则将采庶官之实录，辩时俗之得失，定仁义之衷，成一家之言。虽未能藏之于名山，将以传之于同好。非要之皓首，岂今日之论乎？其言之不惭，恃惠子之知我也。①

曹植在赠送给杨修的辞赋作品中，提出了"辞赋小道"说。他在《与杨德祖书》中非常谦虚地把个人赋作与"街谈巷说""击辕之歌""匹夫之思"相比拟。在这封书信中，曹植把人生理想分为三个阶段：建功业、著子史、写辞赋。这样人生理想的构建，并非表明曹植轻视辞赋，而是与他一直追求功名、渴望实现人生理想却屡屡受挫的人生经历相关。由此可见，曹植"辞赋小道"说的提出不仅是对个人辞赋作品的谦辞，更是在特定的历史条件下对辞赋作品的定位。

总之，"三曹"对汉赋作品的研究在中国汉赋研究史上具有划时代的意义。曹操作为一代枭雄，是最早讨论汉赋作品用韵技巧的文人之一，在我国的声韵发展史上占有重要的地位。他的功绩在于大力起用寒士，打破了儒家思想的统治地位，更动摇了儒家经世致用的观念在文学批评史和汉赋研究史领域的垄断局面，为文学自觉时代的来临奠定了基础、扫清了障碍。曹丕在政治功绩方面不如其父曹操，在文学造诣方面逊于曹植，但在汉赋研究和文学评论方面卓有建树。曹丕引入"气"的概念评论建安时期的汉赋诸家，后发展成文气说，对我国汉赋批评史和文学史产生了深远的影响；曹丕提出著名的"四科八体"说，将诗、赋创作的要求高度概括为"诗

---

① 张新科、尚永亮主编：《先秦两汉文观止》，陕西人民教育出版社2019年版，第511页。

赋欲丽",对汉赋作品的华美辞藻予以高度的肯定;曹丕高度肯定汉赋作品的价值和地位,称之为"经国之大业,不朽之盛事"。曹植肯定了汉赋作品的创作方法,对天马行空、跨越时空的想象力和表现力表现出了向往之情;将汉赋作品的创作原则高度概括为"雅好慷慨",至于其"辞赋小道"说不仅是对个人辞赋作品的谦辞,更是在特定的历史条件下对辞赋作品的定位。总而言之,"三曹"的汉赋观已经摆脱了儒家经学经世致用的评价体系,从汉赋作品的艺术美、创作风格和价值地位出发,对汉赋作品进行客观的评价、研究和概括。这标志着文学进入自觉的时代,对于汉赋的研究也进入自觉的时代。"三曹"对汉赋作品的研究作出的贡献在中国汉赋研究史上具有划时代的意义。

两晋时期的汉赋研究取得了较大的发展,较之以往的汉赋研究有了进一步的深化和发展,这一时期的汉赋研究可以概括为以下几个方面。

首先,关于赋的起源问题。汉代扬雄曰:"诗人之赋丽以则",班固曰:"赋者,古诗之流也。"汉代文人认为汉赋来源于古诗,并以诗经经世致用的原则要求汉赋作品的创作。晋代的左思、皇甫谧进一步论证了这种汉赋起源论。左思在其《三都赋序》中说:"盖诗有六义焉,其二曰赋。扬雄曰:'诗人之赋丽以则。'班固曰:'赋者,古诗之流也。'"皇甫谧在其为左思《三都赋》所作的序中也说:"诗人之作,杂有赋体。子夏序诗曰:一曰风,二曰赋。故知赋者,古诗之流也。"左思、皇甫谧将文体之"赋"与《诗经》"六义"之"赋"相联系,这是汉赋研究史上首开先河的说法,具有很高的理论价值,对后世文人的汉赋研究具有启发意义。

其次,关于汉赋的文体性质。皇甫谧在《三都赋序》中说:"玄晏先生曰:古人称不歌而诵谓之赋。然则赋也者,所以因物造端,敷弘体理,欲人不能加也。引而申之,故文必极美;触类而长之,故辞必尽丽。"皇甫谧引用汉代刘向之"不歌而诵谓之赋"的论断，指出赋和诗歌的最大区别在于赋作不可配乐，只宜诵读。皇甫谧还进一步指出赋的文体特征表现为"因物造端，敷弘体理，欲人不能加也"，即从某一客观事物出发，竭尽所能地铺陈描写、引申挥发、铺陈罗列，以达到"不能加也"的地步。挚虞也在《文章流别论》中说："赋者，敷陈之称，古诗之流也。古之作诗者，发乎情，止乎礼义。情之发，因辞以形之；礼义之旨，须事以明之。故有赋焉，所以假象尽辞，敷陈其志。"挚虞也认为赋是"古诗之流"，并且从抒发情感和弘扬礼仪来说明诗、赋的关系。他还进一步指出汉赋作品的文体特征是"假象尽辞，敷陈其志"，又与其师皇甫谧的汉赋观一脉相承。同时代的成公绥也有"赋者，贵能分赋物理，敷演无方"（《天地赋序》）论点。由此可见，在晋代文人看来，铺陈描写已经成为汉赋作品的必然条件。由此出发，为铺陈描写、抒发情志的需要，汉赋作品的语言文辞必然会走向"极美""尽丽"，从而形成"美丽之文"。左思、皇甫谧、挚虞、成公绥等晋代文人指出汉赋作品的文体特征是铺陈排比和文辞华丽，今天的学者在讨论汉赋作品的文体特征时也常常从中受到启发。

再次，关于汉赋的价值。由于晋代统治者对儒学的重视，儒家思想的地位有所回升，取得了和玄学相比肩的社会地位。皇甫谧、挚虞对汉赋价值的评价受到儒家汉赋观的影响。皇甫谧认为："其中高者，至如相如《上林》，扬雄《甘泉》，班固《两都》，张衡《二京》，马融《广成》，王生《灵光》，初极宏侈之辞，终以约简之制，焕乎有文，蔚而鳞集，皆近代辞赋之伟也。"（《三都赋序》）可见，皇甫谧的汉赋观虽然也受到了儒家经世致用汉赋观的影响，但是他并没有贬低汉赋的价值，而是高度肯定了汉赋缤纷灿烂、繁复华美的文辞。对于汉赋的价值问题，挚虞则完全与皇甫谧持完全相反的观点，他在《文章流别论》中指出了汉赋的"四过"："夫假象过大，则与类相远;逸辞过壮,则与事相违;辩言过理,则与义相失;丽靡过美,则与情相悖。"挚虞认为汉赋作品中夸张的描写借助的物象过大,就与事物的本身相去甚远;美丽的言辞过多,就会与事物相违背;用于辩驳的语言过于巧辩,就会失去文章的主旨;文辞过于华美靡丽,就会与表达的情感相背离。挚虞着力分析了汉赋之"四过",这较汉儒对汉赋价值全盘否定有了进步之处。尤其是挚虞以"情义""事形"评价汉赋作品,为刘勰《文心雕龙》之为情造文、为文造情说的提出奠定了基础。东晋的葛洪提出了让人耳目一新的汉赋观,他在《抱朴子·钧世》中说:

……《毛诗》者,华彩之辞也,然不及《上林》《羽猎》《二京》《三都》之汪秽博富也。

……

今诗与古诗,俱有义理,而盈于差美。……若夫俱论宫室,而奚斯路浸之颂,何如王生之赋《灵光》乎?同说游猎,而《叔畋》《卢铃》之诗,何如相如之言《上林》乎?并美祭祀,而《清庙》《云汉》之辞,何如郭氏之《南郊》之艳乎?等称征伐,而《出车》《六月》之作,何如陈琳《武军》之壮乎?①

"今诗"即指赋,"古诗"指《诗经》。葛洪认可赋乃"古诗之流",较之《诗经》则"俱有义理,而盈于差美"。葛洪指出汉赋作品的辞采华美、宏大壮丽胜过《诗经》,在论宫室、说游猎、美祭祀、称征伐等方面也有超越《诗经》之处。这样的见解在当时令人耳目一新、振聋发聩!事实上,葛洪对经书和子书是非常信奉的,他认为汉赋作品有超越《诗经》之处,只是从内容的富赡、辞采的

---

① 张少康主编:《中国历代文论精品》,时代文艺出版社1995年版,第148页。

华美、构思的精巧和结构的宏大等方面而言的。但是，他认为并不是所有的汉赋作品都可超越《诗经》，或者说，并不是汉赋作品的所有方面都能超越《诗经》。葛洪之汉赋观，反映了魏晋时期崇尚雕饰、崇尚华美辞藻的社会风气，更触及不同文体在反映社会内容时各有所长的文学命题，具有一定的启发性和开创性。

刘勰是南朝齐、梁时期著名的文学评论家，所著《文心雕龙》凡10卷50篇，体系宏大、结构严谨、文辞瑰丽、观点精湛，对后世的影响极为深远。刘勰对汉赋作品的评价主要见于《文心雕龙》之《诠赋》和《杂文》两篇，对汉代以来所有的汉赋观进行了综合折中整理，结构严谨，构建了空前庞大的汉赋研究体系，代表了当时最高的汉赋研究成就。刘勰之汉赋观主要体现在以下几个方面。

第一，论汉赋的性质渊源。《文心雕龙·诠赋》云："赋者，铺也，铺采摛文，体物写志也。"前人皇甫谧、陆机、挚虞都曾讨论过汉赋的文体性质，刘勰综合了他们的观点，将汉赋作品的文体性质概括为"体物""写志"。"体物"主要见于散体大赋和咏物小赋，"写志"主要见于骚体赋和抒情赋。刘勰将"体物""写志"并提，认为汉赋作品具有描绘外物和表达作者内心情感的两大功能，这为后世学究探讨汉赋作品的文体性质提供了开拓性和启发性。对于汉赋的渊源，最早见于司马迁《史记》，后孕育为诗源说和词源说两种汉赋渊源论。《两都赋序》云："或曰：赋者，古诗之流也。"班固从儒家经世致用的角度，首先提出诗源说。晋人左思、皇甫谧将文体之"赋"与《诗经》"六义"之"赋"相联系，这是汉赋研究史上首开先河的论调，具有很高的理论价值，也为诗源说注入了艺术的血液。而至于词源说之发展脉络则不同。在西汉以前，文人们一直将辞、赋混为一体，至多也只是将辞作为赋的一种特殊形式。刘宋时代的檀道鸾首开词源说之先河，其《续晋阳秋》中言："自司马相如、王褒、扬雄诸贤，世尚赋、颂，皆体则《诗》、骚，傍综百家之言。"(《世说新语·文学篇》)他从《诗经》、楚辞、先秦诸子文学三个方面探讨汉赋作品的起源,更将赋、颂、骚(楚辞)视为三种不同的文体。词源说由此诞生,极具启发性和理论价值。刘勰关于汉赋的起源,融合了前人的诗源说和辞源说,其《文心雕龙·诠赋》云:

> 《诗》有六义,其二曰赋。……昔邵公称:"公卿献诗,师箴瞍赋。"《传》云:"登高能赋,可为大夫。"《诗序》则同义,《传》说则异体,总其归涂,实相枝干。故刘向明"不歌而诵",班固称"古诗之流也"。
>
> 至如郑庄之赋"大隧",士蒍之赋"狐裘",结言短韵,词自己作,虽合赋体,明而未融。及灵均唱《骚》,始广声貌。然则赋也者,受命于诗人,而拓宇于《楚辞》也。于是荀况《礼》《智》,宋玉《风》《钓》,爰锡名号,与诗画境,六义附庸,蔚成大国。遂述客主以首引,极声貌以穷文。斯盖别诗之原始,命赋之厥初也。①

刘勰综合阐发了刘向、班固、皇甫谧、左思等关于汉赋起源问题的论述,既指出赋得名于《诗经》"六义"之"赋",后又从周代外交和政治上的赋诗发展成一种独立的文体。在这一演变过程中,表现民间生活的通俗文艺作品发展成俳谐杂赋和故事赋;取源于《诗经》,政治家和文人们的创作活动后来发展成文人赋。刘勰把楚辞(或称辞、骚)和赋视为两种不同的文体,更对赋的诞生过程作了精辟的描述:"于是荀况《礼》《智》,宋玉《风》《钓》,爰锡名号,与诗画境……斯盖别诗之原始,命赋之厥初也。"又言:"讨其源流,信兴楚而盛汉矣。"刘勰认为赋之初兴在楚,荀况、宋玉是最

---

① (南朝梁)刘勰,韩泉欣校注:《文心雕龙》,浙江古籍出版社2001年版,第37—38页。

早创作赋的作家,这一论断在现代的汉赋研究学者看来无疑是精确无误的。

第二,论汉赋的兴盛情况。刘勰在《文心雕龙·诠赋》中描述了西汉时期汉赋创作的兴盛状况:

> 秦世不文,颇有杂赋。汉初词人,顺流而作。陆贾扣其端,贾谊振其绪,枚、马同其风,王、扬骋其势。皋、朔以下,品物毕图。繁积于宣时,校阅于成世,进御之赋,千有余首,讨其源流,信兴楚而盛汉矣。①

刘勰较为详尽地梳理了赋文学发展的脉络,并列举了西汉主要的赋家及其创作的数量和规模。此外,刘勰根据汉赋作品的表现内容和形态结构,将汉赋作品分为两大类:一类是有关"京殿苑猎,述行序志"的大赋;另一类是描写"草区禽族,庶品杂类"的小赋。而对于汉赋兴盛与衰落的原因,刘勰则更多强调的是帝王的作用。

第三,论汉赋的艺术成就。刘勰在《文心雕龙》中对汉赋作品的艺术技巧进行了全面的总结、剖析和批评。首先,刘勰继承了儒家学者经世致用的汉赋评价观,批评了汉赋作品虚构、夸张和想象的艺术特点,但较之汉晋以来的学者,刘勰并不是简单笼统地否定,而是建立在缜密的逻辑推理和大量的例证基础上的,这是研究方法上的一大进步。而对于汉赋作品的虚构、夸张和想象,刘勰并未全盘否定,对其中符合义理、尊重事实的虚构、夸张和想象的浪漫主义创作手法是给予了肯定的。他在《夸饰》中说:

> 至如气貌山海,体势宫殿,嵯峨揭业,熠熠焜煌之状,光采炜

---

① (南朝梁)刘勰,韩泉欣校注:《文心雕龙》,浙江古籍出版社2001年版,第38页。

炜而欲然，声貌茇茇其将动矣。莫不因夸以成状，沿饰而得奇也。于是后进之才，奖气挟声，轩翥而欲奋飞，腾掷而羞蹜步。辞入炜烨，春藻不能程其艳；言在萎绝，寒谷未能成其凋；谈欢则字与笑并，论戚则声共泣偕。信可以发蕴而飞滞，披瞽而骇聋矣。①

刘勰认为必要的夸张、虚构和想象，不仅可以把事物描写得栩栩如生，还可以达到"因夸以成状，沿饰而得奇""发蕴而飞滞""披瞽而骇聋"的艺术效果，也可以增强作品的艺术感染力。其次，刘勰在《文心雕龙》中专门讨论了汉赋作品的比喻、对偶和用韵。《文心雕龙·比兴》专门讨论了比和兴两种手法在文学创作中的运用，他指责汉赋作品"用比忘兴""习小弃大"，违背了《诗经》以来寄托讽谕的传统，但他对汉赋作品中运用譬喻而达到的艺术效果予以了高度的肯定和赞美，更肯定了汉赋作品对于譬喻方法多样性的开拓之功。《文心雕龙·丽辞》专门讨论了对偶修辞手法在文学创作中的运用。刘勰把自古以来的对偶分成四类：言对为易、事对为难、反对为优、正对为劣。言对相对来说比较容易，因为仅仅是文字上的相对；事对比较难，因为要求用典；反对是意义相反或不同的文辞相对；正对是意思相近的文辞相对。刘勰对汉赋作品对偶修辞手法的讨论，总结和综合了前代学者的种种经验，分析细致。这对今天的学者研究对偶会有启迪和帮助。《文心雕龙·章句》对汉赋作品中的用韵问题有所讨论。刘勰云："贾谊、枚乘，两韵辄易；刘歆、桓谭，百句不迁。"（《文心雕龙·章句》）贾谊今存的赋作有四篇：《吊屈原赋》《鹏鸟赋》《旱云赋》《虡赋》。枚乘今存的赋作有三篇：《七发》《梁王菟园赋》《柳赋》。据考察，其中《吊屈原赋》的确是"两韵辄易"，但其他赋作是四句换韵或韵散夹杂。刘歆

---

① 周振甫译注：《文心雕龙选译》，中华书局1980年版，第218页。

今存的赋作有三篇:《灯赋》《遂初赋》《甘泉宫赋》。桓谭今存赋作仅《仙赋》一篇,这些赋作都不是"百句不迁",而是四韵或五韵一换。由此可见,刘勰对这四位赋家作品用韵的评论,可能是针对其某些赋作具体而言的,并不是概括其全部赋作的用韵特征。

在分析前代文人用韵规律的基础上,刘勰"折之中和"提出了四韵一转的用韵理论,实为开创之说。《文心雕龙·注订》云:"彦和改韵转句,主折中之言,以四句为佳,此盖当时所尚,流为隋唐近体之制,乃成定制矣。"总之,刘勰之用韵调和之论把握了诗赋的文体艺术特征,也符合文学自身的发展规律。

第四,论汉赋作家的才情品性。刘勰认为汉赋创作的盛行,除了与汉代的政治、经济和文化的繁荣密切相关,还与赋家的创作才能、思想情感和学识修养紧密联系。前者是汉赋创作盛行的外在因素,后者是汉赋创作走向盛行的决定性因素。他在《文心雕龙·神思》中讨论了赋家的创作才能问题:

> 人之禀才,迟速异分;言之体制,大小殊功。相如含笔而腐毫,扬雄辍翰而惊梦,桓谭疾感于苦思,王充气竭于思虑,张衡研《京》以十年,左思练《都》以一纪:虽有巨文,亦思之缓也。淮南崇朝而赋《骚》,枚皋应诏而成赋……祢衡当食而草奏:虽有短篇,亦思之速也。①

刘勰认为赋家的创作才能不同、思维敏捷程度差异、语言功底高低不同,表现在汉赋作品的创作速度上往往有天壤之别,但不管是创作时的"含笔腐毫"式的迟缓之思,还是"应诏成赋"的神速之作,都必须以赋家的后天生活积累和艺术积淀为基础,这也是创

---

① 周振甫译注:《文心雕龙选译》,中华书局1980年版,第132页。

作成功的基础条件。此外，刘勰还论述了赋家的思想情感和才华气质对其作品风格的重要影响。他在《文心雕龙·体性》中说：

> 若夫八体屡迁，功以学成，才力居中，肇自血气。气以实志，志以定言，吐纳英华，莫非情性。是以贾生俊发，故文洁而体清；长卿傲诞，故理侈而辞溢；子云沉寂，故志隐而味深；子政简易，故趣昭而事博；孟坚雅懿，故裁密而思靡；平子淹通，故虑周而藻密；仲宣躁锐，故颖出而才果；公幹气褊，故言壮而情骇……①

这段话是说，汉赋作家的作品风格会受到其学习情况的影响，而对汉赋作家创作风格起决定性作用的是作家的"血气"（气质才华）和"情性"（思想感情）。刘勰对每位汉赋作家创作风格的概括，是建立在对其所有赋作以及其他文学作品理解的基础上的，因而概括是十分精准的。而在论及作家的"血气"和"情性"方面，刘勰认为汉赋作家的政治思想和人格操守会直接影响其作品品位的高低和风格的优劣。刘勰力图探究汉赋作品创作的内在规律，揭示汉赋作品多样化的根本原因，从文学系统的角度研究汉赋，这在汉赋研究史上具有开创意义。

总之，魏晋南北朝时期是汉赋研究的发展与兴盛时期。三曹、挚虞、陆机、傅玄、葛洪都从艺术美的角度研究或者肯定汉赋。曹丕将汉赋的艺术特征概括为"诗赋欲丽"，将"丽"作为诗、赋文学的共同特征，给予了肯定。晋人皇甫谧在《三都赋序》中说道："玄晏先生曰：古人称不歌而诵谓之赋。然赋也者，所以因物造端，敷弘体理，欲人不能加也。引而申之，故文必极美；触类而长之，故

---

① 周振甫译注：《文心雕龙选译》，中华书局1980年版，第140页。

辞必尽丽。"①皇甫谧指出由于赋"不歌而诵""欲人不能加也"的铺陈特点的需要，赋的文辞必须走向"极美""尽丽"，而成为文辞艳丽、富丽华美的"美丽之文"。他的学生挚虞持相同的观点，认为铺陈排比与辞采华丽是汉赋别于诗歌与散文的两大特征，更是汉赋能成为"美丽之文"的关键所在。将"丽"作为评价汉赋的标准，是对两汉以来的汉赋讽谏说的巨大颠覆，也标志着汉赋研究的重大转折。

在肯定汉赋艺术性的同时，这一时期关于汉赋的价值也存在着争议。如前所论，皇甫谧与挚虞认为美艳的文辞与铺陈的手法是汉赋的两大文体特征，但在论及汉赋的价值时，两者的观点各不相同。皇甫谧称司马相如《上林赋》、扬雄《甘泉赋》、班固《两都赋》、张衡《二京赋》等汉大赋作品皆为"近代辞赋之伟也"，肯定了汉赋缤纷绚烂的文辞和宏大的体制。挚虞则持完全相反的观点，他在《文章流别论》中分析了汉赋的"四过"，指责汉赋文辞过于靡丽、巧辩，夸张和想象手法的应用超过了应有的限度。后来的刘勰继承了这样的观点，也对汉赋中的虚构、夸张和想象提出了批评。他以司马相如、扬雄、班固、张衡之赋为例，指出此类赋中的夸饰有违事实、无理可验。

魏晋南北朝赋的创作十分兴盛，赋论也更加丰富，文人各陈己见，新说迭出，在这些论说的背后，体现出儒家传统文学观念与时代风尚的碰撞及交融，而就其本质言，儒家文学观念依然占据着文人思考的主导地位。尽管魏晋南北朝时期赋的实际创作情况纷纭万态，但在理论阐述上，儒家正统的价值体系始终起着主导作用，把辅政益治作为赋的创作目标可说是思想主流。即使确认赋以丽为表

---

① （晋）萧统编，（唐）李善注：《文选（全6册）》，上海古籍出版社1986年版，第2307—2340页。

现特性，也多依附高远的意义而注入雅正的色调，与虚辞滥言严加区别，呈现出"丽以则"的纯正体性。有了这样的前提，文人们才放心地进入具体表现方式的探求。如萧纲那样"文章且须放荡"的率直表示，即使在辞赋创作理论范畴内，也是很难看到第二家的。这说明以儒家思想为主体的文章价值观念对文人的影响根深蒂固，不管敷演出怎样绚烂的色彩，这总是不变的底色。

这一时期一些比较重要的文学家、批评家，在从事文学创作或文学批评时，或多或少地涉及了赋这个文体。他们对赋和赋家及其作品所提出的看法、批评和见解，成了这一时期赋学不可或缺的内容，有些甚至是非常重要的核心组成部分。这些文学家和批评家包括曹丕、陆机、左思、刘勰、萧统、沈约等。这些人显然是当时文坛（乃至对后代文学史）有着重要影响的人物，他们所发表的论赋文字或文章，表明了赋在这个时期虽地位和影响不如汉代，但依然为文坛一宗，属不可忽视的独立文体。其中著作家和评论家均不在少数。

魏晋南北朝出现了赋学的专文，其数量和质量相比两汉要多且高，如左思的《三都赋序》、皇甫谧的《三都赋序》，以及专论文体的挚虞《文章流别论》（其中专门论及赋）等，较之汉，这些论著对赋的研究与评论，似更多体现了理论化和系统化的色彩。

中国文学批评史上特别能体现文论独家体系和重要理论价值的刘勰《文心雕龙》一书，问世于魏晋南北朝的齐梁时代。它的出现，标志着中国的文学批评达到了极高的水平，有了自成体系的文学理论，而这部体大思精的《文心雕龙》，也涉及了赋的研究与评论。它不仅有《诠赋》专章，且全书其他相关篇章中也多次论及了赋、赋家及其作品，从而构建了《文心雕龙》自身独特的赋学体系。它对汉代以来的赋学作了系统的总结与创造性的阐发，为后世的赋学发展开启了思路、提供了借鉴。

从总体上看，这一阶段论述赋的文字，与汉代类似，并非清一色地体现于文学类的论著或作品中，它们还散见于历史类著作（如《后汉书》《宋书》等）及书信类文字（如曹丕《答卞兰教》、曹植《与杨德祖书》等）中，但相较汉代，毕竟魏晋南北朝时期属于文学类的论著比例高了，且作为纯文学研究的成分也浓了，不光是《文心雕龙》专著，还包括属于文学批评类的专文，如曹丕的《典论·论文》、陆机的《文赋》、萧统的《文选序》等。这就很清楚地说明，魏晋南北朝时期标志文学自觉时代的开始和文学批评相对繁荣的征象，在赋学领域也明显地显示出来了。

魏晋南北朝时期相对于两汉时代，在赋学领域有一个重要的明显区别，便是对赋的思想内容及所谓讽谏作用和政治功利的强调相对淡化了，这一时期开始比较重视并突出赋的文采和艺术风格，更讲究艺术美了，这无论在曹丕、曹植还是皇甫谧等的言辞及论述中都有体现，这表明，从魏晋开始，伴随着文学自觉时代的来临，文学批评开始侧重强调文学的艺术本质特征与艺术表现风格，更加自觉地（相对）以文学的艺术价值和艺术美作为认识和评判文学作品高下的标准。当然，从整个中国文学批评史来说，这还只是开始。

魏晋南北朝的赋学，较之两汉，无论在对赋的总体特征的认识与辨析上，还是试图努力以艺术批评的眼光评判赋家及其作品，都可谓前进了一大步。这对于总结两汉赋的研究，促进后代赋学的发展，乃至对由赋而及的散文（包括骈文和文赋）的创作，都多少会产生影响。虽然，魏晋南北朝以后的唐、宋、元三代，赋的创作趋于了低潮（唯唐宋两代尤其唐代的律赋创作出现高潮），由此使赋的研究也相应低落，但人们对赋文体的认识和评价，毕竟在魏晋南北朝赋学的基础上有了更厚实的基础，在艺术审美的层次上也上了一个台阶。

把建安赋的发展与汉末统一王朝崩溃，天下大乱、儒学思想独尊地位受到猛烈冲击、思想解放潮流汹涌而至，人性开始觉醒、文学走向自觉这样一个大动荡大变革时代的社会文化背景紧密联系起来，极大地拓宽了赋史发展的研究视野。通过社会历史的批评、艺术心理的分析，重现赋史发展所走过的那个多姿多彩的历史阶段，在丰富复杂的社会文化现象的映射下，建安赋的"新姿"赫然可见。传统方法的赋史研究，不是以面为研究对象，而是以点、以作家作品为基本研究对象，因此一部赋史基本上成了作家作品评传汇编，对作家作品孤立研究，作家与作家之间内在的联系不鲜明，作家研究与社会文化环境若即若离。"点"的研究限制了作家的视野，线性思维的单一与贫乏把文学活动从特定历史时期丰富多彩的社会文化生活中剥离出来，赋史发展因此丧失其原生状态的丰富性和生动性而黯然失色。赋史发展的时代共性特征十分鲜明。该书通过面的研究途径，以作家群为对象，不是孤立地研究，而是综观社会政治文化思潮对作家群创作的影响，在共同文化圈中展示出赋文学发展的总体风貌，概括性极强，共性特征十分鲜明。例如"魏晋之际赋"一章，从政治气候、文化环境、建安赋的影响等多个层面的交错作用上，揭示出魏晋之际赋从情感内容到艺术上所表现的理性精神，以"理性智慧的声音"加以概括，颇为警策。"两晋赋"一章从对"忧生念乱""愤世嫉俗""遗世嘉遁"三方面题材内容的分析入手，从正面、负面、侧面展示了两晋士人共同的时代忧患，从而以"忧患的缩影"概括两晋赋的情感内核。如此识见，虽非全新，但从许多新的视角，以更为开阔的视野把两晋赋文学这一共同的情感特征——忧患——披露得更加透彻、精警，赋予其崭新的审美内容则是本书特有的。概括南朝赋"贵族化倾向""唯美化追求""诗化趋势"三特征。赋史研究的任务在于探索各个历史时期赋文学发生、发展的总体面貌，展示其时代的共性特征，从而把握赋史发展的规律。点的研究途径使一部文学史成了一个个作家作品的简单连缀。而一个个作家创作个性的简单相加并不等于时代共性。在两点一线的研究模式中，面与线上是空白的，研究者离开赋文学发展的广阔而丰富的社会文化情景，只见树木不见林，因此无法从面上作总体把握，赋史发展的时代共性因而失落了。点的研究模式是无法完成赋史所承担的任务的。从接受主体方面看，从汉代文学的经学附庸地位上看，从文人地位及心态上看，从大赋文体特征上看，从儒家诗教观影响方面看，这五个角度涉及历史学、社会学、哲学、美学、文艺学、心理学、文学多个领域，既表现出学术视野的开阔，又表现了纵横开阖、雄辩滔滔的学术气魄，以及论证严密、剖析入微的严谨的学术精神，令人信服地揭示了大赋"欲讽反劝"特征之必然，理论性极强，见识深刻。传统的研究方法以作家作品研究为基本点，注重的是文学内部研究、审美研究、价值判断。它无法再现历史风貌，在实证研究的基础上进行有力的归纳和理论的概括。

在赋学研究领域中对新方法进行探索和实践的何止一个人。1988年许结先生在《〈汉赋研究〉得失探——兼谈汉赋研究中几个理论问题》一文中提出，"建立科学的系统而完整的汉赋学体系，是目前新生代古典文学研究领域中不可或缺的一环"。就汉赋研究方法问题，他提出以点、线、面研究模式综合运用构成"立体的多元性的整体研究"。提出汉赋研究的基本批评方法"应采取的是社会历史批评与艺术心理分析两种基本批评方法；前者偏重于历史性的客观意识，后者偏重于美学的、个性的主体意识"。[①] 这些观点都反映了更新观念、方法，拓展赋学研究视野的学术发展趋势。一批赋学研究者在研究工作中也大胆采用新的研究方法，取得了令人瞩目的成果。

---

① 许结：《〈汉赋研究〉得失探——兼谈汉赋研究中几个理论问题》，《南京大学学报》(哲学·人文科学·社会科学) 1988年第1期。

万光治先生《汉赋通论》即是一例。该书学术视野开阔、理论性强，多有新见。例如书中探讨汉赋文化史地位问题。文章先考察了文学与学术的历史关系及其演变过程，进而探讨汉赋与汉诗、经学三者之间的抗衡与消长之关系，从而展示出汉赋作为纯文学形式在汉代出现所经历的艰难历程。最后指出，"汉人的诗歌虽然在经学厚重的长袍下萎缩了，却从赋体文学的繁荣那里得到了代偿，实现了文学对经学的报复和惩罚"。"在汉诗急剧衰退的情况下，（汉赋）与经学奋力抗争，终于为文学赢得了独立的地位，为后世文学的发展开辟了道路。"[①] 从学术、文化、文学的多元立体交叉关系上来认识汉赋，恰切地肯定汉赋的价值和地位，论述深入，见解独到。全书鲜明地表现出宏观研究的开阔视野、深刻识见及强烈的理论色彩。

第三节　唐宋元时期

隋唐五代时期的汉赋创作向着两个方向发展：一是为迎合科举考试需要而大量产生的律赋；一是因古文运动的兴起而大量产生的文赋。汉赋作品在创作数量上远远超过了汉魏六朝，其文学地位却远远逊于诗歌。在唐代，人们对汉赋的研究也陷入低谷，这时期几乎没有一篇专门讨论先唐赋的专文。唐代学者对汉赋的评论也仅仅是笼统性地全盘否定或肯定，缺少理论建树。这一时期，李善《文选注》对汉赋作品的注释，《艺文类聚》对汉赋作品的分类和保存，

---

① 万光治:《汉赋通论》（增订本），华龄出版社、中国社会科学出版社2005年版，第211页。

为汉赋研究作出了不可磨灭的贡献。

宋元时期，汉赋研究开始复兴。这一时期的汉赋研究有两种倾向。一种是以理学作为评价的标准，对汉赋作家进行道德批判。扬雄、司马相如等汉赋作家饱受指责。一种是对汉赋作品中出现的某些现象进行深入的微观研究，这种研究倾向更有意义。在这一时期，祝尧的《古赋辩体》（今存最早为明成化刻本，以下引文均此出处，不另注）收录了大量的赋作，并对汉赋作品作了综合研究，代表了宋元时期汉赋研究的最高成就，同时也为明清时期汉赋研究繁荣局面的到来奠定了基础。

唐宋元时期对于汉赋价值的评论，出现了两种截然不同的汉赋观。唐太宗李世民重政教而轻辞赋，以儒家经世致用的标准评价汉赋，对汉代散体大赋进行批判。他对房玄龄说：

> 比见前、后汉史，载扬雄《甘泉》《羽猎》、司马相如《子虚》《上林》、班固《两都赋》，此既文体浮华，无益劝诫，何暇书之史策？今有上书论事，词理可裨于理政者，朕或从或不从，皆须备载。[①]

唐太宗认为扬雄、司马相如、班固的赋作"文体浮华""无益劝诫"，《汉书》《后汉书》都不该收录这些赋作，这是首开唐代汉赋价值否定论之先声。

初唐四杰中王勃和杨炯对汉赋作品华丽美艳的文辞进行了指责和批判：

> 圣人以开物成务，君子以立言见志。遗雅背训，孟子不为；劝

---

① （唐）刘肃撰，许德楠、李鼎霞点校：《大唐新语》，中华书局1984年版，第134页。

百讽一，扬雄所耻。……自微言既绝，斯文不振，屈、宋导浇源于前，枚、马张淫风于后。谈人主者，以宫室苑囿为雄；叙名流者，以沈酗骄奢为达。故魏文用之而中国衰，宋武贵之而江东乱。①（《王子安集》卷八《上吏部裴侍郎启》）

汉皇改运，此道不还。贾、马蔚兴，已亏于雅颂；曹、王杰起，更失于风骚。尽俛大猷，未悉前载。②（《杨盈川集》卷三《王勃集序》）

王勃和杨炯以圣人雅训、古诗之意为准绳，对汉赋作品的评价持否定态度。他们斥责司马相如、枚乘、贾谊等的赋作大张淫风，沉醉于骄奢淫逸，有亏于风雅。王勃甚至指责描写宫室园囿、文辞繁复华美的汉大赋纵情骄奢淫逸是汉帝国走向衰亡的根本原因。这样的评价有些偏激，却也体现其对汉赋美艳文辞的指责和批判。

南宋时期著名的文学家、理学家朱熹，他对汉赋的评论主要见于《楚辞集注》《楚辞后语》。朱熹论汉赋，以道德和真实为标准。首先，朱熹评论汉赋作家的道德品性，他贬斥司马相如"阿意取容"、蔡琰失节于胡虏，更称扬雄的作品为"屠儿礼佛""倡家读礼"，选录这些赋家的作品旨在于"明天下之大戒"，为教化世人提供反面教材。品评文人的道德修养始于六朝，到了宋代，随着程朱理学的兴起，道德批评之风愈盛。朱熹以道德批评为准绳，甚至以道德批评代替文学批评，这样的汉赋观难免偏激。其次，朱熹将作品内容的真实性作为评价汉赋的另一标准。王充在《论衡·定贤篇》中批评司马相如、扬雄的赋作妙称神怪，为"弘丽之文"，"无益于弥为崇实之化"。东晋的左思在《三都赋序》中批评汉赋"假称鬼

---

① （唐）王勃著，（清）蒋清翊注：《王子安集注》，上海古籍出版社1995年版，第129—130页。
② （唐）王勃著，（清）蒋清翊注：《王子安集注》，上海古籍出版社1995年版，第70页。

怪，以为润色""于辞则易为藻饰，于义则虚而无征"。朱熹强调汉赋作品内容的真实性，反对夸张和藻饰，则是接受并进一步发展了前人的汉赋观。他在《楚辞后语·目录序》里明确表示凡"宏衍巨丽之观，欢愉快适之语"皆不收录其中。他更批评司马相如、宋玉的赋作具有内容贫乏、阿谀奉承主上、缺乏讽谏性等种种弊端。朱熹评论和研究过许多古代典籍，但对汉赋作品一直冷眼相看，其汉赋观中也有很多偏激的成分。

除朱熹外，宋代学者王观国、程大昌、王应麟对汉赋作品也有研究。

王观国著有《学林》，共十卷，是一套以辨别字音、字形、字义为主的著作，但该书对汉赋的研究并不仅仅局限于对词语的考证，其对汉赋研究的成就主要体现在以下几个方面。

第一，论汉赋的艺术结构。王观国根据《子虚赋》中子虚、乌有、亡是公三人的问答内容，认为三人相互答问而铺陈成文，文章前后呼应，实为一篇。《文选》将其前后部分分割，前一部分为《子虚赋》；后一部分取名为《上林赋》，致使其文意中断，不可通读，实属不该。王观国较早从艺术结构的角度来考辨赋题，其见识之卓越令人叹服。元人祝尧，今人高步瀛、龚克昌对这一观点进行了更进一步的阐发。同理，王观国认为班固的《两都赋》、张衡的《二京赋》、左思的《三都赋》的体制结构都与《子虚赋》的体制结构相似，文意前后连接，实为一体，不可分割。

第二，论汉赋的艺术手法。王观国在《学林》卷七中专列"三都赋序"条，对汉赋作品中大量使用虚构与夸张的手法进行了透彻的分析。在王观国看来，《上林赋》《甘泉赋》《两都赋》《二京赋》中铺陈夸张的描写，恰好表现了汉帝国的"文物之富盛"，也是大汉帝国蒸蒸日上的国势的真实反映，所以并无不实之处。而对于汉赋作品里大量出现的玉女、宓妃等仙界人物，王观国认为这正是汉赋作家丰富想象力的表现。总之，他认为汉赋作品里大量地使用虚构与夸张的手法，是为赞颂大汉帝国的创作主题服务的，同时也增强了汉赋作品的气势和艺术感染力。

第三，汉赋作品文句的校勘和名物考辨。汉赋作品在传抄的过程中难免会出现错、讹、衍、脱等现象，王观国在阅读汉赋作品时并不迷信文本，而是将多种版本进行对照，再找出其中的差异，最后经过精湛细致的文句校勘确定取舍。宋代学者热衷于汉赋作品里出现的动植物名称和日用品名称的考辨，王观国也不例外，他认为《子虚赋》中提到的芍药既非花草之名，也非兰桂调食的食品，而是一种鱼酱或肉泥。他的观点论据丰富，虽然未必能成定论，但亦足以自立一说。

程大昌著有《诗论》《易原》《禹贡论》《雍录》《考古篇》等书，其《雍录》卷九中对司马相如的《上林赋》有精湛的研究。程大昌认为，汉武帝仿效秦始皇修建上林苑以显示大汉帝国的富强，但对于讽谏之声，汉武帝假装昏昏欲睡而不愿听取。[①] 面对这样的境况，为了达到其讽劝的目的，司马相如在创作汉赋作品时，只有先用华美的辞藻铺陈描写苑囿之大、游猎之盛，极力地夸耀物产的珍奇富足，让汉武帝欣然乐听，然后再进行讽谕和劝诫。程大昌认为司马相如委婉劝谏的创作目的决定了其赋虚构、夸张、铺陈、语言华美等艺术手法的运用，[②] 这与今天的文学理论"内容决定形式，形式与内容互为表里"有异曲同工之妙。程大昌之汉赋观，在道德批评代替文学批评的南宋时期，尤其显得弥足珍贵。

王应麟著有《困学纪闻》《汉艺文志考证》《玉海》《深宁集》

[①] （宋）程大昌：《雍录》卷九，《文渊阁四库全书》史部十一，上海古籍出版社1987年版，第71页。

[②] （宋）程大昌：《雍录》卷九，《文渊阁四库全书》史部十一，上海古籍出版社1987年版，第72页。

等29余种600余卷，其汉赋观主要体现在两个方面：对汉赋名篇的厘清和对汉赋研究资料的汇集。王应麟对班固的《汉书·艺文志》进行了全面的考证，撰成专书《汉艺文志考证》，对西汉的赋家和赋作进行了详尽的考证。此外，王应麟之《玉海》200卷，其中卷五九《艺文部》"赋"条辑录了丰富的汉赋研究资料。这部分内容先引挚虞的《文章流别论》和刘熙的《释名》，以释赋名，再引班固的《两都赋序》《汉书·艺文志》介绍西汉时期辞赋创作的盛况，接着考述枚皋、东方朔、司马相如、扬雄、班固、张衡等著名赋家的赋作、创作经历、社会影响、后人笺注等情况，最后引刘勰《文心雕龙·诠赋》、挚虞《文章流别论》和《西京杂记》等对汉赋的风格特征以及赋史的论述。这为后人学习和研究汉赋提供了宝贵的文献资料。

唐宋时期的汉赋研究，以文献的编录、整理和注释成就最为突出。至于对汉赋研究专门的论文则鲜见，而唐宋时期的汉赋观多为六朝汉赋观的延续。到了元朝，复古风兴起，刘因、陈绎曾、刘壎、陶宗仪等对汉赋作品倍加推崇。其中，祝尧的《古赋辩体》打破了汉赋的理论研究零散无体系、因袭无创新的局面，为元代的汉赋研究注入了理论的色彩。该书按照赋文学历史发展的脉络，将赋分为楚辞体、两汉体、三国六朝体、唐体和宋体五个种类，分类选入若干赋作，书中史、论、评相结合，回溯《文章流别集》的端绪，全面总结元以前的辞赋发展，认可骚为辞赋主，将"古诗之义"和真情实感作为评价汉赋作品的标准，对所选的赋作都作了题解，对所选的赋家都有作者小传。该书思辨性强、观点鲜明、体系严密、结构完整，以指导辞赋创作为目的，富有理论价值和实用价值，成为继刘勰《文心雕龙》之后又一重要的赋学理论专著。

唐宋元时期，批评和否定汉赋作品价值的声音不绝于耳，有的甚至超越了前人的讽谏说。刘知几否定司马相如《子虚》《上林》赋作，批评扬雄《甘泉》《羽猎》等赋作，批判班固《两都》等赋作，"喻过其体，词没其义，繁华而失实，流宕而忘返，无裨劝奖，有长奸诈"（《史通·载文》）。柳冕指责司马相如、扬雄的赋作文多用寡，丧失古义，缺乏教化的意义，君子不为。裴度也在《寄李翱书》中说："相如、子云之文，谲谏之文也，别为一家，不是正气。"李行修也说："时扬雄、司马相如，由是选耎观望，将迎忌讳，劝百讽一，推波助澜，文虽有余，不足称也。"（《请置诗学博士书》）宋人赵湘也以儒家经学为评判汉赋作品的标准，指责汉赋"本有所不固"（《本文》）。可见，唐宋元时期对汉赋作品持批评和否定观点的文人承袭了汉人的汉赋否定观，而且往往更加保守。

唐宋元时期对于汉赋价值的评论，另一种是持肯定的观点。如李百齐的《北齐书·文苑传序》："其间英华卓荦，不可胜纪……屈、宋所以后尘，卿、云未能辍简。于是辞人才子，波骇云属，振鹓鹭之羽仪，纵雕龙之浮采"，对汉赋作品宏大的体制和美丽文辞予以了高度的赞美。姚思廉肯定了《史记》《汉书》《后汉书》为汉赋作家立传的举措，赞美汉赋"经礼乐而纬国家，通古今而述美德，非文莫可也"。此外，房玄龄、魏徵等文人对汉赋作品的评论也持肯定态度。

唐宋元时期，文人们不仅对汉赋作品价值持两种相反的态度，还对汉赋作家的人格修养进行了评判。唐代文人李舟在《独孤常州集序》中批评司马相如、王褒，"于事放弛""薄于贞操"。[1] 殷璠在《河岳英灵集诗评·孟浩然》中称："余尝谓祢衡不遇，赵壹无禄，其过在人也。"[2] 两宋时期，程朱理学强调对人的道德品行要进行约束和控制，在文学批评领域，更强调道德批评。大文豪苏东坡指责

---

[1] （清）董诰等编：《全唐文》（第二册），上海古籍出版社1990年版，第1075页。
[2] 郭绍虞主编：《中国历代文论选》（第二册），上海古籍出版社2001年版，第67页。

司马相如年轻时携卓文君奔蜀是一种令人不齿的行为，壮年时又令其家乡人民受难，临死之际对汉武帝阿谀奉承。在苏东坡看来，司马相如的一生了无是处，其汉赋作品也无丝毫价值。搜集相关资料发现，两宋时期指责司马相如人格品行已俨然成为一种风气。宋代道学对司马相如的指责更为偏激，可概括为好色、贪财、谀主、困邦、无才、祸害天下六大方面。古代学者对文学作品价值的判断，常与作家道德品行的判断紧密相连。一位道德品行高尚的人，他的作品也将备受推崇；一位道德品行备受争议的人，他的作品也往往饱受争议或者被人遗忘。而这种文学评论方法若走向极端，即是以道德评价代替文学批评和文学研究。两宋时期，在程朱理学的大背景下，这种偏执走向极端，甚至走向了诋毁和谩骂。这样的文学批评现象具有鲜明时代性，言辞偏激，实在不足为训。

总之，唐朝时期的汉赋研究进入低谷，人们对汉赋仅仅作概括性的肯定或批判，几乎见不到一篇讨论先唐赋的专文，更缺乏理论建树。到了宋元时期，汉赋研究才慢慢复苏。在这一时期，出现了两种截然相反的汉赋价值观。唐太宗认为汉赋"文体浮华""无益劝诫"，首开先唐否定论的先河。初唐四杰中的王勃和杨炯也对汉赋的丽文美辞加以否定和批判。裴度、李行修、赵湘、柳冕与刘知几持相同的观点。但是许多学者给予了汉赋肯定的评价，现列举如下：

> 房玄龄《晋书·文学传序》："西都贾、马，耀灵蛇于掌握；东汉班、张，发雕龙于绨椠，俱标称首，咸推雄伯。"[1]
> 韩愈《进学解》："子云、相如，同工异曲。"[2]
> 韩愈《送孟东野序》："大凡物不得其平则鸣。……汉之时，司

---

[1] （唐）房玄龄等：《晋书》，中华书局1974年版，第2369页。
[2] 郭绍虞主编：《中国历代文论选》（第二册），上海古籍出版社2001年版，第119页。

马迁、相如、扬雄,最其善鸣者也。"①

以上所引,学者们均对汉赋作了笼统的肯定的评价,并未细加分析,这是唐宋时期汉赋研究的通病。

在这一时期,还出现了一种令人费解的现象:在同一学术流派或同一个人身上,出现了两种截然相反的汉赋评价观。最突出的是李白,他一方面对汉赋非常不满,其《古风》言:"扬、马激颓波,开流荡无垠。废兴虽万变,宪章亦已沦。"一方面又对汉赋推崇备至,自称"余小时,大人令诵《子虚赋》,私心慕之"(《秋于敬亭送从侄耑游庐山序》),又说"若献《长杨赋》,天开云与欢"(《答杜秀才五松山见赠》)。对于以上的现象,我们可以理解为在儒家的政治功用思想与艺术审美理论双重评价标准的影响下,李白的汉赋观流露出了自相矛盾之处。

在唐宋两代的赋家和赋论家看来,有两种对立的意见。一种是着眼于赋的体制风格,探讨赋的作法与艳丽特征的,唐宋两代的律体派大都持如是意见。如白居易的《赋赋》,在追溯了赋的渊源与体制流变后,着力强调了律赋的特色与价值:"义类错综,词彩分布。文谐宫律,言中章句。华而不艳,美而有度。"②虽不乏对赋作"润色鸿业,发挥皇猷"的政治鼓吹,但也深明赋体的风格特色。刘昫的《旧唐书·文苑传序》,对初唐盛行的齐梁文风大力肯定,明显表现出重词彩、声律的理论倾向:"爰及我朝,挺生贤俊,文皇帝解戎衣而开学校,饰贲帛而礼儒生;门罗吐凤之才,人擅握蛇之价。靡不发言为论,下笔成文,足以纬俗经邦,岂止雕章缛句。韵谐金奏,词炳丹青,故贞观之风,同乎三代。高宗、天后,尤重详延;天子

---

① 郭绍虞主编:《中国历代文论选》(第二册),上海古籍出版社2001年版,第125页。
② (唐)白居易著,顾学颉校点:《白居易集》卷三十八,中华书局1979年版,第877页。

赋横汾之诗，臣下继柏梁之奏；巍巍济济，辉烁古今。如燕、许之润色王言，吴、陆之铺扬鸿业，元稹、刘蕡对策，王维、杜甫之雕虫，并非肄业使然，自是天机秀绝。若隋珠色泽，无假淬磨，孔翠翠羽，自成华彩，置之文苑，实焕缃图。"①而中晚唐所产生的大量赋谱、赋格类著作，大多是出于对诗格的模仿，从其功用而言无非以指导士子应试为目的，如现存于日本的《赋谱》，就探讨了赋的句法、结构和押韵等问题，唐代赋韵与后代自是不同，即可借此一窥赋之用韵发展流变之趋向。

另一种是对律体赋深致不满，对赋只讲求声律辞采，无关乎讽谏教谕，认为是有悖于诗教，这派代表主要有唐初史家，古文运动派（前期），晚唐的讽谏派，宋代的经义派，等等。他们或对律赋的"写法"主融入诗家教谕的内涵；或强烈反对律体赋的写作，均表现出以内容为主，以诗律赋的保守倾向和对律赋体制特征的漠视。唐初始兴律体，李调元谓"古变为律，兆于吴均、沈约诸人。庚子山信衍为长篇，益加工整，如《三月三日华林园马射赋》及《小园赋》，皆律赋之所自出"②（《赋话》卷一）。颇重由骈入律现象，这也就决定了初唐赋学思想在接受"齐梁体格"时的矛盾心态，从文学创作的体格风貌而言，一方面唐初文人是接续了齐梁文风，创制出重声律形式的骈文、律赋；另一方面，出于对齐梁靡丽之音的抵制及历史反思的政治需要，他们又排拒当时的浮华文风，倡导文学的道德教化功用。这在初唐四杰之一的王勃身上得到了充分的表征。

唐、宋、元三代赋学的一个显著特点是，有关赋的评论文字大多（不是全部）集中在两个方面。一是对汉魏六朝赋的批评或评价。这明显的有两种意见：一种是指责其过分追求辞藻文采，忽略思想

---

① （后晋）刘昫等：《旧唐书》（第十五册），中华书局1975年版，第4982页。
② （清）李调元著，（清）肖勇校注：《雨村赋话》卷二，巴蜀书社2013年版，第183页。

内涵，缺乏儒家尚用、美刺的功利作用，特别是南朝时期的淫靡文风，在赋作品中表现比较突出，而这恰与当时文坛（尤其是唐初）的提倡和要求有些格格不入；另一种是反对的一派持基本肯定态度，不仅肯定赋的作用和文学价值，且有的自己还创作赋作品（如以赋为题名的文赋作品或赋论文字），这些人不少是文坛的一些名家，如杜甫、韩愈、柳宗元、白居易、苏东坡等。

二是对唐宋时期创作的律赋作评论。这一般理论性较弱，有的根本谈不上赋学，这是因为律赋乃唐宋时期的特殊产物，对它的创作目的和要求几乎完全是应着科举考试而来，很少有文人自觉地创作，实用性太强，文学性不够，因而对其的评论，一般多出于实用角度，即便有对其作艺术性点评的，也往往价值不大。

应当指出的是，唐、宋、元三代出现了一种特殊的赋学著作，它并不对赋本身作研究，也不具体评论赋家及其作品，更谈不上赋学理论色彩，它主要就赋的格律声韵作文章，被称为赋格书，这类书在其前的汉魏六朝不曾有，在之后的明清时代也少见，堪称赋学史上的一种异体。赋格书之所以会在唐、宋、元三代出现，关键在于这个历史时期——主要是唐、宋二代的科举考赋制度，也即其时的科举考试，将撰写律赋列入了科考科目，由此，写好律赋便成了士大夫晋身之阶的重要一环，于是，律赋的写作便成了社会崇尚的一种时髦——至少在希图晋身的平民和士大夫阶层，而撰写律赋必须遵守严格的声韵格律，这对考生来说，必须事先懂得并掌握赋的声韵格律规则，由此便导致了专讲律赋声韵格律的书——赋格书的应运而生。出于历史的原因，赋格书现已亡佚不传，我们很难从现存资料中觅得其清晰的踪影。

唐、宋、元三代中出现了一部比较系统集中论赋的著作，它就是元人祝尧编著的《古赋辩体》。此书核心是辨赋体，主体是为汉魏六朝的赋作品作注，同时穿插结合辨析赋的体制特征、论述赋文体的渊源流变，以及对各代赋家及其作品作评论，应该说，这些结合各篇注所作的辨析论述（包括各体的"序"），代表了祝尧对赋的一系列看法，它们或是元之前赋学观点的继承或延伸，或是祝尧本人对赋和赋家及其作品的独家评价。可以说，这部《古赋辩体》是赋学史上继刘勰《文心雕龙》"诠赋"篇之后有相当影响和价值的赋学专门论著，值得引起赋学研究者的重视。同时，它也表明，祝尧作为一个赋学研究者，依凭此著，应该可以被看作中国赋学史上一位有相当成就和地位的赋学家。

在唐、宋、元三代之间还有北方的辽、金二朝，一般的文学史因其历史短暂，位居北方，且文学作品不多、成就不突出，往往忽略或一笔带过。新时期以来这种现象已有所改变，对辽、金二朝文学史的研究也引起了学界的重视，不少学者予以专攻，且相关的研究论著已有问世。然而，对于赋学来说，这二朝的文坛上确实涉猎者很少，这大概与元代本身创作赋的作者少因而作品也少有密切关系，现可知的在文学史上略有知名度的写作赋的文人，仅元好问等少数人，此外就只有围绕律赋攻科考的了。相应地，对赋作研究或评论的，也就寥若晨星了，今可知者仅王若虚等，王在其文集的《文辨》中有论及赋家及其作品的文字，只是数量不多，新意也少。

唐房玄龄《晋书·左思传》载刘逵注《三都赋》的吴、蜀二赋，谓："观中古以来为赋者多矣，相如《子虚》擅名于前，班固《两都》理胜其辞，张衡《二京》文过其意。至若此赋，拟议数家，傅辞会义，抑多精致，非夫研核者不能练其旨，非夫博物者不能统其异。"[①] 这是记录刘逵以简要的评语对司马相如、班固、张衡及左思的赋作品作的概括评价，所评可谓言简语切，点到实处。同传中还有陈留卫权为左思《三都赋》作的《略解》"序"说："余观《三

---

① （唐）房玄龄等：《晋书》，中华书局1974年版，第2375页。

都》之赋,言不苟华,必经典要,品物殊类,禀之图籍;辞义瑰玮,良可贵也。"①应该说,这是高度肯定了《三都赋》。唐代令狐德棻在《晋书·王褒庾信传论》中特别对辞赋作了评述,在议论了自屈原至贾谊的辞赋之作后,说道:"孝武之后,雅尚斯文,扬葩振藻者如林,而二马、王、扬为之杰;东京之朝,兹道愈扇,咀徵含商者成市,而班、傅、张、蔡为之雄。"②对于赋在两汉时期的盛况,作者以简洁的语言点明。继后,《周书·王褒庾信传论》特别谈到了文章(包括赋)的创作旨要,所谓"文章之作,本乎情性,覃思则变化无方,形言则条流遂广"。③而诗赋、奏议、铭诔、书论虽文体异轸殊途,却大抵"以气为主,以文传意",这八个字应该是非常符合文学创作的本义的,尤其对"气"的强调,是继曹丕"文气说"后的发展,而如若探寻屈原、宋玉、司马相如、扬雄撰写辞赋之奥秘,则作者谓"其调也尚远,其旨也在深,其理也贵当,其辞也欲巧"④。这话不仅说到了这些辞赋家创作辞赋的根本宗旨,更点及了文学创作的总体追求,当然对于"辞巧"而言,恐怕是特别适宜于辞赋的,而对此,令狐德棻是颇有异议的,特别在评价庾信的赋时,认为"其体以淫放为本,其词以轻险为宗",甚至说,庾氏乃"词赋之罪人"。⑤话说得有些过激,却反映了初唐时期文坛的风尚。

初唐时期,批评六朝文学(包括辞赋)的声音特别多,其中包括魏徵、王勃、杨炯、萧颖士、柳冕等,尤其柳冕,似乎甚为激烈,他在《与滑州卢大夫论文书》中说:"屈、宋以降,则感哀乐而亡雅正;魏晋以还,则感声色而亡风教;宋、齐以下,则感物色而

---

① (唐)房玄龄等:《晋书》,中华书局1974年版,第2376页。
② 郭绍虞主编:《中国历代文论选》(第二册),上海古籍出版社2001年版,第15页。
③ 郭绍虞主编:《中国历代文论选》(第二册),上海古籍出版社2001年版,第15页。
④ 郭绍虞主编:《中国历代文论选》(第二册),上海古籍出版社2001年版,第16页。
⑤ 郭绍虞主编:《中国历代文论选》(第二册),上海古籍出版社2001年版,第17页。

亡兴致。教化兴亡，则君子之风尽。故淫丽形似之文，皆亡国哀思之音也。"①当然这种情况到盛唐和中唐时期有所改观了，例如杜甫就对庾信晚年的创作持高度肯定的观点，"暮年诗赋动江关"（《咏怀古迹》）、"庾信文章老更成"（《戏为六绝句》），这说明对辞赋及六朝文学，在唐代并非一概持否定态度。唐代史学家刘知几在《史通·载文》中对文与史关系的论述堪称精辟，他认为文与史在"观乎人文""观乎国风"的功能上是一致的，故而"文之为用，远矣大矣"，"文之将史，其流一焉"，因为它们都"不虚美不隐恶"，可"俱称良直"。②当然这里的"文"乃指先秦时期的《诗经》楚辞，而非丽汉，也非魏晋以后。刘知几对两汉的辞赋是表示轻视的，而对魏晋以后的赋作，刘知几则认为讹谬更多了——虚设、厚颜、假手、自戾、一概等弊病丛生，以至于"言必凭虚"，"行之于世，则上下相蒙，传之于后，则示人不信"。③这是刘知几从一个史学家的角度看待文学（特别包括辞赋）的功能和作用，同时也说明唐代文人对六朝（尤其是南朝）的文坛是颇有非议的。正由于对南朝文风的不齿，唐初很多文人和学者对六朝文学及辞赋持批评态度也就可以理解了。

唐代在论赋的文字中出现了一篇题目非常特别的赋文，那就是著名诗人白居易以"赋"字题为篇名的论赋作品——《赋赋》（载《白氏长庆集》）。这是一篇赋，因为它的篇名为"赋"，但它同时又是一篇专论赋的文，有趣就在这里，在中国赋学史上，《赋赋》篇可以说是"前不见古人，后不见来者"独一无二的论"赋"之赋。

对于扬雄的论赋，似乎不仅在汉代颇有影响，且直到宋代仍有

---

① （唐）柳冕：《与滑州卢大夫论文书》，《唐文粹》卷八十四，《景印文渊阁四库全书》集部第1344册，台北：台湾商务印书馆1986年版，第275页。
② 郭绍虞主编：《中国历代文论选》（第二册），上海古籍出版社2001年版，第50页。
③ 郭绍虞主编：《中国历代文论选》（第二册），上海古籍出版社2001年版，第50页。

人在议论评判,且这种议论评判对人们理解扬雄及赋本身或不无启发。苏东坡在《答谢民师书》中写道:"扬雄好为艰深之辞,以文浅易之说,若正言之则人人知之矣。此正所谓雕虫篆刻者,其《太玄》《法言》皆是类也,而独悔于赋,何哉?终身雕篆而独变其音节,便谓之经,可乎?屈原作《离骚经》,盖风雅之再变者,虽与日月争光可也,可以其似赋而谓之雕虫乎?使贾谊见孔子,升堂有余矣,而乃以赋鄙之,至与司马相如同科。"①(《经进东坡文集事略》卷四六)南宋周紫芝说得更明白:"扬子云好著书,固已见诮于当世,后之议者纷然,往往词费而意殊不尽。唯陈去非一诗,有讥有评,而不出四十字:'扬雄平生书,肝肾间碉镂。晚于玄有得,始悔赋《甘泉》。使雄早大悟,亦何事于玄。赖有一言善,《酒箴》真可传。'后之议雄者,虽累千万言,必未能出诸此。"②(《竹坡诗话》,见《历代诗话》)看来周紫芝引陈去非的诗评扬雄,似更能点中实质。宋代洪迈的《容斋随笔》(还包括续笔、三笔)虽非专门的纯文学评论著作,其所议所论却多半涉及文学,且甚富学术价值,历来受到学界重视。《容斋随笔》中他在谈到汉代枚乘《七发》时,对之评价很高,认为"创意造端,丽旨腴词,上薄《骚》些,盖文章领袖,故为可喜"。而后代的那些模拟之作,包括傅毅《七激》、张衡《七辩》、崔骃《七依》、马融《七广》、曹植《七启》、王粲《七释》、张协《七命》等,在洪迈看来均属"规仿太切,了无新意"。③此论确属切当之言,枚乘《七发》着实开了文坛风气之先,在赋体文学作品中独辟一径,且自此"七"体文独成一体,在文学史上刻下了难以磨灭

---

① (宋)苏轼撰,(宋)郎晔注:《经进东坡文集事略》,续修四库全书集部别类集第1315册,上海古籍出版社2002年版,第121页。
② (宋)周紫芝:《竹坡诗话》卷十八,《景印文渊阁四库全书》集部第1480册,台北:台湾商务印书馆1986年版,第58页。
③ (宋)洪迈:《容斋随笔》卷七,《景印文渊阁四库全书》子部第851册,台北:台湾商务印书馆1986年版,第324页。

的一页。后世效仿者，虽依葫芦画瓢，却再难胜出，如同《离骚》之后，拟骚作品日渐唱衰。洪迈对宋玉二篇赋作的比较与评价，也堪称的论："宋玉《高唐》《神女》二赋，其为寓言托兴甚明。予尝即其词而味其旨，盖所谓发乎情，止乎礼义，真得诗人风化之本。"① 而《容斋诗话》对辞赋作品中所塑造的假想人物，认为乃规仿屈原"渔父"篇"渔父"之人物，也属言之有理——这些假想人物包括司马相如《子虚》《上林》的子虚、乌有先生、亡是公，扬雄《长杨赋》的翰林主人、子墨客卿，班固《两都赋》的西都宾、东都主人，等等。洪迈认为，这些规仿的人物均为"改名换字，蹈袭一律，无复超然新意"，② 这话说得更是有理。其实屈原"渔父"篇的"渔父"，实在是个很有特殊创意的人物，他是《庄子》"渔父"篇"渔父"人物形象的承袭与发展，是个寄以作者深刻寓意和哲理成分的文学人物形象，而洪迈所举的那些后世效仿"渔父"的人物，恐怕未必读懂或理解了这个"渔父"形象，因为从他们的作品内容看，很难让人能体会出这些假想人物身上有着多少作者有意识的寓意或寄托，他们同作品主题多少有着必不可少的牵连，充其量只是个出场过渡或牵线搭桥的人物而已。

朱熹的《楚辞集注》是一部楚辞学史上里程碑式的著作，在专论楚辞的同时，该书的《楚辞后语》部分，也涉及了对一些赋作品的评论，文字本身并不多，但所论对后人理解和评价这些赋作不无裨益。如注司马相如《哀秦二世赋》时提出，司马相如的作品"能侈而不能约，能谄而不能谅"，其《子虚》《上林》两篇因"夸丽而不能入于楚辞"，《大人赋》"终归于谀"，《哀秦二世赋》是"顾乃

---

① （宋）洪迈：《容斋随笔》卷七，《景印文渊阁四库全书》子部第 851 册，台北：台湾商务印书馆 1986 年版，第 290 页。
② （宋）洪迈：《容斋随笔》卷七，《景印文渊阁四库全书》子部第 851 册，台北：台湾商务印书馆 1986 年版，第 324 页。

低徊局促，而不敢尽其词焉，亦足以知其阿意取容之可贱也"。①应该承认，从司马相如作品的思想内容及他的创作动机来看，朱熹的这些话是一针见血的，只是就客观全面衡量一个作家言，他谈"义理"多了些，论艺术价值少了些。不过，对班婕妤的《自悼赋》，朱熹却给予了高度评价："至其情虽出于幽怨，而能引分以自安，援古以自慰，和平中正，终不过于惨伤。"认为其与《柏舟》《绿衣》（均《诗经》作品）"词义同美"，班本人是"德性之美，学问之力，均有过人处"。②无一微词，朱熹之褒奖于此可见一斑。

此外，朱熹对贾谊及其赋作的议论应该说言之有理，切合了贾谊的实际身世感受，点到了实处，而贾谊之后的人对他的评价，也能谈出中肯之论。朱熹说："谊以长沙卑湿，自恐寿不得长，故为赋以自广……谊有经世之才，文章盖其余事。其奇伟卓绝，亦非司马相如辈所能仿佛。而扬雄之论，常高彼而下此，韩愈亦以马、扬厕于孟子、屈原之列，而无一言以及谊，余皆不能识其何说也。"③看来，朱熹对贾谊还是持肯定态度并十分同情他的，所言与司马迁"列传"有异曲同工之处。

元代应该说是文学批评史上的低潮期，产生的论著不多，这与元代当时整个时代的社会条件与文化背景密切有关，与之相应，这个历史时期赋学方面的论著也不可能多，但有意思的是，元代在赋学领域问世了一部很值得重视且颇有分量和参考价值、以辨析古赋体制源流为主旨的赋学著作，这就是祝尧的《古赋辩体》。该书共十卷，分正集、外录两部分，正集按时代先后分为：楚辞体、两汉体、三国六朝体、唐体、宋体五种赋体（按笔者之见，楚辞不应属于赋的范畴，这里乃视楚辞体为骚赋）。每体前有祝"序"，外录部分，

---

① （宋）朱熹：《楚辞集注》，上海古籍出版社1979年版，第308页。
② （宋）朱熹：《楚辞集注》，上海古籍出版社1979年版，第246-247页。
③ （汉）司马迁：《史记》卷八十四，中华书局1959年版，第2496页。

分为五类，分别为：后骚、辞、文、操、歌。

正集的具体论述中，祝尧又按古赋、俳体、律体、文赋四种分法，分别对应上述赋体（除楚辞外），即两汉体—古赋，三国六朝体—俳体（即骈赋），唐体—律体（律赋），宋体—文赋（唐、宋两朝的律赋和文赋两种文体，既各有分别，也互有交叉——笔者注）。

《古赋辩体》论赋主要包括三方面内容：辨赋体（包括赋的源流演变）、论赋家、析赋作。辨赋体是《古赋辩体》的核心内容，祝尧在《古赋辩体·序》中已明确指出，他的目的是"因体制之沿革而要其指归之当一"，由是，他在引证前人观点基础上指出：楚骚乃赋之祖，而骚又由诗变之，因而为赋者，须深谙诗骚，并辨明诗骚之异同（"异同两辨，则其义始尽，其体始明"），方能"情形于辞……意思高远"，"辞合于理，旨趣深长"。为此，祝氏"以历代祖述楚语者为本，而旁及他有赋之义者，固附益于辨体之后，以为外录，庶儿既分非赋之义于赋之中，又取有赋之义于赋之外，严乎其本，通乎其义"，以一助赋家辨明赋义；同时，为使赋体源流能清晰可辨，祝氏在"外录"部分的骚与赋之中，特列"后骚"部，谓："楚臣之骚，即后来之赋……赋虽祖于骚，而骚未名曰赋，其义虽同，其名则异。若自首至尾以骚为赋，混然并载，诚恐学者徒泥图骏之间，而不索骊黄之外。骚为赋祖，虽或信之，赋终非骚，亦或疑之矣。故先以屈宋之骚载之，为正赋之祖，而别以后来之骚录之，为他文之冠，有源有委，而因委知源；有祖有过，而因过知祖，则古赋之体，或先或后，同源并祖，于此乎辨之其可也。"① 这里所谓"后骚"，其实是汉代及其后（主要是两汉）拟骚作品的代称，祝尧所辨，乃辨清骚、赋及后骚的互相关系。

---

① （元）祝尧：《古赋辩体》卷九，《景印文渊阁四库全书》集部第1366册，台北：台湾商务印书馆1986年版，第837页。

第四节　明清及近代时期

　　明清与近代是汉赋研究的总结与深化时期,汉赋得到深入的研究与全面的清理,辞赋总集、选集如雨后春笋般涌现。首先,出现了大量的赋论专著,其中对汉赋的论述成为主要的内容。如李调元的《赋话》、浦铣的《历代赋话》。其次,刘熙载《艺概·赋概》总结了古代汉赋研究成果,新见迭出。总的来说,明清及近代的汉赋研究体现出三个特点:其一,对汉赋作品的分类、整理和抢救工作方面成绩非常突出;其二,对汉赋作品的点评和注释工作细致入微;其三,汉赋的理论研究体现出很强的思辨色彩,再较之前代的汉赋研究,这一时期的汉赋研究不仅在理论建树上有很多的突破,更体现出很强的总结性,为我国古代汉赋的研究画上了圆满的句号。

　　褒扬汉赋与贬抑汉赋的争论在每一朝代都有出现,但在明代,这种争论在复古派与反复古派间尤为激烈。明初的刘基就对相如赋表示了不满:"武帝英雄之才,气盖宇宙,而司马相如又以夸诞之文侈之,以启其夜郎邛笮,通天桂馆、泰山梁甫之役,与秦始皇帝无异。致勤持斧之使,封富民之侯,下轮台之诏,然后仅克有终。文不主理之害,一至于斯,不亦甚哉!"[1] 他认为汉武帝的种种过失都是相如赋之夸大失实造成的,这样的评价夸大了文学对政治的负面影响。稍后的方孝孺对相如、扬雄赋进行了更加猛烈的抨击,对汉

---

[1] (明)刘基:《诚意伯文集》卷十五,《景印文渊阁四库全书》集部第1255册,台北:台湾商务印书馆1986年版,第364页。

赋的艺术特征进行了全盘否定。王守仁的观点则与刘基相通，也是对相如赋夸张艳丽的言辞提出了强烈的批评。复古派的代表人物"前七子""后七子"的汉赋观表现出了明显的贵古贱今的倾向，他们主张"文必秦汉，诗必盛唐"，而且认为赋兴盛于汉朝，衰落于魏晋时期，却亡于唐代。[①]反复古派的汉赋观则与复古派完全相反。吴讷的《文章辨体》、徐师曾的《文体明辨》收录了大量的汉赋作品，并对汉赋的价值予以了充分的肯定。他们认为，汉赋尽管有铺陈夸张的特点，但最终归于讽谏，或"缘情发义，托物行词"，所以"虽词人之赋，而君子犹有取焉，以其为古赋之流也"。[②]

可见，吴讷和徐师曾继承了祝尧尊崇古赋之流的传统。总的看来，复古派和反复古派各执一词，相互攻击。从汉赋研究成果的角度看来，复古派理论著作成果显著，产生了《艺苑卮言》《诗薮》《四溟诗话》等著作；而反复古派却没有太多建树。相形之下，张溥的汉赋观则显得更加客观，他在《汉魏六朝百三家集》中以具体作家的个人遭遇、社会环境、思想性格为切入点，分析具体作家的创作特点，提出了许多真知灼见，代表了明代汉赋研究的最高成果。

明代的诗话、笔记中涉及汉赋评论。杨慎的《升庵诗话》论汉赋14条，《丹铅杂录》论汉赋23条，《丹铅续录》论汉赋2条。合而观之，杨慎之汉赋观主要体现在对汉赋作品的辨字审音、考释词语的源流两个方面。此外，杨慎非常重视对汉赋作品艺术手法和思想内涵的探究。他认为扬雄的《长杨赋》欲抑先扬，巧妙地达到了讽谏的目的，这样"推而隆之"的巧妙讽谏方法与《庄子》中的华子谏魏罃语言有异曲同工之妙。这既为汉赋"劝百讽一"的现象找到了历史根源，也否定了对其"丧失讽谕之义"的评价。谢榛的

[①] 踪凡：《汉赋研究史述略》，《社会科学辑刊》2002年第1期。
[②] （明）徐师曾：《文体明辨》，《四库全书存目丛书》集部第312册，齐鲁书社1997年版，第550页。

《四溟诗话》有24卷,末4卷也包含了一些对汉赋作品的评论。较之前代文人,谢榛汉赋观之创新之处在于其分析了诗与赋的异同。他认为诗与赋在使用语言和创建意境方面不同,诗不使用难字、生僻字,旨在构建深远而典雅的意境;赋常用难字、生僻字,却无伤大雅,但是,谢榛认为诗和赋两种文体也有相通之处,赋中有一些作品是可以合乐而歌的。王世贞的《艺苑卮言》12卷,是明代汉赋研究的重要成果。王世贞在谢榛讨论诗、赋二体的基础上进一步讨论了骚、赋、诗、文四种文体的异同。他在《艺苑卮言》中说:"骚赋虽有韵之言,其于诗文,自是竹之于草木,鱼之于鸟兽,别为一类,不可偏属。"[1]古人认为,竹似草似木,又非草非木;鱼似鸟似兽,又非鸟非兽,自成一类。王世贞用竹和鸟自成一类的形象比喻,道出了骚、赋介于诗歌和散文之间,却为两不属的中间性质。此外,王世贞重新评估了司马相如在赋史上的地位。其《艺苑卮言》卷二云:"屈氏之骚,骚之圣也;长卿之赋,赋之圣也。一以风,一以颂,造体极玄,故自作者,毋轻优劣。"[2]宋代的林艾轩在《朱子语类》中曾指出"相如,赋之圣也",王世贞进一步对这一观点进行了具体的阐述,将屈原和司马相如并提,分别赞为"骚圣"和"赋圣",二人或颂或讽,各有所长,不必强分优劣。对于贾谊、枚乘、班固、张衡等赋家,王世贞在《艺苑卮言》中也有所讨论,但多论其创作风格特征,论述言简意赅,耐人寻味。胡应麟之《诗薮》是明代又一部著名的诗话论著,其间也有对汉赋作品的讨论。《诗薮·内编》卷一云:"骚与赋句语无甚相远,体裁则大不同:骚复杂无论,赋整蔚有序;骚以含蓄委婉为上,赋以夸张宏巨为工。"王世贞曾辨别骚、赋二体之异,胡应麟将其观点细致地阐发,论述更加

---

[1] (明)王世贞:《艺苑卮言》,丁福保辑:《历代诗话续编》,中华书局1983年版,第17页。
[2] (明)王世贞:《艺苑卮言》,丁福保辑:《历代诗话续编》,中华书局1983年版,第34页。

准确。在汉赋研究史上,胡应麟最大的贡献在于对汉赋文献进行过一次大规模的清点和整理。在《杂编》卷一中,胡应麟尽录了《汉书·艺文志》中所有的赋作,而对《汉书·艺文志》没有著录的赋作,又从《文选》《古文苑》《文苑英华》《文选补遗》《广文选》中考察清点。总之,胡应麟对当时所能见到的全部赋作进行了整理和清点,是较早对汉赋文献进行厘清的学者,其在汉赋研究史上的功绩是值得肯定的。焦竑《焦氏笔乘》中有5条内容论及汉赋作品,主要是考辨《子虚》《上林》之名的来历,以及对萧统割裂《子虚》《上林》之荒谬的批判,论点颇有新意。

郝敬在《艺圃伧谈》中有10条论及汉赋,其汉赋观可概括为以下三点。第一,将道德评价渗透进汉赋作品评价中。比如郝氏认为扬雄"人品原不足法",其汉赋作品也无价值可言。第二,提倡创新,反对模拟。郝敬认为"古今文章弊于模拟",推崇具有创新精神的赋作。第三,强调风骨情韵,反对堆砌雕琢。这是郝敬汉赋观中最有意义的部分。《艺圃伧谈》卷三云:"相如《子虚》,尚存风骨;其次班固《两都》,骨肉匀称,有典有则;张衡绵丽多奇藻;左思丰博典要,而人不厌。"① 郝敬所谓"骨",指的是汉赋作品的思想情感;所谓"肉",指的是汉赋作品华丽的语言。骨是主干和核心,肉是枝叶和点缀。方以智《通雅》是一部兼有杂考性质的训诂学著作,其中对汉赋作品的联绵词进行了穷源式的探讨。此外,他还对汉赋作品中的名物进行了大量的考辨,并以大量的文献资料作为佐证。总之,明代的汉赋研究多见于诗笔记中,在赋和其他文体的辨析、司马相如在赋史上地位的重新定义、汉赋作品的收集和清点、品评赋家赋作、汉赋作品语言和名物的考辨等许多方面的问题得到进一

---

① (明)郝敬:《艺圃伧谈》,周维德编校《全明诗话》卷四,齐鲁书社2005年版,第2882页。

步探讨和突破，且已经初具总结性的特点。

清代，赋集编撰开始盛行，赋话也逐渐兴起，于诗话、文话、曲话外，另辟一门。这标志着汉赋研究进入了更高级的阶段，中国古代赋学研究进入了理论总结阶段。这一时期，吴景旭、王之绩、程延祚、李调元、浦铣、孙梅、章学诚、王芑孙、刘师培、章炳麟、刘熙载等学者的著作中都有论及汉赋的精彩文字。

吴景旭的《历代诗话》是一部评论诗赋的巨著，其中丙集（卷一三至卷二一）专门论赋。吴景旭论汉赋，主要是对汉赋作品中的名物、地理、典故、语词等进行细致的考辨和分析，旁征博引，往往也将前人的研究融会贯通。吴氏之研究，以大量的文献资料为佐证，这已经走出了单纯的汉赋研究的视野，成为专门的名物研究，对今天学者的研究具有参考价值。

王之绩的《铁立文起》主要论及文学作品写作之法。该书卷九、卷一〇、卷一一、卷一二都论及汉赋创作，王之绩的汉赋观可概括为以下五点。一是论赋之文体性质。王之绩继承了明代学者王世贞的观点，亦认为赋是一种介于诗歌和散文之间的文体。现当代的汉赋研究学者也多持这样的观点。二是关于汉赋作品高下工拙的判断。王之绩承袭了元代祝尧、明代吴讷的观点，以《诗经》之"六义"论汉赋作品之高下工拙。凡"得风雅颂赋比兴之意则为正"，这样的汉赋作品价值最高；反之，则价值次之。三是论汉赋作品的创作。王之绩较为细致地讨论了汉赋作品虚构夸张的创作手法、主客问答的构思、赋中作歌、赋后之乱等问题，并指出"才不大不可，文不真不可"，汉赋创作需有情、有词、有理。四是论赋之分类。王之绩承袭了徐师曾《文体明辨》的观点，将历代赋作分为：古赋、俳赋、律赋、文赋四类，并分别予以讨论。此外，对于赋作之分类，王之绩又补充了大赋和小赋两种，但今人认为此说有失严谨。五是王之绩总结了赋作之五失——艰深、浅陋、直说、不能定宗、不知诗教。

现代学者认为，王氏论及汉赋之失，前三种是很有见地的。总的看来，王之绩之汉赋观体现出抬高屈原贬低司马相如的倾向，更崇尚抒情为主的小赋，贬低散体大赋。王之绩之《铁立文起》辑录了丰富的赋学资料，为后来浦铣编写《历代赋话》、李调元编写《赋话》奠定了基础、提供了借鉴。

程延祚的《骚赋论》是中国古代骚赋辨体的代表之作。明代的王世贞和王应麟辨析了骚、赋二体的差异。王世贞在谢榛讨论诗、赋二体的基础上进一步讨论了骚、赋、诗、文四种文体的异同，他用竹和鸟自成一类的形象比喻，道出了骚、赋介于诗歌和散文之间，却为两不属的中间性质；胡应麟将其观点细致地阐发，论述更加准确。程延祚之《骚赋论》在此基础上全面地辨析了骚、诗、赋三体之差异，全书富有极强的理论色彩，分为上、中、下三个部分。上编观点鲜明、脉络清晰，主要是从文学史发展的角度考察诗、骚、赋三者的内在联系。如云："声韵之文，诗最先作"，[1] 又云："盖风、雅、颂之再变而后有《离骚》，骚之体流而成赋。赋也者，体类于骚而义取于诗者也"，[2] "然则诗也，骚也，赋也，其名异也，义岂同乎？"[3] 程延祚指出骚、诗、赋三体虽彼此互异，却又相互继承，最终他得出"诗者，赋、骚之大原"的结论。程氏之分析论据充分，且具有较强的理论色彩，进一步深化了诗、骚、赋三体关系之研究。中篇则简明地分析了赋文学的发展历史，虽多借鉴旧说，但史论结合，较为准确地把握了各大赋家的风格特征。下篇主要从创作的角度论汉赋，认为写赋"不可以宗骚"，否定了赋文学发展史上的祖骚宗屈论。总的看来，程延祚之《骚赋论》有辨体、有赋史、有创作论和批评论，观点鲜明、脉络清晰，且具有较强的理论色彩，是中

---

[1] （清）程延祚撰，宋效永校点：《骚赋论》，《青溪集》，黄山书社2004年版，第66页。
[2] （清）程延祚撰，宋效永校点：《骚赋论》，《青溪集》，黄山书社2004年版，第66页。
[3] （清）程延祚撰，宋效永校点：《骚赋论》，《青溪集》，黄山书社2004年版，第67页。

国古代赋文学发展史上不可多得的佳作。

李调元《赋话》凡10卷,分为《新话》和《旧话》两部分。《新话》主要讲作赋之法,主要论及唐赋,兼及宋元明赋。《旧话》是一部赋文学创作史,主要收录了历代赋家的生平事迹和赋作创作逸事。其辑录的文献主要出自史书、子书、诗话、笔记、赋序等各类文献,范围甚广,为后人研究汉赋提供了丰富而宝贵的文献资料。

浦铣的《历代赋话》在内容和体例上都超越了李调元的《赋话》。首先,较之李调元的《赋话》将历代赋家的生平事迹和作赋逸事杂乱地排列,浦铣的《历代赋话》则有序地将所辑录的赋学资料分成两大类:一类是从正史辑录的历代赋家的生平事迹、作赋逸事和赋作评论的资料编入《正集》,按朝代排列,凡14卷;另一类是从正史以外的野史中辑录的历代赋家的生平事迹、作赋逸事和赋作评论的资料编入《续集》,亦按朝代排列,凡14卷。其次,李调元的《赋话》从各类文献资料中摘录与赋学相关的各类句子或段落,但往往只有短短数十字,破坏文献资料的完整性。浦铣的《历代赋话》从各类史书资料中辑录的赋学资料,每条往往都有数百字,较完整地保存了赋家的生平事迹、作赋逸事和赋作评论的史料。再次,浦铣的《历代赋话》较之李调元的《赋话》,辑录的资料更加丰富。《历代赋话》共28卷,从各类诗话、笔记、类书、古注、野史、诸家文集等中采辑资料,其材料的丰富性超越了《赋话》。

孙梅著有《旧言堂集》和《四六丛话》,其中《四六丛话》卷四、卷五辑录了有关赋的材料。孙梅肯定了汉赋的艺术价值和社会功用,其称:"两汉以来,斯道为盛,承学之士,专精于此。赋一物则究此物之情状,论一都则包一朝之沿革。缀翰传诵,泐成一子,藩溷安笔砚,梦寐刳肠胃。一日而高纸价,居然而验土风,不洵可贵欤!"①(《四六丛话》)孙梅借用司马相如、左思、扬雄等汉赋作家创作赋的典故,极言汉赋创作之艰辛,同时他也指出汉大赋穷形尽相的创作特点,肯定了汉赋作品独特的社会功用和艺术特点。

章学诚之汉赋观见于《校雠通义》,其观点最精湛之处在于探讨了汉赋的渊源:

> 古之赋家者流,原本《诗》《骚》,出入战国诸子。假设问对,《庄》《列》寓言之遗也;恢廓声势,苏、张纵横之体也;排比谐隐,韩非《储说》之属也;征材聚事,《吕览》类辑之义也。虽其文逐声韵,旨存比兴,而深探本原,实能自成一子之学。②

前代文人论及赋之源流,或主诗源说,或主辞源说,或称赋出于楚辞、《诗经》,罕见从韵文之外探究赋之本源者。章学诚从赋本身的艺术特色和内在结构出发,将一源论与二源论向前推进了一步,提出了三源论,认为先秦诸子散文是赋文学的另一源头。章学诚认为汉赋作品中游猎、京都题材的赋作是受到了先秦诸子散文、纵横家说辞的影响。章学诚之多源说,论据充分,今人龚克昌、马积高、冯杰等学者论及赋之源头皆受其影响

王芑孙的《读赋卮言》是清代赋学研究领域一部卓有见地的佳作。该书分16项,概述了赋之源流、文体特征、创作方法、作赋时要注意的特殊问题、赋之创作与作家修养的关系,论述清晰、布局合理,是一部旨在指导作赋的理论著作。此外,王芑孙在书中提出"诗莫盛于唐,赋亦莫盛于唐"的见解,摆脱了传统思想的束缚,颇具新意,马积高的《赋史》对此说大为赞叹。

---

① (清)孙梅著,李金松点校:《四六丛话》,人民文学出版社2010年版,第123页。
② (清)章学诚:《文史通义》,台北:华世出版社1980年版,第604页。

刘师培是清末民初著名的文学史家,论赋之言见于《论文杂记》《南北文学不同论》,其汉赋观主要表现为以下两点。一是论汉赋与楚辞的关系。在赋之渊源问题上,刘师培持多源说。他认为赋文学受到《诗经》、楚辞的影响,《诗经》是赋文学的远源,楚辞是赋文学的近源。此外,刘师培吸取了章学诚之先秦诸子散文是赋文学的另一源头的观点,称:"欲考诗赋之流别者,盍溯源于纵横家哉!"①而在论及赋文学与楚辞之渊源时,论述最为详细。其《论文杂记》云:"秦汉之世,赋体渐兴,溯其渊源,亦为楚辞之别派。忧深虑远,《幽通》《思玄》,出于《骚经》者也;《甘泉》《藉田》,愉容典则,出于《东皇》《司命》者也;《洛神》《长门》,其音哀思,出于《湘君》《湘夫人》者也……《西征》《北征》,叙事记游,出于《涉江》《游远》者也……《七发》乃《九辩》之遗,《解嘲》即《渔父》之意,渊源所自,其可诬乎?"②刘师培将汉赋名篇与楚辞作品一一比对,细心分析,指出两者之间的渊源关系。二是论赋的地域特色和时代变迁。刘师培在《南北文学不同论》中指出:"盖屈原、陆贾,籍隶荆南,所作之赋,一主抒情,一主骋辞,皆为南人之作;荀卿生长赵土,所作之赋,偏于析理,则为北方之文。"③刘氏认为赋文学偏于抒情或偏于析理,受赋作家所处地域环境的影响。此论点从地域文化的角度研究汉赋,角度新颖,为后世学者研究汉赋提供了新的维度。刘师培进一步指出,西汉时期的汉赋作品,或为纵横家之流,如枚乘《七发》,司马相如《子虚》《上林》,扬雄《羽猎》《河东》,或源于楚辞,如司马相如《长门》《大人》,扬雄《反离骚》,但都皆为南音,属于南方文学的范畴,所以,刘氏认为西汉时期的汉赋创作是南方文学的天下。至于东汉,赋风大变,南音消歇,北

---

① (清)刘师培:《论文杂记》,《刘申叔遗书》,江苏古籍出版社1997年版,第716页。
② (清)刘师培:《论文杂记》,《刘申叔遗书》,江苏古籍出版社1997年版,第719页。
③ (清)刘师培:《南北文学不同论》,《刘申叔遗书》,江苏古籍出版社1997年版,第560页。

音大畅，东汉时期的汉赋创作则演变为北方文学的天下。对于此赋风演变的缘由刘师培认为是纵横家衰退、楚辞创作与研究的萧条、儒学兴起等多方面导致。刘师培以宏观角度立论，从汉代思想文化背景的角度探讨汉赋创作之变迁，论点令人耳目一新，颇具深意。

　　章炳麟是清末民初著名的社会活动家，其对汉赋的论述主要见于《国故论衡》。首先，章炳麟探讨了诗、赋之异。他从读者接受的角度出发，认为以《诗经》为代表的诗歌，"盖未有离于性情"，让人心生感动，潸然泪下。而赋作却不然，无论是意于劝诫的儒家之赋，如荀卿之《成相》，还是描绘都会、城郭、游射、郊祀、草木山川的汉大赋，如司马相如《子虚》，扬雄《羽猎》《甘泉》《长杨》《河东》，左思《三都》，抑或是"侔色揣称，曲成形相"的抒情小赋，如孙卿《蚕赋》《箴赋》，王延寿《王孙赋》，都无法达到诗歌那样感动人心、催人泪下的艺术效果，读之也不能令人心生感动。章炳麟认为这是由诗与赋各自的文体特征决定的。诗歌长于抒情和意境的营造，赋长于体物和驰骋想象。因此，诗歌容易打动人心、牵动读者心底的情思，而赋作家尽管有感而发，而因文体特征自身的限制，终究无法尽情抒怀、感动人心。此外，章炳麟对刘歆《七略》中的诗、赋之分作了较为合理的推测："不歌而诵，故谓之赋；叶于箫管，故谓之诗。其他有韵诸文，汉世未具，亦容附于赋录。"[①]（《国论故衡·辨诗》）凡可以配乐而歌的皆隶属诗歌，不配乐的诗歌则隶属赋类，其他韵文，虽不以赋命名，但皆归入赋类。刘歆、班固对诗、赋之分的论述并未作详细说明，而章炳麟则以历史的观点将此论予以具体阐发。其次，刘歆之《七略》将赋分为四家：屈原赋之属、陆贾赋之属、孙卿赋之属、杂赋。章炳麟对此汉赋四家提出了个人看法，其中最突出的是"陆贾赋"之源流变迁的

---

① 郭绍虞主编：《中国历代文论选》（第四册），上海古籍出版社2001年版，第118页。

论述：

> 陆贾不可得从（踪）迹，虽然，纵横者（赋之本。古者诵《诗》三百，足以专对。七国之际，行人胥附，折冲于尊俎间，其说恢张谲宇，绅绎无穷，解散赋体，易人心志。鱼豢称鲁连、邹阳之徒援譬引类）以解缔结，诚文辩之隽也。武帝以后，宗室削弱，藩臣无邦交之理，纵横既黜，然后退为赋家。时有解散，故用之符命，即有《封禅》《典引》；用之自述，而《答客》《解嘲》兴。文辞之繁，赋之末流尔也。①

章炳麟认为汉武帝时期，中央集权加强，诸侯国势力削弱，原本游走于各诸侯国之间的纵横家退为赋家，在汉赋作品中去展现自己雄辩口才和政治主张。章炳麟对"陆贾赋"源流变迁的论述承袭了章学诚关于汉赋亦出于先秦纵横家之说，更通过陆贾赋之兴衰嬗变，展现了时代变迁对文学创作的巨大影响。

刘熙载的《艺概·赋概》是清代汉赋研究的一部杰作，也是清代赋话的重要代表。该书勾勒了汉魏六朝赋的发展演变历程，而在论及赋学的基本问题时，也大多以楚辞和两汉魏晋赋为例，体现了刘熙载对这一时期赋作的推崇。刘熙载之汉赋观主要体现为以下五个方面。第一，汉赋文体论。对于汉赋作品的文体性质，历代学者众说纷纭。有人称汉赋为"古诗之流"，如班固《两都赋序》、吴景旭《历代诗话》等，也有人将汉赋纳入散文的范畴，如姚鼐《古文辞类纂》。刘熙载基本上沿用了汉赋为"古诗之流"的旧说，但他并没有将汉赋等同于诗歌，而是在《文概》《诗概》外单列《赋概》，

---

① 郭绍虞主编：《中国历代文论选》（第四册），上海古籍出版社2001年版，第113—114页。

将汉赋视为与诗歌、散文不一样的文体。这与刘勰《文心雕龙》在《明诗》《辨骚》外又有《诠赋》篇一样,都体现了论者对汉赋作品文体特征的独特体悟。而与刘勰《文心雕龙》论赋之不同在于,刘熙载的《艺概·赋概》不仅探讨了诗歌与汉赋文体之同,也揭示了两者的文体之异:

> 诗为赋心,赋为诗体。诗言持,赋言铺,持约而铺博也。古诗人本合二义为一,至西汉以来,诗、赋始各有专家。
> 乐章无非诗,诗不皆乐;赋无非诗,诗不皆赋。故乐章,诗之宫商者也;赋,诗之铺张者也。
> 赋别于诗者,诗辞情少而声情多,赋声情少而辞情多。①

刘熙载准确地把握了汉赋与诗歌两种文体的辩证关系,认为"诗为赋心,赋为诗体",诗歌语言简约,汉赋语言繁复;诗歌旨在抒情,汉赋旨在体物;诗歌语言空灵、意境优美,汉赋文辞绚烂、铺陈描绘。刘熙载十分周密地阐述了诗歌与汉赋两种文体间亲密的血肉联系,更揭示了文学从简约走向繁复的必然趋势。

第二,汉赋渊源论。刘熙载在讨论汉赋与前代文学之继承与发展关系时,论及汉赋之渊源:

> 言情之赋本于《风》,陈义之赋本于《雅》,述德之赋本于《颂》。
> 李仲蒙谓:"叙物以言情谓之赋,索物以托情谓之比,触物以起情谓之兴。"此明赋、比、兴之别也。然赋中未尝不兼具比、兴之意。②

---

① (清)刘熙载撰,袁津琥校注:《艺概注稿》,中华书局2009年版,第411页。
② (清)刘熙载撰,袁津琥校注:《艺概注稿》,中华书局2009年版,第410页。

刘熙载高度肯定了《诗经》对各种题材的汉赋作品的规范和引导作用,全面论述了《诗经》之"六义"在汉赋作品中的具体表现,他认为"言情之赋""陈义之赋""述德之赋"无不源出于《诗经》。此外,刘熙载论汉赋更突出的地方在于,他提出"赋兼比兴"的论断,认为诗与赋在情感与比兴上都存在一致性。刘氏此说较之前代学者的"赋出古诗之流"说,或纯粹强调诗、赋二者差异性,更能揭示文学作品以情感为基石的本质属性。刘熙载不仅从文学内部的嬗变来分析汉赋兴起的原因,更从外部的社会历史环境进行分析和探讨。他认为汉帝国丰富多彩的社会生活有力地促进了汉赋的兴起和繁荣。《赋概》云:

> 赋起于情事杂沓,诗不能驭,故为赋以铺陈之。斯于千态万状,层见迭出者,吐无不畅,畅无或竭。[1]

夏、商、周时期,国力不够强大,版图亦有限,社会不够安定,天子对各大诸侯的统治亦较薄弱。降至汉代,天子高度中央集权,政治稳定,经济繁荣,版图空前扩大,国力空前强盛,成为我国历史上第一个政治、经济、文化高度繁荣的时期。这样的社会环境,一方面刺激了文人们的创作热情,另一方面为文人们的创作提供了丰富的写作素材。刘熙载认为,在这样的社会历史背景下,长于抒发烦闷愁绪的楚辞章法,抑或是四言短章的《诗经》体式,都不能满足文人们的创作需求。而长于铺陈写物、叙述故事、抒发情感、表达思想的汉赋,体制写法十分灵活,既有抒发个人情感的四言或骚体句式,也有描写人间情事的散文句法。因此,包容性强、写法灵活的汉赋更能满足时代的需要,一跃成为一代之文学。刘熙

---

[1] (清)刘熙载撰,袁津琥校注:《艺概注稿》,中华书局2009年版,第411页。

载之论述考虑到了文学在发展过程中内容与形式、内因和外因的辩证关系，揭示了文学发展的必然规律，他的观点得到了现当代汉赋研究者的一致赞同。

第三，汉赋风格论。刘熙载在《赋概》中对汉赋和楚辞的不同风格面貌予以了准确描述：

> 楚辞风骨高，西汉赋气息厚，建安乃欲由西汉而复于楚辞者。若其至与未至，所不论焉。
> 问楚辞、汉赋之别，曰：楚辞按之而逾深，汉赋恢之而弥广。
> 楚辞尚神理，汉赋尚事实。
> 楚辞，赋之《乐》；汉赋，赋之《礼》。历代赋体，只须本此辨之。①

刘熙载以形象而生动的语言描述了楚辞与汉赋在思想意蕴、感情深度、创作手法、艺术风格等方面的不同。首先，在思想意蕴方面，楚辞作品"按之而逾深"，多抒发主人公强烈的爱国情怀和矢志不渝的高尚人格，作品思想内涵深刻；汉赋作品"恢之而弥广"，铺陈写物，叙述故事，抒发情感，包容性强，广泛地描绘汉代社会各方面的境况。其次，就感情深度而言，楚辞作品感情激昂、风格遒劲，以浪漫主义手法勾勒全篇，塑造了品行高尚的主人公形象；汉赋作品夸饰宫宇殿阁，罗列八方名物，富于生活气息。最后，在创作手法和艺术风格方面，楚辞作品神韵流转、驰骋云天，如乐曲一般动人；汉赋作品铺陈描绘、辞藻华美，如礼仪一般繁复。此外，刘熙载还以具体作家为例，将古今辞赋的艺术风格总结和归纳为："屈子之缠绵，枚叔、长卿之巨丽，渊明之高逸，宇宙间赋，归趣总

---

① （清）刘熙载撰，袁津琥校注：《艺概注稿》，中华书局2009年版，第435—437页。

不外此三种。"①(《赋概》)所谓"归趣",指的是审美趣味和艺术追求。刘熙载认为,以屈原《离骚》为代表的楚辞风格"缠绵",以枚乘、司马相如作品为代表的汉赋风格"巨丽",以陶渊明作品为代表的魏晋赋风格"高逸"。他还指出,"缠绵""巨丽""高逸"是古今辞赋的三大审美境界,更是作赋、评赋的标杆。在此,刘熙载将汉赋的创作风格归纳为"巨丽",并以枚乘和司马相如为汉赋作家的代表。"巨",主要指汉赋作品体制庞大、气势恢宏、铺陈繁复。"丽",则主要指其意象的缤纷、辞藻的华美、声韵的铿锵。"巨丽"二字完美地概括了汉大赋的美学风格和艺术境界。

第四,汉赋创作论。在论及汉赋创作时,刘熙载进一步发展了司马相如的"赋迹""赋心"说。司马相如之"赋心"说主要指汉赋作家超越时空、囊括古今的胸怀和气度。刘氏予以了"赋心"说新的解释,认为作赋时须言志和讽谏,但更应该表达自己的真情实感,切忌无病呻吟。而对于司马相如"赋迹"说"一经一纬""綦组""锦绣""一宫一商"诸语,刘熙载都作了新的阐发。他将汉大赋的叙述模式概括为叙、列二法,一方面对同一类事物铺陈描写、排比罗列,形成十分壮观的景象;另一方面隶属同一部首、描述同一类事物的文字铺陈展示,以展现光怪陆离、天马行空的物态和汉赋作家渊博的学识修养。此外,论及汉赋之音节,刘熙载推崇古赋。

第五,论赋家品德才学。刘熙载认为比作赋的技巧和方法更重要的是赋家的品德才学。赋如其人,赋家的政治理想抱负、道德品行修养、人格操守无不体现在其作品中。在论及历代辞赋的风格时,刘氏对楚辞、建安赋、贾谊赋、邹阳赋、枚乘赋、司马相如赋赞叹不已。刘熙载特别看重赋家的才学,而所谓"才",指的是赋家的创造力和感悟力;所谓"学",指的是赋家的生活阅历和知识积累。有

---

① (清)刘熙载撰,袁津琥校注:《艺概注稿》,中华书局2009年版,第438页。

了才和学，即通过丰富的生活体验和大量的阅读来增长见闻、增加知识积累，才能增强艺术表现力和创造力，最终创造出卓越的汉赋作品。

清代的汉赋研究可谓集古代汉赋研究之大成。章学诚《文史通义》、孙梅《四六丛话》、李景旭《历代诗话》、何焯《义门读书记》都包含了丰富的汉赋评论。单篇的赋论专文有：王芑孙《读赋卮言》、纳兰性德《赋论》、程延祚《骚赋论》。浦铣《历代赋话》、李调元《赋话》辑录了历代辞赋研究材料，却少理论建树。刘熙载《艺概·赋概》弥补了这一缺陷，不囿陈规，时出新意。近代的章炳麟、王国维、刘师培、林纾等都对汉赋有所研究。王国维称汉赋为"一代之文学"；刘师培将《汉书·艺文志》中所收录的赋作分为三大类：写怀之赋、骋辞之赋、阐理之赋①。总之，这一时期的汉赋研究较前代有较大突破，标志着汉赋研究进入总结与深化阶段。

受到元代祝尧的《古赋辩体》理论影响，清人也多将楚骚汉赋视为赋体正宗，将骈赋、律赋、文赋则多视为变体。清初纳兰性德在叶赋论中叙述赋史时，以叶诗为本，推崇"诗人之赋"，认为律赋的"骈四俪六"丧失风雅之道院"南北朝以降，颜、鲍、三谢以繁丽为主。萧氏之君臣，争工月露；徐、庾之排调，竞美宫奁。至唐，例用试士，而骈四俪六之习，风雅之道，于斯尽丧。中世杜牧之辈始推陈出新，更为奇肆，实以开宋人滉漫无纪极之风，而赋之体又穷矣。本赋之心，正赋之体，吾谓非尽出于叶三百篇不可也"。

康熙年间王修玉虽然肯定赋的体制更替，但强分彼此，只肯定汉魏以前的体制变化，否定两晋六朝至宋代的赋体蜕变，赋虽本于六义，体制则有代更。楚辞源自离骚，汉魏同符古体。此为赋家正格，允宜奉为典型。至于两晋微用俳词，六朝加以四六，已为赋体

---

① 参见踪凡《汉赋研究史述略》，《社会科学辑刊》2002年第1期。

之变，然音节犹近古人。迨夫三唐应制，限为律赋，四声八韵，专事骈偶，此又赋之再变。宋人以文为赋，其体愈卑。至于明人，复还旧轨。

嘉庆年间，广东人邱先德、邱士超编选唐人赋，特别重视初唐赋的"俳体"和"四六"，但还是否定其为"古赋"。如邱士超说初唐赋院"声律未细，多以徐、庾为宗。卢、骆、王、杨每于俳体之中，错以七言诗句，与夫四六长联，谓之古赋，其去汉魏远矣"。邱士超还多沿袭祝尧对唐代赋体的评价，但强化了对"骈四俪六"和律赋中使用四六隔对太多有伤文气的探讨。

嘉庆间，邱士超认为唐代诗赋、散文成就超过六朝，反对仅从骈俪角度来概括唐赋特征"而谓唐赋之矩度反不如六朝之淫靡也，其谁信之钩然则举斗四俪六、涂饰雕琢者以概唐，是谓郑诗皆淫而尽可删也，此亦一偏之论也。知唐赋所以取讥者，在于斗俪涂饰，则读唐赋之法得矣"。他明确指出因骈四俪六、藻饰雕琢就全盘否定唐赋的观点是"一偏之论"。

道光七年，余丙照赋学指南刊行。该书卷二"写情"中指出"骈四俪六"运用恰当，可以很好地抒情"诗发乎情，而赋者古诗之流也。则骈四俪六，亦宜隐寓深情。作者挥毫，务必寄情绵邈，令人一往情深，方得文生情，情生文之妙。观江淹叶恨叶别二赋，可以悟矣"。在"论裁对"中，他最重视"骈四俪六，对白抽黄"，将之视为"律"。

道光初，林联桂继承康熙时陆棻的历朝赋格中的观点，将骈赋和律赋都视为"骈赋体"，指出此体即"骈四俪六之谓也"，认为"骈赋之体，四六句法为多"。说骈赋中四六句法为多，自属夸张，说律赋中四六句法为多，则是事实。这也是唐宋元明清的律赋批评中，多以"骈四俪六"或"四六"为聚焦点的原因之一。

随着康熙间博学鸿词科的举行及陈元龙奉敕编纂的历代赋汇的

出版,辞赋、骈文的地位逐渐升高,"骈四俪六"在此时也迎来了一些肯定评价及具体细致的作法评论。清初汪琬(1624—1691年)《乔石林赋草序》在推举友人的"赋心"与"史才"时,指出了赋体地位的上升:"昔贤叹为赋乃俳,史迁亦言文史星历,近乎卜祝之间。二者之学,见轻于前代如此。比者天子恢张文治,尊崇儒术,其于荐举诸臣,往往锡之以金粟,劳之以飨燕,继又宠之以清华,绝非前代所及。"①接着他以乔石林兼具文史之才,自谦地说自告归以来,才华刊落,旧闻放失,"既不能出骈四俪六之辞以续骚颂,又不能网罗胜国之典章,上下二百七十余年之人物以资笔削,乃欲步趋石林之后尘,其能勿汗颜而捵手乎浴方惴惴然以上羞朝廷,下贻艺林之玷为惧宜乎浴",或许是出于"友情赞助",②"骈四俪六"在这里罕见地被肯定。

明清两代,尤其清代,是赋学史上的多产高峰期,这个时期所问世的涉及赋学的文章和著作,不仅数量多,且其中不少包含在大部头的赋作品汇编的集子及多种诗话类著作中,更出现了多部赋的专集及专论赋的论著,以及"赋话"类著作。

这一时期,赋的创作在一般文学史著作中已几乎不被提及(但实际上文赋、律赋的创作仍存在,且清人有"当代"赋集问世,如《赋海大观》等),对历代赋作的汇编成集与赋的评论,却出现了空前兴旺景象,似乎赋学到了这个时期(主要清代),是该进入对历代赋的创作和理论作总结的时候了,由此,赋学自然呈现了超越前代的兴旺景象。与清代朴学的兴盛有些关系,即该时期文人、学者的精力较多地从创作转向了学术研究,于是对文学史上曾出现的赋这

---

① (清)汪琬:《乔石林赋草序》,《景印文渊阁四库全书》集部第1315册,台北:台湾商务印书馆1986年版,第493页。
② (清)汪琬:《乔石林赋草序》,《景印文渊阁四库全书》集部第1315册,台北:台湾商务印书馆1986年版,第494页。

一特定的文学样式，也产生了整理和研究的兴趣。

从数量上看，西汉至清末（19世纪末），所有论赋的作者与文章（包括著作）的数量，明清两代几乎占了一半，其中又以清代居多，而实际论赋的文字（赋论），则远超过半数，这是之前任何一个朝代不能相比的。不过，话说回来，这一时期的赋学，从现存实际状况看，以专事辑录与沿袭前人观点的文字居多，真正对赋的研究发表个人独到见解并有独创性见解的，并不多，自成理论体系者就更少了。

明清两代，特别是清代，在编集问世赋作品及赋学的著作方面，相对前代来说，显然成就可观。例如，这一时期大部头的赋作品汇编的集子有《历代赋汇》《历朝赋钞》《历朝赋楷》《十家赋钞》《赋钞笺略》《赋海大观》等。这些集子中的"序"，不少是很好的论赋文字，如《历代赋汇》的康熙皇帝"序"等。这一时期的诗话类著作中论及赋的也较多，如《历代诗话》《四溟诗话》《艺苑卮言》《诗薮》《艺概·赋概》等，尤其是《艺概·赋概》集中系统论述赋，量与质都堪称上乘。同时，这个时期还产生了专门集录历代有关赋的文字或赋家逸事、读赋感受的赋话类著作。

最值得引起读者重视的清代后期的赋学论著，笔者认为应该是刘熙载的《艺概》中的《赋概》部分。刘熙载《艺概》是一部谈各种文体艺术的著作，全书涉及范围广泛，包括了《文概》《诗概》《赋概》《词曲概》等，其中《赋概》部分，作者以简练的语言，"触类引申"，对赋家及其作品、赋体形式流变、赋的艺术特点等，在总结汲取前人研究成果基础上提出了不囿于传统的有识之见，它们属于作者的独到见解，这是《赋概》难得的富有价值之处。归纳起来，这些见解包括以下几个方面。

其一，刘氏在评论赋作品价值时，注意了同作家的品格密切相联系，他说："志士之赋，无一语随人笑叹。故虽或颠倒复沓，纠缪隐晦,而断非文人才客,求慊人而不求自慊者所能拟效。"① 为此,他极力推崇屈原(包括贾谊),"读屈贾辞,不问而知其为志士仁人之作",认为其作品与人品能统一,是值得效仿的楷模。②

其二,刘氏反对一些评论家对文体流变拘泥于所谓"正变"的传统观念,指出:"赋当以真伪论,不当以正变论,正而伪不如变而真。"③这反映了他敢于冲破传统陈见,正视文学(赋)的现实。

其三,刘氏在论述赋家及其作品的艺术特色时,善于以寥寥数语勾勒艺术特征,例如他说:"屈子以后之作,志之清峻,莫如贾生《惜誓》;情之绵邈,莫如宋玉'悲秋';骨之奇劲,莫如淮南《招隐士》。""贾生之赋志胜才,相如之赋才胜志。""相如之渊雅,邹阳、枚乘不及;然邹、枚雄奇之气,相如亦当避谢。"④

其四,在诗与赋的关系上,刘氏依据《诗经》"风雅颂",分赋为言情、陈义、述德三种,认为这三种赋分别本于风、雅、颂。他认为,诗为赋心,赋为诗体,诗辞情少而声情多,赋声情少而辞情多。对赋的内容与形式,《赋概》中列出了一系列标准要求:"实事求是,因寄所托……赋则尤缺一不可""赋必有关著自己痛痒处""赋取穷物之变""赋家之心、其小无内,其大无垠""赋须曲折尽变""赋兼才学""赋欲不朽,全在意胜"等,⑤这些标准要求均能抓住赋的本质特征,为赋创作指点了方向,但他认为"辞亦为赋,赋亦为辞",⑥未免失之谨严,因为从严格意义上说,辞并不等于赋,屈原作品是辞而不是赋。最后,清代后期还需提及一个现象,它虽然不像唐宋两代那样,朝廷以考赋取士,以至于社会涌现了不少

---

① (清)刘熙载撰,袁津琥校注:《艺概注稿》,中华书局2009年版,第451页。
② (清)刘熙载撰,袁津琥校注:《艺概注稿》,中华书局2009年版,第430页。
③ (清)刘熙载撰,袁津琥校注:《艺概注稿》,中华书局2009年版,第416页。
④ (清)刘熙载撰,袁津琥校注:《艺概注稿》,中华书局2009年版,第433页。
⑤ (清)刘熙载撰,袁津琥校注:《艺概注稿》,中华书局2009年版,第454页。
⑥ (清)刘熙载撰,袁津琥校注:《艺概注稿》,中华书局2009年版,第457页。

"赋格""赋谱"类著作，但清代也还是出现了一些类似"赋格"的书，这恐怕与清代整个朝代基本还沿袭考赋制而重视赋的创作和编集有关，这也说明赋的创作在清代不仅存在，甚至还有些热，这个现象恐怕是一般文学史较少注意的。清代出现的这类赋格书，包括汪廷珍《作赋例言》、魏谦升《赋品》、余丙照《增注赋学指南》、张之洞《輶轩语赋语》、鲍桂星《赋则》等。由于赋格类著作本身赋学理论性不够，它们多为指导创作赋的声韵格律类的辅导书，这里也就不予展开阐述，仅点及而已。

第二章 百余年来汉赋研究概况

第一节 20世纪初至40年代末

20世纪初至40年代末是现代赋学批评体系的形成阶段，其研究重镇在中国与日本。五四新文化运动以后，受西方社会思潮的影响，新的研究方法和理论传入中国，学者们开始从全新的角度研究汉赋，汉赋研究进入一个新的阶段。

研究汉赋的论文有曹聚仁的《赋到底是什么？是诗还是文？》（《文学百题》1925年）、郭绍虞的《赋在中国文学史上的地位》（《小说月报》1927年）、许世瑛的《辞赋与骚赋》（《文学月刊》1932年）、贺凯的《汉赋的新解》（《文学杂志》1933年）、沛清的《论汉代的辞赋》（《国闻周报》1934年）、朱杰勤的《汉赋研究》（《文史学研究所周刊》1934年）、吴烈的《汉赋在中国文学史上的地位》（《国民文学》1935年）、冯沅君的《汉赋与古优》（《中原月刊》1943年）、万曼的《辞赋起源》（《国文月刊》1947年）等，对赋的性质、渊源、流变以及文学史地位都进行了现代意义的阐释。

这时期研究汉赋的专著有两部：金秬香的《汉代辞赋之发达》，

陶秋英的《汉赋之史的研究》。二书体系严明，呈现出现代汉赋研究的新气象。此外，谢无量《中国大文学史》、郭绍虞《中国文学批评史》、刘永济《十四朝文学要略》、赵景琛《中国文学小史》、郑振铎《插图本中国文学史》、欧阳溥存《中国文学史纲》等文学史著作中都对汉赋有所论述。其中最突出的是刘大杰的《中国文学发展史》第六章专论汉赋，对汉赋的兴盛原因、发展进程及流变影响发表了独到的见解，影响深远。[①] 对于汉赋的整理与诠释，高步瀛《文选李注义疏》对九篇汉赋作品作了详尽的校勘、考证和诠释。日本学者铃木虎雄的《赋史大要》论述了赋的定义、形成、分期，还指出了骚赋到散赋、骈赋、律赋、文赋、股赋的赋体之历史衍化过程，对汉赋研究影响深远。

铃木虎雄在《支那文学研究》一书中便收有与楚辞有关的论文《论骚赋的生成》，这篇论文虽然着眼于论赋（骚赋为赋的早期形式之一种），但它与楚辞（骚）有一定关系，应该看作与楚辞研究有关联的成果。《论骚赋的生成》一文，从三大方面展开论述。首先论骚赋为工诵的遗风，这一部分，作者详尽引述了先秦时期，尤其战国之前的殷商周朝史料记载中有关赋诵箴谏的实例，以及《诗经》的"颂"与繇的关系及区别、诵与赋的关系等，说明楚辞早期的诵读与诵和赋有着一定的关系。其次论述骚赋的形式，这一部分，同楚辞的关系比较直接。在肯定骚赋是工诵遗风的事实基础上，作者分别论述了《诗经》的四言和三言体句式，并从《诗经》三言体句式联系到了楚辞的骚体句法，认为其间存在着内在联系，与此同时，作者还述及了楚地的歌谣（楚歌），指出它们与楚辞体式的关系，然后详论了骚体诗的形式类别——《橘颂》《大招》的四三言体，《天问》《招魂》的四言体和四三言体并用，《怀沙》的四言体和四三言

---

① 踪凡:《汉赋研究史述略》,《社会科学辑刊》2002年第1期。

体,《离骚》与《九章》的特色句法及六字句,以及《九歌》的句法,《九歌》与《离骚》的句法之比较,等等,在这个基础上,作者专门论述了楚骚特有句法生成的路径以及楚骚诵读的各个不同场合。再次,着重论述赋的生成,内容涉及荀子的赋与隐语,屈原《卜居》《渔父》的赋体,以及赋的影响,宋玉的赋(及作为汉赋的先声),等等。最后,作者作了楚骚与汉赋的专门比较,并列出了骚赋在文学史上位置的图表。

铃木虎熊认为,楚骚与汉赋相比,有四方面明显的差异:一是句式差异,楚骚多三言和四三言,汉赋则不同;二是比起楚骚,汉赋的虚字、助字明显减少,而以实字为多;三是楚骚押韵严于汉赋;四是楚骚偏于抒情,汉赋侧重记载(物或事)。至于骚赋在文学史上的位置,作者的图表显示,它位于周诗与汉赋之间,即:周诗—楚骚—汉赋—辞(骈体文)—齐梁四六文,其中,汉赋与辞(骈体文)处于并列位置,两者同趋于齐梁四六文。

铃木虎雄这篇《论骚赋的生成》在赋的产生与发展的论述方面,颇下了一番功夫,它较为全面地对赋的来龙去脉作了系统阐述,是一篇很见功力的骚赋之论,文中所涉及的有关楚辞的论述,表明作者对楚辞很有研究心得。需要指出的是,《支那文学研究》一书中,同时还收录了作者翻译《离骚》《九歌》的译文以及专论先秦文学中所见招魂现象的文章——前者在译文前有详述屈原楚辞与《离骚》《九歌》的文字,还论述了汉赋与楚辞的关系,四六文与楚辞的关系,等等;后者广涉了中国上古三代魂的思想及魂魄观念、夏商朝的鬼神祭祀,以及春秋战国时代的招魂仪礼,包括在屈原与宋玉等作品中的反映。从作者的阐述可见,他认为,《招魂》为宋玉所作,《大招》为景差所作,而屈原的魂思想则体现于《九歌》的《国殇》与《礼魂》中。

日本还有多位学者对汉赋颇有研究。吉川幸次郎撰有《诗经与楚辞》一文，文章一半内容论述了楚辞。文中在谈《诗经》及楚辞前，特别涉及了"作为文学史史前时代的先秦时代"，说这个时代与其后的时代有着很大的不同：其一，这还不是一个完全的历史时代，记载这个时代的历史文献中往往传说的成分较多；其二，这一时期的文献多无明确的作者；其三，这一时期政治权力分散，形成了许多文化圈；其四，这时期的语言与写作尚未形成稳定的词汇和语法；其五，最重要的，这个时期文学的价值尚未被充分认识，文学在整个社会文明中尚未占据王座（到汉代之后的南北朝与唐朝，文学占了文明的王座，而宋以后文学则与哲学分享了王座），政治与哲学的著作占了多数，其时的人们对文学（包括艺术）的广泛兴趣尚未产生，故而这个时期乃是文学史的史前时代。

这些对先秦时代的认识概括，应该说大致不误，点到了实处。鉴于他对时代条件的这一认识，他对楚辞所谈的观点，也就基本能到位。他认为，《诗经》与楚辞之间的时间差，在于战国的纷乱导致人们对诗歌兴趣的冷漠，而楚辞在南方的崛起，在于不同文化圈的缘故；楚辞是被朗诵的，不像《诗经》是被歌唱的，这说明，其时的文学脱离了音乐，开始走上了独立发展的道路；在艺术表现上，楚辞远比《诗经》强烈多彩——"要制造强烈印象的精神膨胀，越过了比喻的界限，升华为幻想"，① 这是因为楚辞作者的感情远比《诗经》作者强烈，他喷发出了对特异环境的反抗；楚辞的文学主题是个人与社会的矛盾冲突，它比《诗经》的怀疑与绝望更深沉，但它们两者共同表现了中国式的古代精神——不甘心屈服于命运的支配；楚辞的最大特征是具有为政治的诗的外廓，它是强烈关心时代政治的文学；中国传统精神的基础，是人类的自我拯救，正因此，道德圣人（孔子、孟子）成了人类在地上可找到的神——人类自己

---

① ［日］吉川幸次郎：《中国诗史》，章培恒等译，复旦大学出版社2001年版，第23页。

拯救自己，其手段则只能是政治，于是人们势必关心政治，也势必对人类具有善意的能力产生不倦的期待，强烈表现这一精神的，在先秦时代，便是《诗经》与楚辞；屈原的灵魂徘徊在神的世界里，但在那里它得不到拯救，因而它最后还是回归人间故乡。

白川静在他的《中国古代民俗》一书中，写了"楚辞文学的发展"一节，特别提出，楚辞文学是由巫俗诞生的，这个观点与藤野岩友有不谋而合之处。书中，他认为，《天问》取材于楚王陵墓的壁画；《九歌》是楚王室进行祭祀的舞乐曲，歌曲中所祭之神非楚地原有，而是北方诸国传来；《离骚》中的"灵均"大概是巫祝之名，这首诗是在保守的巫祝者政治参与遭到拒绝，其集团组织陷于崩坏的危机时，向神所作的陈词诉说；《楚辞》之辞，是向神述说的讽诵文学，辞体文学是向神述说自己的心情，具有主观倾向，赋体文学是以外部描写为主，具有客观倾向；《九章》的《橘颂》与巫祝集团无关，这一篇是为了凑"九"之数而加上去的，它可称作振魂文学，以赞颂橘的美而赞颂国家，其多流于外表的描绘，含义及表现手法近于赋。

第二节　20世纪50年代至70年代末

这一时期最显著的汉赋研究就是围绕着汉赋是现实主义还是反现实主义、是有价值还是无价值而展开的争论。主要的论文有郑孟彤《汉赋的思想与艺术》（《文学遗产》1958年）、童丹《与郑孟彤先生商榷汉赋的评价问题》（《光明日报》1959年）、李嘉言的《关于汉赋》（《光明日报》1960年）等。

郑孟彤在《汉赋的思想与艺术》中回应了一些学者对汉赋歌功颂德的贬抑说法，认为汉赋反映了当时社会经济发展、物产丰富等积极的一面，也记录了反映民生疾苦、讽刺统治阶层的生活图景，但在20世纪50年代"一片反对汉赋的浪潮"中，郑孟彤还是很谨慎地使用了"汉赋中的确有一些糟粕"的说法，但不能一笔抹杀其思想文化艺术等肯定性赞誉。

童丹在《与郑孟彤先生商榷汉赋的评价问题》中表达了与郑孟彤截然相反甚至针锋相对的观点。他认为检验汉赋的首要标准是政治标准，即它对人民的态度如何、在历史上有无进步的意义。

茅盾先生在《夜读偶记》中也谈到了他的汉赋观。他认为《诗经》中的作品可以分为两类：一类是前人所谓的"变风""变雅"；一类是全部的"颂"，小部分的"风"，以及大部分的"雅"。第一类作品是现实主义的；第二类作品是反现实主义的，是后代反现实主义作品的始祖，"它的儿子就是汉朝的正统派文学——赋"[①]。他认为汉赋的文字语言直承诗之雅颂，并且竭力追求形式的奇瑰，多用古文奇字。对于刘勰所言"铺采摛文，体物写志"，茅盾认为"体物写志"实以落空，"铺采摛文"才是汉赋的真正特点。茅盾还指出了汉赋作品的思想内容价值不高，主要是描写了帝王和贵族奢侈豪华的生活，反映劳动人民生活疾苦的作品很少，是一种极端主义的宫廷文学。所以，茅盾将汉赋划为反现实主义类的文学，专供帝王和贵族们消遣与娱乐罢了。茅盾的汉赋观对20世纪七八十年代的汉赋研究产生了深远的影响，以后对汉赋全盘否定的学者多与他持相同的观点。

汉赋研究的专门著作则是一片空白，只有游国恩等主编的《中国文学史》、钱锺书的《管锥编》对汉赋有所论及，汉赋研究陷入

---

① 茅盾：《夜读偶记》，百花文艺出版社1958年版，第7页。

低谷。

中国港台地区与国外的汉赋研究成绩显著。论文与专著有中国台湾省简宗梧的《司马相如扬雄及其赋之研究》、美国康达维的《扬雄及其赋研究》、日本中岛千秋的《赋之成立与展开》、法国吴德明的《汉代宫廷诗人司马相如》等。康达维把《文选》翻译成英语在美国出版，为汉赋研究的世界化进程作出了巨大的贡献。

吴德明在专著《汉代宫廷诗人司马相如》的第三章中为了论述"司马相如在文学史上的地位"而详细介绍了赋的起源。两汉之前是否有赋？辞与赋之间有何关联和区别？这些不可避免的赋源问题也都是这位法国汉学家所希望探知的。"司马相如可以算作中国文学史上第一个职业作家，他生活在一个文学蓬勃发展的时期，好几种文体形式在这一时期确立起来，而我们所研究的这位诗人以其作品和影响促进了这些新兴文体的形成。为了说明司马相如文学创作的独创性，显然应当先介绍他之前的文学体裁，即'楚辞'。"①

吴德明把楚辞视作一种文体范畴，"战国时期楚地出现的这种诗歌从格律、风格和内容上都有别于《诗经》中的作品"，并且区分了诗用于歌而楚辞则用于诵。他进而说明楚辞的抒情性与象征性虽然源于长江地区宗教和巫术仪式，"但是我认为这些诗歌形式考究、辞藻丰富、意象繁多，且具有个人色彩的情感抒发，只能以才华卓越的诗人的创作才能方可驾驭"，"我们在屈原的诗作中可以发现赋的渊源"。②

可见，吴德明充分肯定屈原作品在赋体起源中的作用，同时通过研究司马相如的作品和大量中国文献观察到赋源的多元化。

其一，与屈原的诗作相比，司马相如的赋更直接地源于战国时

---

① Hervouet, Y., *Un poète de cour sous les Han: Sseu-ma Siang-jou,* Presses universitaires de France, 1964, p.414.

② Yves Hervouet, Un poète de cour sous les Han, Sseu-Ma Siang-Jou, Paris: PUF, 1964, p.136.

期诸侯宫中的娱乐之事,所以后来的汉赋也有取悦皇帝的作用。例如,宫廷娱乐活动中有猜谜、寓言、短剧,为了调动气氛而经常采用设置情境的问答形式,这便是后来汉赋的文体特征之一,而且在第一部以赋名篇的文学作品《荀子·赋篇》中亦可见端倪。

其二,吴德明同意一些中国学者的观点,即战国时期纵横家之间的论辩也可能对后来的赋体产生影响,因为司马相如在《子虚赋》和《上林赋》中所呈现的也正是这种王侯之间的论辩。

其三,吴德明认为在《战国策》和《史记》所记载的一些短篇作品片段中也可以发现汉赋的前身。可以肯定的是,在吴德明的赋源探讨中,辞源说是主体,而且包括赋出于楚辞和纵横家辞令两种来源,同时,他也兼顾汉朝之前多种文学样式对赋的共同影响,尤其是注意到赋在形成过程中受到战国时期楚地文化的深刻影响,并得到这样一个观点:赋在本质上是一种宫廷文学,民间文化虽有一定作用但不是主要因素。

总体而言,吴德明对赋源的探讨综合了中国学界、法国汉学界以及日本著名学者铃木虎雄等的研究成果,提供了一份非常全面的总结和转述,虽无创见,但是呈现了20世纪60年代法国学者赋源研究中最具专业性和全面性的成果。吴德明的赋学研究以司马相如其人其作为中心,专著《汉代宫廷诗人司马相如》前两章以百余页的篇幅介绍了这位汉代文人的生平和他所生活的社会时代背景,偏重于史实研究,从第三章至第十章的近三百页则以司马相如为中心,从主题、结构、词汇、诗律以及司马相如在中国文学史上的地位和影响等方面展开赋学研究。在研究中,吴德明首先参考中外学者的意见,对司马相如赋作进行了真伪考辨,认为《史记》和《汉书》中记载的《子虚上林赋》《大人赋》《哀秦二世赋》三篇以及《天子游猎赋》是真作,而《长门赋》《美人赋》是伪作。在第五章中,吴德明详细描述了四篇真作的主题和结构,尤其是《子虚上林赋》和

《天子游猎赋》，不仅考证作品中所描绘的地域和所涉及事件，而且对古代中国的游猎活动以及自古以来中国文学中以此为主题的作品进行细致介绍。他发现司马相如赋作中"现实主义的描绘手法"与"充满神奇色彩的想象成分"并存，并通过"语言魅力"及"完美的形式"呈现出缤纷而又和谐的艺术画面。在第六章中，吴德明考察了司马相如作品中的专有名词和具体名词，例如，在研究《大人赋》时，他写道："司马相如的作品中，空间的转移甚于时间的流动：它首先是一幅在中国空间里展开的画卷，是对他所处时代的物质世界的描绘，其次才是在中国历史长廊中的漫步。这体现在作品中人名数量要少于地名数量：有60个人名，而地名达到100个。"①

而且，他还注意到这些人名、地名更多来自历史典故和神话传说。吴德明甚至精确地统计出一部作品中涉及的数十种动物、植物、石头、金属类别，以说明"司马相如拥有丰富的词汇"，这项工作体现出法国汉学家令人赞叹的实证分析能力和严谨扎实的学术风格。在第七章中，吴德明着力于介绍司马相如赋作中对人的动作神态、景物等进行描绘的词语，例如，司马相如善于变换词语来描述同一个动作，在景观描写中绘声绘色，种类繁多且富有变化，极尽铺陈之能事，而且擅用比喻。第八章篇幅略短，吴德明介绍了司马相如赋作的音乐格律，从音节多少、句子长短来说明其作品的音乐性，从而完成了对作品的全方位研究。《汉代宫廷诗人司马相如》中还有两章值得一提：在第三章中，吴德明用大量篇幅梳理了从屈原、宋玉、荀子到汉初陆贾、贾谊等的作品，也涉及与司马相如同时期的文人，例如作了第一篇"七体"赋——《七发》的枚乘，这一章基本上是从赋起源到司马相如生活年代的早期历史；在第九章中，吴

---

① Hervouet, Y., *Un poète de cour sous les Han: Sseu-ma Siang-jou*, Presses universitaires de France, 1964, p.427.

德明则介绍了司马相如对他之后汉代赋家创作的影响，这种影响甚至延续到清末。他对这位汉代赋圣给予高度评价："显然，所谓汉赋直接出于司马相如之作。构成此种赋体的大部分元素确实在他之前已经出现，然而司马相如是一个集大成的开创者。"①

总体而言，《汉代宫廷诗人司马相如》是一部作家论，充分体现了法国汉学家吴德明在赋学研究领域深厚的学术素养。吴德明继而翻译了《〈史记〉卷一百一十七〈司马相如列传〉》和《昭明文选》中司马相如的全部作品（《长门赋》除外），全书共286页，几经周折终于在1972年出版。在翻译过程中，吴德明不畏偏僻的辞藻语汇，努力辨识每一种动物、植物和矿物的名称，附有详细的学术性注释，汇编成索引。这部译著还复制了日本学者泷川龟太郎译本的中文原文和注释。此外，在20世纪70年代，吴德明还受邀为《法语大百科全书》《东方文学辞典》等辞书撰写了"宋玉""司马相如""赋""汉代文学"等与中国赋文学相关的词条。

吴德明的上述两部专著和译作出版后，一些欧美汉学家纷纷撰写书评，给予很高评价，认为其研究成果是西方汉学界研究司马相如的权威之作。关于司马相如的作家作品研究，马古礼在《中国文学选编》中也译有《史记·司马相如列传》的片段，并翻译了《美人赋》，其中的片段被班文干转引于所编《中国文学史》中。1958年，法国远东学院埃米尔·加斯帕东曾在《亚细亚学报》上发表文章《司马相如最早的两篇赋作》，介绍《子虚赋》和《上林赋》，这是后来吴德明写作论文的参考文献之一。

随着中西文化思潮的猛烈碰撞，特别是随着五四新文化运动的展开，社会文化思想上激进的反传统主义裹挟着巨大的能量，席卷

---

① Hervouet, Y., *Un poète de cour sous les Han: Sseu-ma Siang-jou,* Presses universitaires de France, 1964, p.451.

了语言、文学以及学术的各个领域，封建社会和传统文学大厦中大大小小各个层次的架构几乎无一不受到冲击。白话文取代了文言文，新诗取代了旧诗，新文学取代了旧文学，成为20世纪文学无可置疑的主角。赋，甚至连它所从属及代表的古代文学中的赋颂传统，也多少被打上了宫廷文学乃至帮闲文学的印记，成为被冲击、被扫荡的对象。在文学研究领域，赋（主要是汉代大赋）被视为统治阶级的"消遣品"，当然"没有活的生命"，"一般地说，汉赋没有什末（么）价值"，"总之，坏的赋比好的赋多，赋的坏影响比好的影响大"。①

在批评的时候，大家不约而同地将主要矛头对准汉代骈辞大赋，而多少忽略了赋的其他体格，忽略了赋在其他历史阶段的发展。前一段所列举的这些看法虽然只是出自五六十年代出版的几部文学史著作，但这种观点是五四以来文学与学术思潮的延续、沉淀与结晶，可以说是由来已久，而且很有代表性。这种观点的影响不限于学术界，也波及文学创作界，并塑造了一般大众对于赋体的看法。这种观点的影响也不限于大陆，还有一位中国台湾论者将世纪末现代诗中的新晦涩主义批评为"现代赋浪潮"，他将这种"现代赋浪潮"概括为"体制宏伟，笔调夸张，用字艰深"，是"形式至上的唯物主义"。② 由此可见他对赋体的认定。简单地说，在"五四"以来相当长的一段时间之内，赋背负着形式主义的"恶名"，很少有"翻身"的机会，也几乎失去了"新生"的可能。难得的一些机会，都是在突进的狂飙过后，或者是在两次狂飙的间歇期出现的。应该指出，作为一种介于诗文之间亦诗亦文的文体，赋可以言

---

① 程章灿：《古典文体的现代命运——以20世纪赋体文学观念及创作为中心的思考》，《南京大学学报》（哲学·人文科学·社会科学）2005年第4期。
② 程章灿：《古典文体的现代命运——以20世纪赋体文学观念及创作为中心的思考》，《南京大学学报》（哲学·人文科学·社会科学）2005年第4期。

情、可以说理、可以叙事、可以咏物、可以通俗、可以典雅、可以巨丽闳衍，也可以滑稽调笑，有相当强的艺术表现力和相当广的题材适应面。

就20世纪50年代后作家的创作而论，有的人只是将赋作为一种诗体，有的人则将赋看作一种散文文体，认识并不统一。就内容选择而言，则是以咏物、叙事为表，而以抒情为里；就主题选择而言，大抵倾向于以典雅为主，而基本上不取通俗调笑一路。这种倾向，与文学批评界及研究界将赋定位为以歌颂为主的宫廷文学是一致的。五四那一代作家大多具有较好的旧学根底，对赋体应有较多了解，然而他们却很少作赋，这就形成了耐人寻味的强烈反差。郭沫若写过《太阳礼赞》《匪徒颂》《水牛赞》，闻一多写过《太阳吟》，都是白话诗。这些分别题为"赞""颂""吟"的作品，其实笔法颇有类赋之处，却都不以"赋"为题，是偶然巧合，还是都有意回避呢？同时代的冯乃超写过一篇《古瓶赋》，不过也是诗体。《古瓶赋》是一篇体物抒情之作，与济慈《希腊古瓮曲》(*Odeona Grecian Urn*) 颇为相近。按照冯乃超的命题思路，这首《希腊古瓮曲》也不妨被译为《希腊古瓮赋》。英国诗人雪莱的名篇《西风颂》(*Odetothe West Wind*)，气势闳放不羁一泻千里，正是骋辞大赋的典型作风，如果将诗题译为《西风赋》，或许更能照顾到其形式的特点。济慈和雪莱这两首诗题目中的"Ode"，当然可以译为"颂"，亦即"赋颂"的"颂"。在汉代，赋颂二体本来就是近亲，赋作之中也往往发出宏壮的颂声，在某些场合，赋、颂二字实际上没有区别。但是，就整个20世纪上中叶而言，中国社会文化思潮波澜激荡，从激进的反传统到启蒙、救亡图存，再到"文化大革命"，一波未止，一波又起，处于这种时代环境里的作家对赋这种颇有"帮闲"意味和"封建"色彩的文体自然不屑一顾。

第三节　20世纪80年代至今

社会改革开放和思想的进步打破了汉赋研究的僵局，汉赋研究蓦然复兴，进入了空前的繁荣阶段。各种论文与专著如雨后春笋般层出不穷，涉及汉赋研究的方方面面，预示着汉赋研究进入了全面的鼎盛复兴时期。各种研究专著，考论其要，可分为四类。一是汉赋研究的专门著作类。其主要著作有姜书阁《汉赋通义》（齐鲁书社1989年版）、龚克昌《汉赋研究》（山东文艺出版社1990年版）、刘斯翰《汉赋：唯美文学之潮》（广州文化出版社1989年版）、万光治《汉赋通论》（巴蜀书社1989年版）、康金声《汉赋纵横》（山西人民出版社1992年版）、章沧授《汉赋美学》（安徽文艺出版社1992年版）、阮忠《汉赋艺术论》（华中师范大学出版社1993年版）、曲德来《汉赋综论》（辽宁人民出版社1993年版）、程章灿《汉赋揽胜》（上海古籍出版社1995年版）、踪凡《汉赋研究史论》（北京大学出版社2007年版）。二是辞赋史类著作。马积高《赋史》（上海古籍出版社1987年版），高光复《赋史述略》（东北师范大学出版社1987年版）、《汉魏六朝四十家赋述论》（黑龙江教育出版社1988年版），曹道衡《汉魏六朝辞赋》（上海古籍出版社1989年版），毕庶春《辞赋新探》（东北大学出版社1995年版），郭维森、许结《中国辞赋发展史》（江苏教育出版社1996年版）。三是赋学理论类。主要有叶幼明《辞赋通论》（湖南教育出版社1991年版）、何新文《中国赋论史稿》（开明出版社1993年版）。四是赋总集选集类。费振刚等辑校《全汉赋》（北京大学出版社1993年版）解决了汉赋没有作品总集的问题，毕万忱等编著的四卷本《中国历代赋选》（江苏教育出版社 1998 年版）选入了大量的汉赋作品。以上四类汉赋研究著作，开启了汉赋研究的新领域，扩大了汉赋研究的范畴，尤其注重辞赋美学的新探。

这一时期关于汉赋渊源、归属、价值等诸方面的争论依然存在，只是没有成为汉赋研究的主流。此外，各种新的汉赋观点出不穷，从美学的角度审视汉赋的价值成为本时期汉赋研究的一个新亮点。本书将对 20 世纪 80 年代所涉及的以上问题作详尽的论述。

与大陆汉赋研究局面相适应，港台地区的汉赋研究也兴盛起来。主要的论著有张书文《楚辞到汉赋的演变》（台北：正中书局 1980 年版），简宗梧《汉赋源流与价值之商榷》（台北：文史出版社 1980 年版），张正体、张婷婷《赋学》（台北：学生书局 1984 年版），李曰刚《辞赋流变史》（台北：文津出版社 1987 年版），曹淑娟《汉赋之写物言志传统》（台北：文津出版社 1987 年版），何沛雄《汉魏六朝赋家论集》（台北：联经出版公司 1990 年版），廖国栋《魏晋咏物赋研究》（台北：文史哲出版社 1990 年版），等等。其中，简宗梧《汉赋源流与价值之商榷》从讽谕之用与形式欲丽、史志著录与诸子渊源推溯汉赋与儒家的关系，又从语言学和文字学的角度考辨汉赋作品的真伪问题，成就卓然。张正体、张婷婷《赋学》则大体上依傍铃木虎雄之书，分别论述了骚赋、辞赋、骈赋、律赋、文赋、八股文赋，规模宏大，但具体论述是因袭旧说，缺乏新意。

此外，全国赋学讨论会在湖南衡阳、四川江油召开了两次；国际赋学讨论会在济南、香港、台北、南京、漳州召开了五次，每次会议都有大量的汉赋研究论文发表，汉赋研究已走向国际化，受到越来越多的学者关注。在这一时期，在中国香港、中国台湾和国外也有许多学者致力于汉赋研究。中国香港的何沛雄，中国台湾的张清钟、简宗梧、高桂惠、曹淑娟，日本的中岛千秋、铃木虎雄，美国的康达维都发表了大量的论文与著作。其中，康达维被称为当代西方最著名的汉赋及六朝文学研究专家和权威学者，更被誉为"当代西方汉学之巨擘、辞赋研究之宗师"，著有《汉赋两种研究》《汉赋：扬雄赋研究》，而且把龚克昌《汉赋讲稿》翻译成英文在美国出版，为汉赋研究的世界化作出了很大的贡献。

理论研究是赋学研究的出发点，也是赋学研究的基本任务。关于赋体，仍有很多悬而未决的问题，如赋体的生成与发展、表现形式、韵律结构、特征功用等。学者们延续着这些传统话题，从各个角度阐发自己的独到见解。首先，学者们对赋体的生成与发展及表现形式展开了深入的探讨。鲁洪生回顾并评析了历代关于汉赋起源的种种解说，并从汉赋之得名、表现形式、创作目的等方面追溯了汉赋的历史根源。许结以高屋建瓴的历史视野，从经与赋的关系、赋家与经学的关系、科举试经与赋、依经立义与赋体诸角度对赋的"词章与经义"问题作了全面而深入的探讨。欧明俊就赋体界说、赋的"文学文体"、汉赋是否为"一代之文学"三个问题展开论证，从而对赋史研究进行反思。中国台湾学者陈韵竹针对《史记·屈原贾生列传》中"好辞而以赋见称"一句展开对"辞"与"赋"关系的辨析。历代辞赋观的演变也是学者们关注的焦点。王德华认为扬雄"诗人之赋丽以则"的赋论准则受儒家诗教观的影响，存在失误。其"以颂为讽"的大赋创作模式集中体现了儒家诗学理论对赋体的渗透和影响，并预示着此后大赋创作以颂美为主的历史转向。刘伟生梳理了刘知几《史通》中关于辞赋的评价，并进一步分析了其中所蕴含的史家立场，认为其坚定而严格的史家立场为全面而客观地评价辞赋的功用，并探究其兴衰的规律及独有的个性提供了别样的视角，呼应并开启了文学思潮中关于质实切用的理论主张。刘朝谦认为，班固一方面认识到赋的审美特征、赋文书写的虚构特质等文学性；另一方面，又坚持把赋界定为政治、道德的工具，坚持赋体文学必须具有现实性和道德理性。这种赋论反映了处在中国文学理论从不自觉状态向着自觉时代转换的过渡形态。徐华认为，班固对赋体的全面变革促进了两汉赋体风尚的变化，魏晋至隋唐文论更多接受的是班固赋学及赋风的影响，尤其是"辞丽、义正、事实""风谕"的强调直接继承了前代的"诗言志"，开启了后世的"文以载道"之途。龙文玲认为，在西汉昭宣时期，儒生重视文艺政教功能与官吏重视文艺审美功能的两种文学观念并重融合而偏向于赋的政教功能，开启了刘向、扬雄等对赋的艺术技巧与社会功用关系的讨论。蔡彦峰从"感物缘情"与玄学的内在关系，阐述了陆机《文赋》中"诗缘情而绮靡"这一诗学理论的内涵及意义。郭丽平对明代吴讷、徐师曾和七子派兴起的祖骚宗汉的辞赋复古思潮展开论述，肯定了这一思潮对于矫正时代萎靡文风的作用。刘再华则考察了吴锡麒、顾元熙、鲍桂星、陈沆诸人的赋学思想及其被誉为"清代律赋四大家"的渊源，认为"四大家"集中体现了清代律赋创作以宗法唐人为主的赋学取向。

此外，学者们运用类比研究，从源流与渗透、影响与传播、审美取向的异同等角度展开了对赋与诗、颂、楚辞等文体关系的探讨。易闻晓从"赋颂不分"的写作实情、"讽颂同构"的赋学观念、"润色鸿业"的时代风尚三个方面深入考察了汉代赋与颂的关系。高华平以银雀山汉简《唐勒赋》对屈原、宋玉赋作在秦汉时期存在"经""骚""辞""赋"等不同名称的现象作了文体性质的辨析，并对银雀山汉墓竹简赋篇《唐勒》展开分析，以此说明赋的文体特征与"传""说""论"是相通的。侯文学比较分析了《诗经》、屈原作品与宋玉的《高唐赋》三者之间山水情态的异同，认为《诗经》对于山水，侧重于观照其高大与"盛满"，情感体验以积极为主。屈原笔下的险山既是恶劣的生存环境，又是政治的隔绝因素，这种山水情态直接影响了汉代的楚辞体作品。宋玉的《高唐赋》最先将以悲为美的审美取向落实于山水题材作品，直接影响了汉代散体赋的山水审美取向。宗明华和来倩倩通过《诗经》与《楚辞》佩饰意象的考释、比较分析，概述了先秦佩饰习俗的演变过程，并从历史、文化的角度进行探源，从而揭示出楚文化对中原文化的继承和发展。马世年认为，楚歌体诗的演变，是与作者群体的不断扩展紧密相关的，由宫廷的流行，到皇室王侯而为之，蔓延而至士人士卒，从而将楚声的兴盛引向了普通民众，"悲情"则成为汉代楚歌体诗总体的情感倾向。杨玲另辟蹊径，以《历代妇女著作考》中收录的古代女性作家作为研究对象，考察了《楚辞》对女性名、字、号及文集名的影响，从而探讨了《楚辞》在中国文化中的地位。凌郁之认为，合生、杂嘲、题目、商谜等民间通俗文艺形式，皆以诗歌为载体，而具有滑稽玩讽的俳优属性，复以敏捷机警为贵，具有俗赋的性质，表面上看是诗歌体式，而其本质则有赋心。王晓鹃通过比勘《古文苑》和《文体》辑录赋体，分析二者在赋体分类上的异同点。认为如果将二者所辑录赋体相结合，当可对先秦至齐梁的赋体发展轨迹有较全面的了解。文献整理是赋学研究的载体。诸多学者用功甚深，以其渊深厚重的考据功底、严谨细致的学术精神，通过校勘、辑佚、辨伪、分类等手段，力图恢复诸辞赋古籍的本来面貌，还原了很多可资借鉴的珍贵资料。伏俊琏以编年体的形式，考证整理了敦煌文学中的敦煌赋，提供了翔实丰富的原始材料，为后来的研究者搭建了坚实的学术桥梁，其学术价值不言而喻。踪凡对祝尧《古赋辩体》的六种版本作了全面的调查和文字比勘，认为成化本是现存诸版本之祖本，具有不可替代的校勘价值。韩晖对《文苑英华》的两个版本、《历代赋汇》的两个版本和《全唐文》以及一些作家集子进行比勘，钩沉出《文苑英华》中阙名赋在诸书中的异同。何易展考述了贾谊《早云赋》多种版本间的异文现象，并对其流变根源进行探析。冯良方立足于地方赋的整理研究，钩沉出明代有关云南的地理赋作，并以此为基点，分析其间所折射的地方文化特色。杨晓斌详细考辨了《稽圣赋》的异文现象，认为宋以后文献所著录系抄袭前代，文字内容没有逸出宋代范围，进而对其以"赋"命名进行了文体辨析。郭丽则根据现存《齐都赋》的佚文及注，对这一早已佚失的作品进行钩沉辑佚，从而力图尽可能还原出作品的原貌。日本学者栗山雅央对左思《三都赋》的三家旧注进行梳理，并归纳出刘逵、张载及卫权注的不同特征。何新文和彭安湘则整理了 21 世纪初十年的赋学研究资料，对十年间赋学研究的空前繁荣景象进行了回顾。

关于当代辞赋创作与研究的关注，全国赋学会会长龚克昌在开幕式上回顾介绍了当前辞赋研究和创作的基本概况，并给予充分肯定。万光治以魏明伦赋为研究中心，结合古代辞赋"颂与讽"和"口诵性质"的文体特性，对辞赋的当代形态作了深入的探讨。王晓卫则从自己的创作实践出发，谈及辞赋创作如何将史笔、诗才与议论统一起来。刘南平和赵军对比了当代的诗文创作和汉大赋，认为两者在创作倾向、主流精神、表现手法上有着惊人的相似，并从创作主体的政治文化价值取向、文化环境与创作理念上剖析相似的根源。中国台湾学者欧天发则从民间宗教的角度，探讨了中国台湾鸾赋的写作风格。当代辞赋创作名家袁瑞良和韩邦亭二位先生从辞赋创作角度，对为赋之道进行了总结和探讨。洛阳辞赋研究院孙继纲院长和中国香港中华辞赋研究院的颜其麟先生畅谈了自己的辞赋作品及创作经验。中国香港学者洪涛站在中西方文化传播的立场上，以《楚辞·九歌》的英语翻译为例，分析了辞赋研究中的"连贯观念"与"增字解经"现象，认为，注释家和翻译家为了语意的连贯，往往作"增字解经"的工作，却影响了注释的可信度。洪涛学贯中西，显示了具备英语文化语境的学者独特而敏锐的理论视角。关于域外赋的研究主要有孙福轩《越南科举与辞赋创作论》、权赫子《朝鲜朝中后期〈文选〉接受与辞赋创作》。孙福轩认为，受唐诗汉赋的影响，越南科举取士中诗赋占有突出的地位，其课艺赋、试赋具有取径多元、题材多样的特点，对越南的汉文创作产生了积极的推动作用。权赫子结合朝鲜中后期的文化政策和明朝文风东渐等内外因素，分析了《文选》在朝鲜中后期的典范价值及其对朝鲜赋体创作修辞水平前所未有的推动作用。

对单篇作品的解读有许东海《蝉声·谏诤·立言——欧阳修〈鸣蝉赋〉赋学与史学之交涉》、王志清《庄禅诗学的积极取代：从〈鹦鹉赋〉到〈白鹦鹉赋〉》、徐宗文《一篇无韵的悲士不遇赋——读〈史记·屈原贾生列传〉》、陈良怡《谢灵运〈山居赋〉创作意蕴及其写景探胜》、耿光华《稼轩词辞赋手法之探析》、田彩仙《从钱钟书〈管锥编〉论江淹看〈恨赋〉、〈别赋〉的缺失》、日本学者谷口洋《试论〈史记·司马相如列传〉的多重性》、潘务正《沈谦〈红楼梦赋〉考论》、杨许波《论〈长门赋〉〈自悼赋〉对唐代宫怨诗之影响》、朱雅琪《嵇康〈琴赋〉之审美意识探析》、郑晨寅《黄道周〈九诉〉论析》、徐筱婷《从〈都剧赋〉探析清代戏坛文化变革与狎优之风》等篇章。

这些文章运用不同的美学理论，或从思想内涵、审美意蕴，或从艺术特征、风格气质，或从作品的史料价值等方面进行了多角度的诠释和开掘。一些学者就某一赋家的整体创作进行研究。郭建勋对庾信这一南北朝时期成就最大的赋家的创作作了概述和准确的定位；中国台湾学者廖国栋则从曹敬的赋作中分析了清代台湾士子的挫折感；韩国学者白承锡探究了骆宾王的文学思想和他的辞赋创作；阮忠则论述了苏轼赋作与庄子的渊源，从前人批评、寓言笔法与自娱倾向、天地同一的人生境界三个方面概述了"苏赋庄痕"的基本形态；林大志和杜志强则分别就萧氏父子的辞赋骈文创作和萧纲的赋作概况及赋学观等问题展开探讨；扈耕田论述了方以智的赋学观，并以《结客赋》为重点分析了方以智辞赋创作的基本内涵和艺术倾向；颜莉莉则结合蒲松龄的独特身世、世俗情怀和聊斋笔法解析了蒲松龄辞赋的独特意蕴。

  对特定时段的赋创作，学者们则着力于探究其发展嬗变的轨迹及其主导风格。以汉赋和魏晋南北朝赋的分段研究为多。如余江《汉赋矛盾刍议——以班固为例》、刘向斌《论西汉赋家化解自我与他我矛盾的策略》、冯小禄《汉赋的创作心态、审美取向及成因新论》三文，结合汉朝独特的时代背景聚焦汉代赋家的创作心态和审美品格，对汉赋的内在表现形态作了深入的开掘。龚克昌的《三国赋评注序》是为《全三国赋评注》一书写的序言，文章回顾了三国时代赋的创作概况。于浴贤梳理探讨了汉魏六朝文人俗赋的题材内容及艺术特征，并进一步探讨评析了文人俗赋的成就与缺憾，指出其创作徘徊不前的原因："在大赋雅赋的挤压下，文人俗赋的发展举步维艰、徘徊不前。这种局面实在是汉魏六朝雅文学强势地位的结果，也是文学为贵族所垄断时代之必然。"冷卫国分析了魏晋南北朝辞赋的嬗变及艺术特征；刘培则从理学思想的张扬、爱国激情的流露、批判功能的增强、日常生活的意绪、应酬功能的加强、追求立意新巧与结构紧凑的倾向六个方面系统全面地论述了南宋中期辞赋创作的新变。

第四节　小结

20世纪，人们普遍采用四分法（即诗歌、散文、戏曲、小说）的方式对文体进行归类之后，作为中国古代重要的一类文体——赋却没有了明确的归属。看一下从20世纪二三十年代至今出版的各种文学史著作，我们就可以知道赋体文学的遭遇。在胡适的《白话文学史》中没有它的地位，在郑振铎的《中国俗文学史》中不见它的踪影，在郑宾于的《中国文学流变史》中基本上不谈它，刘经庵的《中国纯文学史纲》把它排除在外，从冯沅君、陆侃如主编的《中国诗史》到当下的一些诗歌史著作中也基本上见不到它；从陈柱的《中国散文史》到近几年来出版的几部《中国散文史》里，同样没有它的地位。而在一些通史性的《中国文学史》著作中，除了汉赋，其他时代的赋也少有提及。

在中国文学史上本来具有特殊地位、历代文人又特别重视的一种文体——赋，在当代中国文学史理论体系中竟没有一个恰当的归属，这个问题在今天应该引起我们的反省。它说明，近百年来我们虽然建立起了一个符合现代人文学观的文学史体系，但是这个体系并不是从认真地研读中国古代文学的情况下总结出来的，而是按照现代意义的"文学"观念去套用中国古代文学"套"出来的。我们由此产生质疑：无视赋这种文体的客观历史存在，这样的文学史是不是违背了"历史性"这一基本原则？魏晋六朝以后赋体文学在当代人的中国文学史著作中被忽视，与"一代有一代之胜"的文学史观念的影响也有重要的关系。强调每一个时代居于主流位置的文学体式，无疑是文学史写作中把握的一条重要原则，即动态原则。

但文学史的任务不仅要叙述各时代的主要文体，更重要的是描述各种文体的源流和文学史的发展演变。更何况，在整个文学史的发展过程中，并不是每一朝代只有一种主要文体，而可能是几种文体共同繁荣。

同时，在整个中国文学史中，还有几种贯穿于各个朝代始终的文体形式，赋体文学就是其中之一。把这样重要的一种文体置于唐宋以后文学史叙述对象之外，显然是一种不正常的现象。

赋体文学在中国文学史编写中没有相应的位置，也与当代人缺少正确的评估体系有关。在五四新文学运动中，提倡白话文学、民间文学，反对贵族文学、文人文学，赋这种文体首当其冲地受到批判。而在其后的庸俗社会学的影响下，人们更从内容和形式方面对赋体文学给予了双重否定。在当时人的眼中，从内容方面讲，作为赋体文学中最有代表性的汉赋基本上是为统治者歌功颂德之作，魏晋六朝以后的赋更没有多少有价值的东西。

从形式方面讲，赋体文学则是典型的形式主义文学的代表。赋的那种铺陈张扬的"虚辞滥说"，连西汉后期的大儒扬雄都不满意，把它称为"雕虫篆刻"，今天它还有在文学史中存在的价值吗？20世纪80年代以来，对于赋体文学的这种极端片面的认识逐渐得到纠正，赋体文学研究出现了一个高潮。

但是，时至今日，它在中国文学史中的地位，还没有得到真正的恢复。如果要对赋这种文体作出一个符合历史客观存在的评价，首先需要建立一个新价值评估体系。从文学史的角度讲，我们首先要在其中给它一个独立的位置，要客观地描述出它在各个时代的实际存在过程。在古今对于赋体文学过多的否定中，首先忽视了一个明显的事实，即为什么在不绝于耳的批评中，还有那么多的人来从事赋体文学的创作呢？举几个简单的例子。继扬雄把赋称为"雕虫篆刻"，并宣称"壮夫不为"之后，东汉以后的赋体还是得到了更大的发展。班固照样把它看成"雅颂之亚"，并且殚精竭虑地创作了《两都赋》，而张衡更是"精思傅会"，耗时10年才写成《二京赋》（《后汉书·张衡列传》）。[1]据说左思作《三都赋》曾经"访岷、邛之事，遂构思十年，门庭藩溷皆著纸，遇得一句，即便疏之"。[2]这真是极尽智能，呕心沥血。写成之后，经人推扬，使当时的"豪贵之家，竞相传写，洛阳为之纸贵"[3]（《晋书·左思传》）。从魏晋到隋建立之前，"不时有人因赋写得好而受举擢"，甚至"妇人也能因赋得官"。以至于到了唐代，进士试赋已经成为一种制度。宋代的文人，仍然喜好赋作，如王禹偁在他的《律赋序》中称自己曾作律赋100篇，现存的《小畜集》中仍然保留了18篇作品。至于现存清赋在15000篇以上这个数量，更说明清代文人对它的重视。赋在清代的繁荣程度，今人已经作过比较详细的论述。

赋体文学历经两千年而不衰，这首先是我们应该写入文学史中的一个事实。站在历史评价的角度来看中国古代的赋体文学，笔者认为有以下几点是值得重视的。第一，赋这种文体有很深的历史文化渊源。它源出于《诗经》，在它的身上沉积了深厚的儒家诗教精神，继承了美刺讽喻的诗学传统，把对政治的关心看作赋体写作的主要内容之一；它又深受楚辞影响，把抒发个人情感也当作重要的内容之一；同时，它又从宋玉赋那里吸收了营养，把描摹事物、遣兴娱情视为其一项重要的文体功能。这三者使赋这种文体具有了在表达内容方面的极大包容性，适合从汉代以来的文人们的各种应用目的。第二，赋在语言形式方面有独特的优越性。讲究文辞的优美

---

[1]（南朝宋）范晔撰，（晋）司马彪注：《后汉书·张衡列传》，《景印文渊阁四库全书》史部第253册，台北：台湾商务印书馆1986年版，第251页。
[2]（唐）房玄龄等：《晋书》，中华书局1974年版，第2375页。
[3]（唐）房玄龄等：《晋书》，中华书局1974年版，第2375页。

本来是中国文学的一大特性，也是中国人对"文"的理解。《周易》讲"修辞立其诚"，子曰"言之无文，行而不远"，对于以诗为主的韵文的形式美的追求，中国人从来就没有间断过，从《诗经》、楚辞到汉乐府再到五七言律诗和宋词元曲，古代文人总是在不断地进行着艺术形式的探索。对于以赋为主的无韵文，古人照样讲究其文辞的优美。赋本是从诗中流变出来，它在一开始就有对形式美的特殊要求，可以更好地展示文人的才性。

因此，赋体文学才成为文人们最擅长而又非常喜爱的形式之一，历代都有优秀的作品传世，如司马相如的《子虚赋》《上林赋》，曹植的《洛神赋》，江淹的《别赋》，庾信的《哀江南赋》，杜牧的《阿房宫赋》，欧阳修的《秋声赋》，苏轼的《赤壁赋》，等等。以上事实说明，赋体文学在中国古代有独立的发展道路，它不仅受外在条件制约，还有其内在的动因、内在的逻辑和内在的进程。赋是独立于诗歌、散文、戏曲、小说之外的一种文体，对这种文体，我们也必须建立独立的价值评估体系。我们不仅要对每个时代的赋进行专题研究，还要结合中国文化传统对赋体文学的基本特征进行整体性把握，同时也要从现代的眼光出发，对其进行客观的历史的分析。这不仅包括赋的内容、赋的形式，还包括赋的文体功能和中国古代文人对于赋的认识。

赋体文学在中国文学史中的尴尬处境，说明当代中国文学史理论体系存在着极大的缺陷。

第一，改变用现代人的文学观来代替古代人文学观的偏颇。我们知道，在中国古代，本没有一个与现代完全相对应的"文学"观念。这说明，用现代人的文学观念来写出一部中国古代"文学史"，这本身就是当代人对于古代文学作品的一种重新定位和重新认识。那么，我们根据什么原则把中国古代的某些作品写入"文学史"，而把另外一些作品排除在"文学史"之外呢？笔者认为，在这一过程中，阐释者的主体性原则固然是重要的，首先要把我们认为在中国古代属于"文学"的东西写进来，才能称为"文学史"。

但是，尊重被阐释者的客观性原则也是非常重要的。"文学史"之所以是文学史，就因为它要客观地介绍和描述历史上曾经存在的重要的文学现象，从这一点来说，不能客观地描述文学发展的历史，或者说把重要的文学现象忽略掉的著作同样不能被称为"文学史"。在文学史的写作过程中，如何正确处理主体性原则和客观性原则是一件大事，笔者认为，在这两者之中，客观性原则才是第一位的。也就是说，文学史的研究和写作首先要尊重历史，首先要承认中国古代的"文学"与现代的"文学"有所不同，我们不能因为古今文学观的不同而把赋这样重要的古代文学体裁丢掉不管，而应该客观地描述它的发展，对它进行认真的研究，而这正是建立具有中国特色的文学史理论体系的重要组成部分。同时我们还要看到，即便是可以纳入现代文学文体四分法的中国古代的诗歌、散文、戏曲、小说，它们在艺术的本质乃至其艺术功能上也与现代"文学"有着或多或少的差别。一个典型的例子是诗。我们现在认为中国古代最早的诗集就是《诗三百》，但是这部书在古代被称为"经"。现代人常说"五四"以来《诗经》研究的一个重要突破就是恢复了它的文学的本来面目，但事实上《诗经》被结集成书的时候，当时人并不把它当作"文学"来看，而认为它是配合周代礼乐制度的音乐底本，是贵族子弟的教科书，是周人用于讽谏颂美的工具。在周人看来，《诗经》在当时主要承担的是政治讽谏颂美功能、礼乐教化功能，其次才是娱乐和审美的功能。从本质上讲，中国古代人对于《诗经》的理解与我们现代人有相当大的差距。我们不能以当代人的理解取代古代人对它的理解，认为古代人也如我们一样是把它当作文学作品来创作和欣赏的。坚持文学史阐释的客观性原则，就要求我们在文学史研究中尊重历史事实，不是把自己的观念强加给历史，而是在尊重历史事实的前提下用当代人的观念进行分析。历史地、动态地描述中国古代文学内容、形式、文体、功能以及文学观念等各个方面从古代到现代演变的过程,是当前文学史研究的一个重要任务,也是建设具有民族特色文学史理论体系的重要途径。

第二,改变用西方人的文学观念来评价中国古代文学的偏颇。鸦片战争以后,西学东渐之风日盛,中国文学现代化学术体系的建立,受西方文化的影响不小。就是现代意义的"文学"一词,也"是从日本输入,他们对于英文 Literature 的译名",[①]与中国古代的文学概念并不相同,这一点当代学人早有论述,但是在对西方文学观念进行整合与消化的过程中,我们在更多时候还是受西方文学观念的影响更大,西方文化中心论在潜移默化中起了非常大的负面作用。举一个典型的例子,如以古希腊的"荷马史诗"为参照物来论述中国古代诗歌的发展。一些人为了说明中国文学并不次于西方,于是就把《诗经》中的《生民》等诗篇说成中国的史诗,并试图从马克思主义理论中找到说明这些诗篇也是史诗的理论根据。其实,只要我们仔细研究《诗经》以及周代文化就会发现,《生民》这样的诗根本就不是与"荷马史诗"同类的诵诗,而是当时周王朝用于国家仪式典礼的乐歌,因此,用"史诗"这样的概念根本不能很好地解释《生民》这样的作品,自然也不能揭示中国诗歌早期发展的过程以及其独特的艺术存在方式。遗憾的是,多年来我们并没有立足于《生民》这些诗篇产生的民族文化传统来对其进行研究,而是围绕着西方的"史诗"概念来讨论问题,这不是舍本逐末吗?另一个典型的例子是关于文学的起源的问题。中国人早在先秦就有自己的文学起源观,汉魏六朝以来更有相当深刻的论述。可是我们的文学史偏偏不讲自己的文学起源观,却大讲特讲西方的文学起源观,好

[①] 鲁迅:《门外文谈》,《鲁迅全集》第六卷,人民文学出版社 1973 年版,第 93 页。

像关于文学起源这样的问题只有西方人才思考过，而中国古代留下的文献资料，只不过为西方的文学起源论提供注脚而已。

当然，这样说并不是要以中国的文学起源观来代替西方的文学起源观，西方的文学起源观对于我们深入研究中国古代的文学起源问题也照样有重要的参考价值，但我们同时需要知道，西方的文学起源观只是近代才逐渐介绍到中国来的，它们对于中国古代文学的发展并没有产生过影响；正是中国人自己的文学起源观，不仅指导了中国文学的创作，而且以此为基础建构了具有中国特色的文学理论体系。

同时，我们还应该认识到，中国人这种对于文学起源的认识，不仅是其所写的文学史和文学理论中的重要内容，也应该是世界文学理论中的重要一派。我们不仅要用它来解释中国文学，阐释中国文学的民族特色；同时我们还要以此为基础来建设具有中国特色的文学理论体系，有责任让它成为世界文学理论体系中的中国学派，在世界文学研究领域中产生重要影响。可惜的是我们自己却把它忽视了，不但没有对它进行充分的研究，没有很好地利用它来解释中国古代文学发展的诸多现象，更不用说以此来参与世界文学理论体系的建设了。今天，我们应该好好地思考这一现象了。同一百多年前的中国学人相比，我们对于西方文化的了解已经发生了质的变化；同样，在中国文化和西方文化的比较中，我们也逐渐从表面的比较发展为本质的比较。

20世纪以来，汉赋研究的许多问题取得了重大突破。据初步统计，全国发表汉赋研究论文千余篇，专著20余部。另外，学界在辞赋史、辞赋批评史和赋史的研究中也都涉及了汉赋的研究。20世纪以来的辞赋学术研究中，汉赋研究成为主要的内容。具体情况如下。

第一，发表在《文学遗产》《社会科学战线》《文史哲》《文学评论》《艺谭》等各类刊物上的关于汉赋研究的论文有200余篇。

曹聚仁的《赋到底是什么？是诗还是文？》、郭绍虞的《赋在中国文学史上的地位》、许世瑛的《辞赋与骚赋》、贺凯的《汉赋的新解》、沛清的《论汉代的辞赋》、朱杰勤的《汉赋研究》、吴烈的《汉赋在中国文学史上的地位》、冯沅君的《汉赋与古优》、万曼的《辞赋起源》、郑孟彤的《汉赋的思想与艺术》、童丹的《与郑孟彤先生商榷汉赋的评价问题》、李嘉言的《关于汉赋》、中国台湾学者简宗梧的《司马相如扬雄及其赋之研究》、美国康达维的《扬雄及其赋研究》、日本中岛千秋的《赋之成立与展开》、法国吴德明的《汉代宫廷诗人司马相如》、廖国栋的《魏晋咏物赋研究》、章沧授的《汉赋的浪漫主义特色》、万光治的《论汉赋的类型化倾向》、李生龙的《近几年的汉赋研究》、张庆利的《近年汉赋研究综述》、许结的《二十世纪赋学研究的回顾与瞻望》、阮忠的《20世纪汉赋研究述评》等。

第二，汉赋研究的专著有20余部，包括金秬香的《汉代辞赋之发达》，陶秋英的《汉赋之史的研究》，姜书阁《汉赋通义》（齐鲁书社1989年版），龚克昌《汉赋研究》（山东文艺出版社1984年版）、《中国辞赋研究》（山东大学出版社1998年版），刘斯翰《汉赋：唯美文学之潮》（广州文化出版社1989年版），万光治《汉赋通论》（巴蜀书社1989年版），康金声《汉赋纵横》（山西人民出版社1992年版），章沧授《汉赋美学》（安徽文艺出版社1992年版），阮忠《汉赋艺术论》（华中师范大学出版社1993年版），曲德来《汉赋综论》（辽宁人民出版社1993年版），程章灿《汉赋揽胜》（上海古籍出版社1995年版），踪凡《汉赋研究史论》（北京大学出版社2007年版），张书文《楚辞到汉赋的演变》（台北：正中书局1980年版），简宗梧《汉赋源流与价值之商榷》（台北：文史出版社1980年版），张正体、张婷婷《赋学》（台北：学生书局1984年版），曹淑娟《汉赋之写物言志传统》（台北：文津出版社1987年版），何沛雄《汉魏六朝赋家论集》（台北：联经出版公司 1990 年版）；赋学理论著作主要有叶幼明《辞赋通论》（湖南教育出版社 1991 年版）、何新文《中国赋论史稿》（开明出版社 1993 年版）；赋总集选集主要有费振刚等辑校《全汉赋》（北京大学出版社 1993 年版）、毕万忱等编著的四卷本《中国历代赋选》（江苏教育出版社 1998 年版）。

第三，汉赋研究成为辞赋史、辞赋批评史和赋史中重要的章节，如何沛雄的《汉魏六朝赋家论略》（台北：学生书局 1986 年版）、张书文的《楚辞到汉赋的演变》（台北：正中书局 1983 年版）、高光复的《赋史述略》（东北师范大学出版社 1987 年版）和《汉魏六朝四十家赋述论》（黑龙江教育出版社 1988 年版）、马积高的《赋史》（上海古籍出版社 1987 年版）、李曰刚的《辞赋流变史》（台北：文津出版社 1987 年版）、曹道衡的《汉魏六朝辞赋》（上海古籍出版社 1989 年版）。

第四，专门的赋学研究会议形成规模。1987 年，全国第一届赋学研讨会在湖南衡阳召开；1989 年，第二届赋学研讨会在四川江油召开，每次大会上都有大量的汉赋研究论文发表。

第五，中国港台地区和国外也有许多学者致力于汉赋研究。

此类重要研究成果有：刘若愚（James J.Y.Liu）在其专著《中国文学理论》（*Chinese Theories of Literature*, 1975）中对司马相如《赋心》之研究；施友忠（Shih, Vincent Yu-chung）在其译注《文心雕龙：中国文学中的思想与形式研究》（*The Literrary Mind and the Carving of Dragon: A Study of Thought and Pattern in Chinese Literature*, 1983）中对扬雄论赋与司马相如《赋心》的研究；柯马丁（Martin Kern）在论文《西汉美学与赋之起源》（*Western Han Aesthetics and the Genesis of the Fu*, 2003）中对扬雄汉赋观的研究；康达维（David R.Knechtges）用英文和中文发表了 20 多篇研究中国辞赋的论文，其中关于汉赋的研究有《七种对太子的刺激：枚乘

的〈七发〉》《古代中国文学中的机智、幽默与讽刺》《扬雄〈羽猎赋〉的叙事、描写与修辞：汉赋的形式与功能研究》《论贾谊的〈吊屈原赋〉和扬雄的〈反骚〉》《司马相如的〈长门赋〉》《道德之旅：论张衡的〈思玄赋〉》《班婕妤诗与赋的考辨》《皇帝与文学：汉武帝》《汉颂：论班固〈东都赋〉和同时代的京都赋》《汉代纪行之赋》《赋中描写性复音词的翻译问题》等。他英译了80多篇辞赋作品，著有《汉赋：扬雄赋研究》、《昭明文选赋英译》、《汉代宫廷文学与文化探微》（自选集）等。

中国香港的何沛雄著有《赋话六种》（香港：香港三联书店1982年版）、《读赋拾零》（香港：香港万有图书公司1975年版）、《汉魏六朝赋家论略》（台北：学生书局1986年版）。

纵观20世纪的汉赋研究，对汉赋的兴盛原因、文体特征、历史地位、创作手法、思想价值和艺术特色，以及汉赋作者生平与作品考辨等诸多方面都进行了深入系统的研究。这一时期的汉赋研究也取得了丰硕的成果，涉及范围之广、研究程度之深、研究角度之新在整个汉赋研究史上都是前所未有的。

然而遗憾的是，这一时期关于汉赋研究史综述的专著与文章都非常稀缺。就目前收集的资料，只有一部专著与四篇文章。

《汉赋研究史论》（踪凡，北京大学出版社2007年版）；

《近几年的汉赋研究》（李生龙，载《求索》1988年第6期）；

《近年汉赋研究综述》（张庆利，载《文史哲》1989年第6期）；

《二十世纪赋学研究的回顾与瞻望》（许结，载《文学评论》1998年第6期）；

《20世纪汉赋研究述评》（阮忠，载《学术研究》2000年第4期）。

踪凡的《汉赋研究史论》被誉为第一部汉赋研究史专著。该书将中国古代的汉赋研究按历史朝代分为两汉、魏晋南北朝、唐宋元、明清及近代四个时期，系统地梳理了汉赋研究的历史。该书尤其注重古代汉赋研究的梳理，对本书所研究的内容也有所涉及，但也只作简单的论述，并未作系统而深入的考述。李生龙先生在《近几年的汉赋研究》一文中对1984年至1988年四年汉赋研究的情况作了简单的论述，他认为这四年汉赋研究有了五个方面的转变，分别为：从各个角度肯定汉赋的学者多了；很多论者实事求是地对汉赋在思想艺术上的不足和缺陷进行了客观批评；汉赋研究的视野更加开阔了；在研究方法和研究视角方面出现了一些值得肯定的探索；从审美角度作了有益的探讨。该文只是对1984年至1988年汉赋研究情况作了整体性综述，而并未对具体论者的观点作系统梳理。张庆利的《近年汉赋研究综述》，梳理了汉赋的渊源与归属、汉赋的讽谕功能、汉赋的艺术成就、赋家赋作研究以及汉赋的地位和影响五个方面，论述了1980年至1988年近10年汉赋研究的情况，不过该文没有对专著与论文所涉及的相同的汉赋问题作系统的梳理。许结在《20世纪汉赋研究的回顾与瞻望》中将整个20世纪汉赋研究分为三个阶段：汉赋研究的肇始阶段；汉赋研究的承启阶段；汉赋研究的鼎盛时期。许文的这种分类方式是文学研究发展的一般规律，也是汉赋研究的独特特点。一般规律是指符合文学研究发展的上升规律，汉赋研究特点则体现在80年代前后的承启阶段。阮忠的《20世纪汉赋研究述评》采取了与许文一样的分类方式，不仅如此，此文还对20世纪汉赋研究的特点与方法作了简要的归纳，对存在的问题与今后的预测作了简要的概述，涉及本课题所研究的内容，此文也只是列举了大量的专著与论文，并未作系统的梳理与考述。

可见，涉及这一时期的汉赋研究的专著和论文存在以下的不足。

第一，对20世纪的汉赋研究仅有简要的论述，列举代表性的研究著作与论文，分析研究者们主要的观点，对这一时期的研究概貌作简要的梳理，以实现汉赋研究史的系统连贯性。以踪凡的《汉赋研究史论》为例，我们看到，该书在涉及现当代的汉赋研究史时，就仅以简要勾勒处理。

第二，大多研究都是将20世纪的汉赋研究分为几大类，再以历史时间为序梳理。比如，李生龙的《近几年的汉赋研究》一文只是略带提及各研究者的观点，但针对各研究者间在汉赋研究论点的延续、创新等问题方面未作系统的分析。张庆利的《近年汉赋研究综述》将80年代的汉赋研究分为五类，并未作系统的分析与论述。许结、阮忠将20世纪的汉赋研究按时间分为三个阶段，但在论述三个阶段的汉赋研究成果时，同样并未作详尽的分析与归纳。

第三，自汉赋产生以来，对汉赋的评论始终存在着截然不同的看法，这种分歧在20世纪依然存在。然而，通览这一时期关于汉赋的研究论著，都未涉及这一问题。

第四，对海外汉赋研究的成果缺乏足够的重视，汉赋研究未能跳出国内视野的拘囿，将汉赋和汉赋研究纳入中国文学史甚至世界文学史中的一个环节，将汉赋研究与中国文化、世界文学批评史结合起来，不能不说是个遗憾。

关于20世纪汉赋研究存在的缺陷与不足，本书拟从以下几个方面对其进行整理与研究：（1）在对围绕着汉赋价值、历史地位、渊源等问题展开的争论进行历史梳理的基础上，将20世纪的汉赋争论者们分为肯定论者与否定论者，并以此为线索，对各论者的专著与论文进行系统的分析和整理的同时，还体现了论者们在汉赋研究问题上观点的延续与创新。（2）从审美的角度分析汉赋作品中的艺术美是20世纪汉赋研究中的突出贡献，不仅为汉赋研究开拓了新视野、新维度，拓宽了研究的领域，更体现了现代汉赋研究者们一种客观的研究态度，他们越来越将汉赋当作一种特殊文体，对其存在的各种文学要素作客观的历史探源与现代意义的阐释。鉴于此，本书将80年代研究汉赋艺术美的论者们归为"汉赋艺术论者"的一类，并对其论点作系统的论述。（3）本书将20世纪的汉赋研究者们分为否定论者、肯定论者、艺术论者三大类，力求在对这一时期的研究状况进行梳理时，思路清晰、条理清楚。在论述各类论者的汉赋观时，不仅对具体研究者的专著或论文作了详尽的分析与论述，还对其研究成果在汉赋研究史上的影响作了简要的评价。（4）初步考察20世纪海外汉赋研究状况，以在世界文学范围内对20世纪汉赋研究形成系统整体的观照。

本书以评价汉赋的态度为依据，将20世纪国内汉赋研究的著作分为三大类。

其一，汉赋否定论者。此类论者以王缵叔、郑在瀛、姜书阁、马积高、徐宗文等为代表。其中，王缵叔对汉赋的艺术性乃至价值都持全盘否定的观点，他认为"汉大赋是我国文学发展长河中一段最不光彩的历史"。① 徐宗文对汉赋的讽谕功能给予了很低的评价，认为是"游离于形象描写之外的枯燥说教"。② 姜书阁认为"汉赋在中国古代文学史上并没有什么值得称赞的光辉成就，不应该占多么重要的地位"。③

其二，汉赋肯定论者。此类论者包括龚克昌、刘斯翰、张志岳、郭芳等。他们对汉赋的价值给予了全面的肯定。龚克昌把汉赋誉为"文学自觉时代的起点"；④ 张志岳赞汉赋"具有划时代的标本意义，并起着承前启后的重要作用"。⑤

其三，汉赋艺术论者。此类论者对汉赋的评价持一种客观的态

---

① 王缵叔：《略论汉大赋的泯灭》，《文艺研究》1981年第2期。
② 徐宗文：《试论古诗之流——赋》，《安徽大学学报》（哲学社会科学版）1986年第2期。
③ 姜书阁：《汉赋通义》，齐鲁书社1989年版，第35页。
④ 龚克昌：《汉赋研究》，山东文艺出版社1990年版，第1页。
⑤ 张志岳：《汉赋新诠》，《求是学刊》1981年第2期。

度，他们从美学的角度分析汉赋的艺术特色，或者从历史背景的角度探寻汉赋文体特征产生的根源。这一类论者在20世纪的汉赋研究中占有主体性的地位，以朱一清、章沧授、万光治、简宗梧、曹淑娟等为代表。

　　本书将按照以上的分类，对各类论者的专著或者论文进行分析和梳理，力求对这一时段汉赋研究状况的梳理全面而成系统。

第三章　汉赋否定论者

两汉以来，学者们对汉赋的评价一直存在着巨大的分歧。这样的分歧在 20 世纪依然存在。这一时段对汉赋持否定观点的论者可分为两类：一类是对汉赋持全盘否定的态度，这一类论者在 20 世纪的汉赋研究者中占少数；一类是对汉赋某一方面的缺陷提出批判，这一类论者是 20 世纪汉赋否定论者中的主流。本书将这两类论者统称为"汉赋否定论者"，主要代表有王缵叔、郑在瀛、姜书阁、马积高等，在文学史教材中涉及汉赋的章节，他们都对汉赋给予了很低的评价。

第一节　文学史中的汉赋观

20 世纪初，很多高等院校都将中国科学院文学研究所、中国文学史编写组编写的《中国文学史》，游国恩等主编的《中国文学史》作为教科书，所以两书中的汉赋观对那一时段的汉赋研究有着非常重大的影响。鉴于此，本书将先论述两书中的汉赋观。

中国科学院文学研究所、中国文学史编写组编写的《中国文学史》，于 1962 年出版，全书分为封建社会以前的文学、封建社会的文学两个部分。封建社会以前的文学主要是古代神话传说与《诗经》，封建社会的文学则按朝代逐一论述。此书在论及汉赋时主要分析了贾谊、枚乘、司马相如、王褒、扬雄、蔡邕、赵壹的作品，并给予了不同的评价。对贾谊的代表作《吊屈原赋》，此书认为基本上是受儒家思想的影响，具有一定的批判性；对其另一代表作《鵩鸟赋》，此书则认为除一些句子"用形象的语言来说明一种朴素的辩证法思想"[1]比较深刻外，其余皆意思枯燥、语言乏味。此书认为汉初最重要的赋家是枚乘，因为他的代表作《七发》继承了《楚辞》的传统，具有讽谏的意义，而且其中的描写有中心、有层次、有变化，"不像一般汉赋完全依靠所谓'奇字'的堆叠，而是善于运用形象的比况"[2]。尽管如此，枚赋也因对事物铺写过多，因而减弱了说服力。此书认为封建文人把司马相如和屈原、司马迁并列是一种偏见，司马相如在文学史上的地位是被夸大了的。他的代表作《子虚赋》《上林赋》表现方式呆板，《大人赋》用字多生僻，艺术价值不高。王褒的赋，此书认为其文笔虽生动简洁，可是在描写劳动人民时却明显带有嘲弄的态度，所以思想内容的价值不高。对于班固的《两都赋》，此书指出其在体制上堪称鸿篇巨制，可是"文学价值不高"。而对扬雄、班固等的赋作此书只是略加提及，一带而过。

此书论述汉赋所用的章节极少，对作家作品的分析只作概说，从总体上评价其优劣。此书认为汉代最有价值的赋作乃是贾谊与枚乘的作品，贾谊的赋因受儒家思想的影响具有一定的批判性，枚乘

---

[1] 中国科学院文学研究所、中国文学史编写组编写：《中国文学史》，人民文学出版社 1962 年版，第 111 页。

[2] 中国科学院文学研究所、中国文学史编写组编写：《中国文学史》，人民文学出版社 1962 年版，第 113 页。

的赋因沿袭了楚辞作品的传统具有了讽谏的意义。可见,此书沿用了两汉以来的汉赋评价观,仍用现实功利性为准绳衡量汉赋的价值。此书被许多高等院校作为教科书,所以书中的汉赋观对20世纪七八十年代的汉赋研究产生了深远的影响。

游国恩等主编的《中国文学史》,于1979年由人民文学出版社发行。这是另一本为高等院校中文系编写的中国文学史教科书,对汉赋研究产生了重大的影响。此书涉及汉赋的篇幅很少,主要论述了贾谊、枚乘、司马相如和张衡的赋作。书中指出贾谊是汉初唯一优秀的骚体赋作家,其作品兼有屈原、荀卿二家体制,在当时独树一帜。对于枚乘的代表作《七发》,此书指出它标志着汉代新体赋的正式形成,在赋的发展史上具有重要的意义,但在艺术上的成就很低,它的铺写过繁,刻画有余,生动不足。对于司马相如的赋作,此书则持否定的观点。《子虚赋》《上林赋》歌颂了汉帝国无可比拟的气魄和声威,这在政治经济空前繁荣的局面下确实具有现实的意义,但"相如作品的主要部分在于夸张帝王的物质享受,渲染贵族宫廷生活骄奢淫逸的风气,迎合武帝的好大喜功"[1],即使是赋末的委婉致讽,也只是扬雄所谓的"曲终奏雅",实际上起不了多少讽谏作用。另外,书中还指出相如赋在大肆铺张,使用大量的连词、对偶,层层渲染,增加了作品富丽的文采的同时,"但也往往夸张失实,虚而互征,铺张过分,转成累赘。而且层层排比,板滞少变,堆砌辞藻,好用奇词僻字,读之令人生厌"[2]。此外,两赋中所表现的时代风貌并没有真正反映时代的特色,只是一种非常畸形和表面的描绘,所以此书认为相如赋并没有多少价值可言,但书中指出相如赋在赋的发展史上具有重要的地位,原因在于它们确立了一个"劝百讽一"

---

① 游国恩等主编:《中国文学史》,人民文学出版社1963年版,第121页。
② 游国恩等主编:《中国文学史》,人民文学出版社1963年版,第122页。

的赋颂传统：

> 相如作品丰富的辞藻、夸张的手法，也有一定的借鉴作用。但同时，他的作品在思想上或艺术上又都存在缺陷。思想贫弱，铺张过甚，形成文字堆砌，恰恰使赋成为宫廷文学的一种奢侈品。自司马相如创立新体赋的形式和作风后，作者争相模仿，逐渐形成阿谀铺张的赋颂传统，对后来文学产生不良的影响。①

> 汉赋自司马相如始以歌颂王朝声威和气魄为其主要内容，后世赋家相沿不改，遂形成一个赋颂传统。如果说这种在司马相如时代还不是全无意义的话，那么随着时代的变化，它往往流为粉饰太平，对封建帝王贡谀献媚，全然失去意义。它们也奠定了一种铺张扬厉的大赋体制，后世赋家大都按照这一体制创作，愈来愈失去创造性。②

以上引及的汉赋观对20世纪的汉赋研究影响深远，是大多数汉赋否定论者所采用的观点。"赋颂传统""歌功颂德""粉饰太平"不仅成为20世纪初全盘否定汉赋价值者的统一论调，也成为20世纪汉赋研究者争论的焦点。

---

① 游国恩等主编：《中国文学史》，人民文学出版社1963年版，第180页。
② 游国恩等主编：《中国文学史》，人民文学出版社1963年版，第123页。

第二节　王缵叔

　　王缵叔的《略论汉大赋的泯灭》发表于《文艺研究》1981年第2期，此文对汉赋持全盘否定的态度。文中对汉赋各方面缺陷与不足的批判可谓是20世纪汉赋全盘否定论者的典型。王缵叔在文中首先指出两汉四百年间唯一有贡献的文学家是司马迁，大量的赋家都是皇帝的文学侍从，创作的都是专一趋奉帝王的大赋。而对于王国维把"汉之赋"和"楚之骚""六朝之骈文""唐之诗""宋之词""元之曲"相提并论，王缵叔持不同的观点，他认为汉赋早就泯灭了，不仅没有继承者，就连有幸保留下来的几篇也只是供专业工作者研究使用罢了，并无欣赏者。他紧接着详细地论述了汉赋泯灭的三大原因。（1）远离人们的生活，一味地取悦帝王，这是汉赋与生俱来的不足。汉帝国政治稳固、经济繁荣，再加上帝王的提倡，汉赋便兴盛起来，蔚为大观，造成了笼罩汉文坛数百年之久的赫赫声势。可见，汉赋从诞生起就是受命于君王、供统治者享乐的御用文学。而所谓的"一代之文学"更应将反映人民生活的疾苦作为自己的责任，但汉赋中并未见这样的内容。（2）缺乏真情、有形无神，唯求文辞的侈靡艳丽。一切文艺作品都是"情动于中而形于言"的产物，可汉赋是"奉诏而作"，并不是作者真情实感的流露，也不是作者情思的描绘，所有的只是追求形式美。汉赋大肆铺陈、因物造端，大量堆砌奇文怪字，违背了在简洁的篇幅中蕴含丰富内容的文学创作原则。（3）因袭模仿，千篇一律，汉赋作品缺乏创造性。一种新的文式或新的写法出现，接踵而来的便是竞相效仿的模拟者。

如此一来，汉赋作品只能流为雷同，不能给读者带来新意，更不能产生强烈的艺术效果。汉赋因缺乏独立的生命，所以无法经受时间的考验。王缵叔认为以上三点是汉赋泯灭的根本原因。他最后指出：

> 汉大赋作为我国文学发展长河中的一段不光彩历史，已经过去了。但它的泯灭却给我们留下了深刻的教训，这就是："活得最长久的那些艺术品，都是能把时代最真实、最本质、最具有特征东西，用最美、最有力的方式表现出来。"而一切无视人民生活、回避社会矛盾、迎奉君上意旨、一味粉饰太平、在艺术表现上有崇奢丽、无真情、因袭模拟的"文艺"，即使因帝王的提倡盛行一时，而终将为人民所抛弃，被历史所淘汰。①

王缵叔对汉赋的艺术乃至整个价值都持全盘否定的观点，认为汉赋作者专在奇字怪词上下功夫，背离文学发展的规律，即使单从写景状物的手法上讲，汉赋也毫无可取之处。所以，他将汉赋称作我国文学发展史上的一段不光彩的历史，它无视人民的疾苦，一味地粉饰太平，是一种专供帝王消遣的宫廷文学。王缵叔对汉赋的批判大抵沿袭了20世纪五六十年代以来汉赋否定论者的观点，都将汉赋归为"宫廷文学""消遣性文学"等非现实主义文学的一类，但对汉赋作品中所有的因素均给予否定的批判，这样的观点未免过于偏激，丧失了评论的客观性。

---

① 王缵叔：《略论汉大赋的泯灭》，《文艺研究》1981年第2期。

第三节　郑在瀛

郑在瀛对汉赋的价值也是持完全否定的态度，他在1983年发表的《汉赋闲谈》中表达了这一观点。在《汉赋闲谈》一文中，郑在瀛首先为"赋"下了定义：像诗般押韵，像骚般体制宏大，句式像散文般长短不齐、富于变化。赋在汉代创作最为兴盛，在论及汉赋的思想价值时郑在瀛则指出：

> 在内容和形式上真正代表汉赋的是大赋，大赋的兴盛有它的政治背景。西汉中叶，汉武帝罢黜百家，独尊儒术，结束了百家争鸣的局面。这样做对巩固和强化封建统治是有利的，但是钳制了思想学术的自由发展。汉武帝是一个欲望颇多的帝王，他好大喜功，求神仙，求长生，也爱好辞赋。但他的爱好文学，并不是认为文学是"经国之大业，不朽之盛事"，而是把文学当成"博弈"，作为他生活、娱乐的补品，把文学家当作"倡优"。他并不想通过反映现实生活的文学作品来观风俗之盛衰，以便改善政治措施，而是利用文学为他歌功颂德，装点太平。
>
> 所谓"赋"，本来就不是劳动人民的文学，而是官方文学、贵族文学，根基就不好，再加上统治阶级对它的限制和利用，于是完全变成为皇权服务的工具。一批热衷于功名利禄的文学侍从之臣，紧紧地追随着汉武帝，狂热地吹嘘他的文治武功，大量地制造辞赋来宣扬皇朝的声威。[①]

[①] 郑在瀛：《汉赋闲谈》，《黄石师院学报》（哲学社会科学版）1983年第2期。

郑在瀛认为是统治者的提倡使汉赋成为歌功颂德、装点太平的官方文学、贵族文学，专供统治者娱心之资。汉赋作家则是一群追逐功名利禄的言语侍从之臣，狂热地吹嘘帝王的文治武功。对于班固《两都赋序》云："或以抒下情而通讽喻，或以宣上德而尽忠孝，雍容揄扬，著于后嗣，抑亦雅颂之亚也。"[1]郑在瀛则认为在汉赋里不仅"抒下情而通讽喻"的成分极少，就连"宣上德而尽忠孝"的内容也不多。汉赋最突出的特点便是"润色鸿业"，而为了达到"润色鸿业"的目的，汉赋作家也就顾不得描写的真实性了。由此，郑在瀛进一步指出汉大赋的繁荣正是汉代统治由极盛转向衰败的状态在文学上的反映。

在论及汉赋的创作形式时，郑在瀛将其视作一套死板的公式：开头是序，中间是赋，最后是发点议论。中间赋的部分往往主客问答，颇似纵横家之辞令；最后的议论部分也起不到任何讽谕的作用。所以，郑氏以为汉赋之创作形式僵硬呆板，毫无价值。在论及汉赋的语言时，他说道："更可恶的是赋中大量出现冷僻的字、词，成群结队的联绵字，几乎把一篇辞赋变成了一部联绵字典和难表。"[2]"可恶"二字可见郑氏对汉赋厌恶之深！司马相如、扬雄等的汉大赋作品，郑氏斥之为挖空心思地铺采摛文、玩弄文字游戏，是"为文而造情"，是追求形式美的文学。而对东汉的抒情小赋，郑氏却给予了较高的评价，他认为抒情小赋真正继承了先秦以来的现实主义文学传统，寄托遥深，感情真挚，影响深远。

郑在瀛认为汉大赋是缺乏现实基础的形式主义文学，"是脱离生活的没有生命力的纸花"：在创作形式上，汉赋结构呆板，遵循着开头是序、中间是赋、结尾议论的固定模式，缺乏新意；在作品

---

[1] 费振刚、胡双宝、宗明华辑校：《全汉赋》，北京大学出版社1993年版，第331页。
[2] 郑在瀛：《汉赋闲谈》，《黄石师院学报》（哲学社会科学版）1983年第2期。

内容上，汉赋作品缺少现实内容的依托，没有现实的意义，是仅供帝王消遣娱乐的宫廷文学。郑氏将汉赋喻为这样一朵毫无现实价值的"纸花"，实际上是从内容到形式对汉赋作品价值的全盘否定。这样的汉赋观与20世纪60年代茅盾之"汉赋是追求形式美的供剥削阶级娱乐的形式主义的文学"①（《夜读偶记》）是一脉相承的。这样的汉赋观过于偏激了，汉赋作为汉代一种广为盛行的文学作品，它的产生既是对以往文学形式的继承，同时也有其独特的艺术魅力。汉赋的现实意义的确比较弱化，但无可非议的是它在艺术上的确有开拓之功，丰富了文学辞藻、扩大了描写领域，将文学从关注内心世界转向描绘客观的外在世界。汉赋在描写景物时的确存在"夸大"的弊端，但在评价汉赋的这一特点时应该从文学的角度考证其优劣，而不应该将"是现实主义还是非现实主义"作为评价的标准。汉赋是一种文学样式，除了考察它的现实意义，还应该关注它在文学上的价值和地位。

尉天骄在《恐龙的笨拙——对李泽厚论汉赋的不同意见》②一文中也表达了他对汉赋的否定态度。李泽厚在《美的历程》中指出，汉赋的题材具有空前的包容性，显示了大汉帝国胸襟开阔的时代精神，这也正是汉赋的价值之所在。"汉赋尽管呆板堆砌，它在描述领域、范围、对象的广度上，却确乎为后代文艺所再未达到。"③对于这样的评价，尉天骄有着不一样的看法。他首先从文艺本身的规律出发考察汉赋"包容广大"的特点，认为文学虽可容纳广阔的社会生活场景，但再长的鸿篇巨制也不能穷尽世界。文艺作品应该追求

---

① 周兴华:《茅盾〈夜读偶记〉及其后记的语调与心态》,《名作欣赏》（学术版）2007年第6期。

② 尉天骄:《"恐龙"的笨拙——对李泽厚论汉赋的不同意见》,《淮北师范大学学报》（哲学社会科学版)》1987年第2期。

③ 李泽厚:《美的历程》,中国社会科学出版社1984年版,第8页。

深度、哲理性，而不是内容的广度。他指出汉赋正是这种把天地万物都囊括进来，在内容广度上与现实生活竞赛的一种文体，于是他把汉赋比作一只"笨拙的恐龙"。

在分析汉赋作家、作品时，尉天骄认为从枚乘的《七发》、司马相如的《子虚赋》《上林赋》，到班固的《两都赋》、张衡的《二京赋》，不仅主客问答的形式一样，行文格局也大致相同。汉赋在描绘场景中的沉闷且呆滞，使语言丧失了流动感，对同一事物反复、堆砌地铺陈使读者无法获得整体的美感体会。对李泽厚所言汉赋"以大为美"的审美趣味，他认为"以大为美"并非汉赋独有，孟子、庄子的美学思想中早已提及，并且"以大为美"也不符合艺术创作有选择、有突出的规律。

尉天骄将汉赋比作一只"笨拙的恐龙"，恐龙的体格构造不能适应进化的规律而灭绝了，而汉赋那缺乏艺术价值的笨重堆砌是后代文艺再也不取的。随着20世纪汉赋研究的蓦然复兴，许多学者纷纷发表文章分析汉赋衰亡的原因，大都持两种观点：历史原因，汉赋自身的局限。尉天骄则持第二种观点，他认为汉赋的泯灭是由于"以大为美"的创作形式不符合艺术规律。汉赋作品缺乏深度与哲理性是致使汉赋灭亡的关键。他否定了汉赋的艺术价值，将汉赋喻作笨拙的恐龙，只能被历史的洪流淹没，没有任何可取之处。文学作品种类的多样性决定了我们应该具有多样化的评价标准，对每一种文学体裁都要求深度与哲理性就会导致评判标准的僵化。汉赋作为文学发展史上的一环，影响着后世的文学创作，应将它放在具体的历史条件下客观地分析其价值，所谓"知人论世"就是这个道理。

第四节　姜书阁

与王缵叔持全盘否定汉赋的观点不同，姜书阁虽然对汉赋的价值持否定的态度，但主张对这一文学现象进行深入的研讨和适当的批判。姜氏之汉赋观见于《汉赋通义》一书中。《汉赋通义》是20世纪非常重要的一本考辨类汉赋专著，全书分为上、下两卷。上卷释义、溯源、考史、综论；下卷论汉赋在思想内容、结构形式、句法句式和音节声韵方面的特色。姜氏之汉赋研究主要体现在以下几个方面。

第一，汉赋溯源。姜氏认为汉赋源于诗骚。汉赋源于《诗经》，源于班固《两都赋序》："赋者，古诗之流也。"①此观点几乎贯穿了整个古代汉赋的研究，影响甚广，至今仍有大量的学者持这样的观点。班固《离骚序》也云："其文弘博丽雅，为辞赋宗。"②可见班固认为赋是离骚的一个分支。后人王逸、刘勰、宋祁、孙梅、刘熙载等皆主此说。现当代学者谭正璧、丘琼荪、宋效永亦称"《楚辞》才是赋的真实源泉"③。可见，班固是主赋出诗骚的，姜书阁则沿袭了这样的观点。

第二，汉赋的分类。姜氏将汉赋分为三类：丽则骚赋、丽淫大赋和抒情小赋。这是20世纪汉赋研究者普遍采用的一种汉赋分类法，而这种根据文体来分类的方法却有以偏概全之嫌，因为即使是

---

① 郭绍虞主编：《中国历代文论选》（第一册），上海古籍出版社2001年版，第144页。
② 郭绍虞主编：《中国历代文论选》（第一册），上海古籍出版社2001年版，第154页。
③ 丘琼荪：《诗赋词曲概论》，文化艺术出版社2018年版。

在骚赋、大赋盛行的时期，也有部分咏物、抒情的小赋作品出现。

第三，汉赋的价值。如前文所说，姜氏对汉赋的价值持否定的态度，只是主张对汉赋文体进行深入的研讨。他在《汉赋通义》一书中指出"汉赋只能成为歌功颂德的作品，供宫廷贵族为娱心之资"[1]，"并没有什么值得称赞的光辉成就，不应该占多么重要的地位"[2]。姜氏与现当代的汉赋否定论者持相同的观点。

第四，汉赋作家作品研究。《汉赋通义》上卷研究的重心是"考史"，以时间为序为汉赋作家作品分类，从单个的作家作品分析中体现汉赋的历史演变过程。在"考史"中注意考辨作家的生平、分析作家的性情和风格。

第五，汉赋音节声韵研究。《汉赋通义》下卷着力于汉赋音节声韵的研究，姜氏认为汉赋在声韵上多通于《毛诗》，更同于《楚辞》。从音节声韵的角度研究汉赋是以往的汉赋研究者没有到达的领域，体现了姜氏汉赋研究的开拓之功。

姜书阁对汉赋价值的评价虽持否定的态度，斥之为粉饰太平、仅供消遣的宫廷文学，属于汉赋否定论者的一派，但与20世纪的汉赋全盘否定论者不同的是，姜氏将汉赋作为一种客观的文学现象，并主张对汉赋在音节声韵方面的特色进行深入的探讨。尽管他对汉赋价值的认识有偏于庸俗社会学之嫌，但他对20世纪汉赋研究的开拓之功是无法被磨灭的。

---

[1] 姜书阁:《汉赋通义》，齐鲁书社1989年版，第35页。
[2] 姜书阁:《汉赋通义》，齐鲁书社1989年版，第37页。

第五节　马积高

马积高的《赋史》是 20 世纪辞赋研究领域的新开拓，具有里程碑的意义。全书十二章，第一章《导言》，总论赋的形成、赋的演变、赋在古代文学发展史上的地位。以下十一章则依次论述先秦、两汉、魏晋南北朝、唐五代、宋元、明清辞赋的发展、变迁和成就。全书在论及汉赋的章节时详细地分析了两汉时期著名的赋家及其作品，而在《汉赋的成就及其在文学史上的地位》一节中则指出汉赋在我国古代文学的发展上作出了不可磨灭的贡献，为后代作者提供了宝贵的经验，但汉赋也存在着严重的缺点和缺陷。马积高将汉赋的缺陷概括为两个方面。

第一，劝与讽、歌颂与暴露的问题。汉赋作家在汉赋作品中没有处理好劝与讽、歌颂与暴露的问题，马积高认为既与作者缺乏批判的勇气有关，也与作家所处的历史条件有关。汉代的有些君主不容直谏，所以大臣们只能"主文而谲谏"，采用间接而委婉的方式表达对君主的劝说之意。

第二，描写与语言方面的问题。《诗经》"多识鸟兽草木之名"的传统对赋罗列名物的特征是有影响的，但汉赋将这一传统发挥到极限，形成堆砌辞藻的弊病。另外，汉人为增强赋的文采，在赋中描绘了大量的事物：歌舞、音乐、田猎、建筑物和自然景物。汉人对歌舞、音乐、田猎、建筑物的描绘能力已达到了相当高的水平，能调动许多的艺术手段而不单凭华丽辞藻的铺陈，就能达到神似的艺术效果，但他们对自然景物的描绘就显得单一而肤浅，只能靠大量的双声叠韵辞藻的堆砌才能达到汉赋"侈靡瑰丽"的审美效果。此外，为追求华丽的文采，汉赋作者还必须在语言上讲究对称美。这样的风气一方面形成了典雅、密丽的骈体文风；一方面使汉赋的写作手法定型化，在不便对称、整齐的地方也要削足就履，使追求对称美成了束缚汉赋创作的枷锁。

《赋史》在论及具体的汉赋作家、作品时作了如下的评价：贾谊赋与屈原赋在思想上具有相通之处，"《吊屈原赋》与《离骚》一样表现了愤世嫉俗的情感"[1]，具有反映社会现实的意义；枚乘的《七发》尖锐的批判和深刻的比喻具有普遍的教育意义；司马相如《子虚赋》《上林赋》"反映着藩国宫廷文学向帝王宫廷文学的转变，反映着帝王对诸侯的胜利。这就是这两篇赋的主要历史意义"[2]。对于相如赋的讽谏意义，马积高认为是只起到了火上浇油的作用；扬雄赋作虽形式活泼生动，但思想生动不及贾谊；班固的赋作是杂集了各类历史事实，枯燥而无情趣。对于东汉作家的赋作，马积高则认为"大都看不出明显的现实意义"。

与 20 世纪初对汉赋价值持全盘否定者的观点不同，马积高肯定汉赋在开拓文学体裁、表现主题和丰富文学词汇、提高艺术水平等方面的贡献，而就汉赋在以上两个方面的缺陷提出了批判。在论述汉赋作品中存在的缺陷时，马积高分析了这样的缺陷产生的历史原因：汉赋作品主歌颂是由赋家的身份地位所决定的，赋家似倡优的地位决定了他们只能在作品中谨慎地表达对帝王的规劝之意；汉赋作品以大为美，将各类题材融为一体，大量铺陈，还要满足语言的华美与对称。为了达到这样的要求，汉赋作家在进行创作时难免削足就履，进入一种文学创作的僵局，缺少创新之意。马积高的汉

---

[1] 马积高:《赋史》，上海古籍出版社 1987 年版，第 58 页。
[2] 马积高:《赋史》，上海古籍出版社 1987 年版，第 75 页。

赋观较之以往的汉赋否定论者显得更加客观与公正了,他指出了汉赋中存在的缺陷,更分析了导致这种现象的原因。

马积高认为汉赋在整个中国文学发展史上占有重要的地位,但这并不意味着他同时也肯定汉赋在赋的发展史上占据着同样重要的位置,相反的,他认为汉赋不仅不能代表赋的最高成就,而且是赋的发展史上一个较低级的阶段。他在《论赋的源流及其影响》一文中分别论述了汉赋、魏晋南北朝赋、唐赋、宋赋、金赋、明赋和清赋的特点,然后指出赋的发展高峰期在唐。马积高认为唐赋较其他时代的赋有着新发展。(1)对社会生活的反映更为深刻和广泛。唐赋的题材更加广泛,包罗万象,但在题材的处理上又与其他的赋不同。以宫殿为题材的赋,目的不在于对宫殿本身的描写,而在于暴露统治者残民以逞私欲或昏庸无能;以游览为题材的赋,过去的名篇多漫作怀古之思而不切时事,或略及时事而语焉不详,唐赋则多抒发作家忧国伤时的抱负,借描写江山形势的险恶来反映政治形势的险恶,以寄托作者忧国忧民的感慨。(2)唐赋中出现了一类讽刺小赋,这类作品题材不一:或摄取社会生活的某一方面为题材;或假托咏物;或托为寓言。"这类作品大多短小精悍,对世态人情、社会弊端剖析入微,抓住要害,一针见血,其战斗力之强,笔力之悍劲,实属前无古人,后鲜来者。"[①](3)题材和艺术构思的多样化。唐赋在谋篇布局上变化多端,不墨守成规,还蕴含哲理。(4)语言风格和表现艺术的变化。唐赋的语言趋于平易,在表现手法上更趋于白描。马积高随后也指出唐赋取得这么高的成就是多种原因促成的。首先,唐朝是封建时期最有生命力的一个王朝,政治开明,经济繁荣。其次,文化上采取了宽大和开放的政策,统治者不拘一格降人才。再次,唐从前代吸取了丰富的文学遗产,在总结前人经验

---

① 马积高:《论赋的源流及其影响》,《中国韵文学刊》1987年第1期。

教训的基础上,开拓了新的题材内容和艺术的表现手法。

在《论赋的源流及其影响》一文中,马积高同样阐述了他的汉赋观。他认为汉赋的历史贡献是不可磨灭的,即反映了帝王和藩王宫廷生活的各个方面、汉赋中精致而细腻的形象描写和刻画、双音词的大量运用丰富了文学语言,但总体而言,他认为汉赋是一种宫廷文学,对统治者的颂扬多于讽谕,同时,他还过多地罗列名物、堆砌模糊不清的形容词。汉大赋粗糙而笨拙,艺术水准并不高。①

马积高将汉赋作为一种客观的文学现象,肯定了它在整个文学发展史上的重要作用,也肯定了它的历史贡献,但是,就汉赋的价值而言,马积高是持否定的观点的。与20世纪汉赋否定论者一样,他同样将汉赋斥为粉饰太平的宫廷文学,是赋发展过程中较低级的阶段。他将唐赋称作赋史上的最高峰,对其中的讽刺小赋,他更赞之为"一丛鲜艳的玫瑰,与唐代那些优美的讽刺诗和精悍的杂文一道,在遍体芒刺的尖端上放出夺目的光芒"②。讽刺小赋反映世态人情、剖析社会弊端,笔风精悍,一针见血。马积高对这样的赋作赞扬有加,可见他是沿袭了长期以来的讽或颂、现实主义或非现实主义的汉赋评价标准。

---

① 马积高:《论赋的源流及其影响》,《中国韵文学刊》1987年第1期。
② 马积高:《论赋的源流及其影响》,《中国韵文学刊》1987年第1期。

第六节　小结

在上述的几位学者中，有的对汉赋持全盘否定的态度，有的肯定汉赋在艺术上的贡献，但否定其思想内容的价值。他们认为汉赋在艺术上的缺陷表现为罗列名物，堆砌辞藻，好用生僻字；在思想内容上的缺陷表现为歌功颂德，脱离现实生活，是粉饰太平、供帝王消遣娱乐的宫廷文学。

古人对于汉赋的评价颇不一致。扬雄斥之为"童子雕虫篆刻"，王国维则赞之为"一代文学"。在汉赋研究蓦然复兴的20世纪，这样的争论依然存在。20世纪的汉赋否定论者延续五六十年代的汉赋评价观，认为汉赋是反现实主义的宫廷文学，但较以往的汉赋研究，20世纪的汉赋否定论者有着新的变化：部分学者肯定了汉赋在文学史上的地位，认为汉赋是我国文学发展史上不可缺少的一环，为后代文学积累了宝贵的经验；有的学者也肯定了汉赋在开拓文学体裁、丰富文学词汇方面所作出的贡献；有的学者从音节声韵的角度研究汉赋，这是以往的汉赋研究都没有到达的领域。这样的发展变化体现了20世纪的汉赋研究者逐渐地将汉赋作为一种文学现象，进行客观而公正的评价，这是汉赋研究的一种进步。

在20世纪的汉赋否定论者中，持全盘否定观点的学者已是极少数。在1984年以前，汉赋研究界受"极左"思想的影响，学者们将研究的重心放在了汉赋在文学史上的地位和思想艺术价值的争论上。汉赋全面否定的观点大多出现在这段时间。朱一清1984年发表于《文史哲》第6期的《近年汉赋研究综述》一文则详细地介绍了这一阶段对汉赋全面否定的观点,即认为汉赋有形无神,缺乏真情,唯求辞藻之华美靡丽,即使从创作技巧上来讲,汉赋也毫无可取之处。汉大赋是受命于帝王,歌功颂德,粉饰太平,填补统治者精神空虚,专供帝王消遣的御用文学。它是反现实主义的作品,脱离人民的实际生活,不能反映人民的疾苦,没有任何的价值。在1984年以后,对汉赋全面否定的声音渐渐变少了,很多学者都对汉赋的缺陷和不足提出批评,而肯定它在文学史上的价值。

第四章　汉赋肯定论者

与诗歌、散文、戏曲、小说相比，汉赋研究经历了不同的冷落境遇和曲折道路。随着20世纪汉赋研究的复兴与繁盛，对汉赋持肯定态度的研究者占据了主要的地位。他们从汉赋产生的时代背景和文学发展的历程出发，对汉赋的价值和地位进行了重新评价和认可，主要的代表有龚克昌、郭芳、顾绍炯、张志岳等。

第一节　龚克昌

龚克昌是当今汉赋研究学界影响力最广、贡献最大的学者之一，他在《文史哲》1981年第1期发表的学术论文《论汉赋》，是新时期第一篇从正面肯定汉赋历史价值的文章，这在汉赋研究沉寂了数十年的时代引起了轩然大波。从此，学者们开始全面地看待汉赋的历史价值，重燃对汉赋的热爱、对中国古代文学的热爱。这标志着汉赋研究告别了"臭骂声不绝于耳"的尘封年代，进入了一个崭新的历史时代。此外，龚克昌著有《汉赋研究》和《全汉赋评注》

（全三册）两本汉赋研究专著。前者被誉为中华人民共和国成立以来"第一部全面、系统、深入论述汉赋的专著"①，"不仅是具有填补空白的意义"，而且"带动了我国当代学术界对汉赋的真正有意义、有声势的研究，在学术界具有首开风气的作用和影响"②；后者共评注汉赋70余家，195篇（不含建安赋），是自古以来第一部将现存所有汉赋进行评注的著作，其开创性是不言而喻的。③

龚克昌《汉赋研究》由21篇论文组成。全书的主体是汉赋作家、作品论，其次是汉赋总论，分别是：关于汉赋之我见、汉赋在中国文学史上的地位、汉赋——文学自觉时代的起点、汉赋——韵文史上的奇葩。从艺术形式到思想内容，龚克昌都对汉赋给予了很高的评价。《汉赋研究》对影响较大的赋家赋作逐一进行了深入研究，形成一组各自独立的单篇论文，但各论文间又有着内在联系，实际上构成了一部汉赋发展史。《汉赋研究》设立专题讨论的赋家有：司马相如、扬雄、枚乘、刘安、班固、蔡邕、张衡、赵壹、东方朔、刘彻、孔臧、庄忌，内容包括作品真伪考辨，作家生平事迹介绍和作家思想性格分析，作品的基本内容、思想内容、艺术特色、文学史地位和价值及影响等。在对赋家的论述中新见迭出，创意颇多。

在《总论》中龚克昌首先指出"我们应该为汉赋恢复名誉，把他提高到应有的高度来评价，作为一份珍贵的文化遗产加以批评地继承"④，而在具体的论述中，就历来汉赋研究中争论的焦点问题，如"讽谏精神""虚辞滥说"等，龚克昌均给予了肯定的评价，全方位地肯定了汉赋的成就。

---

① 冰迪：《汉赋研究的新收获——评介龚克昌著〈汉赋研究〉》，《东岳论丛》1985年第4期。
② 霍松林主编：《辞赋大辞典》，江苏古籍出版社1996年版，第411页。
③ 费振刚、仇仲谦、刘南平校注：《全汉赋校注》，广东教育出版社2005年版。
④ 龚克昌：《汉赋研究》，山东文艺出版社1990年版，第1页。

20世纪对汉赋持否定态度的学者称汉赋是为帝王歌功颂德的庙堂文学,没有多少可取之处。龚克昌在《汉赋在中国文学史上的地位》一文中指出汉赋的成就确实没有唐诗、宋词、元曲、明清小说那么令人瞩目,但"她真实地表现了汉王朝大国的风貌,传达了大汉帝国的时代精神,是一种有多方面成就的富有创作性的文学"。① 汉大赋蕴含着大汉帝国统一、强大、文明和昌盛的时代气息,表现了处在帝国上升时期,帝王的雄才伟略、文人的喜悦与自豪。扬雄笔下的甘泉宫,令人叹为观止;司马相如《天子游猎赋》中的歌舞演出,场面是何等的广阔与雄壮。所以,龚克昌指出汉赋尽管堆砌、重复、拙笨、呆板,但它力图展示的正是汉帝国疆域辽阔、繁荣富强、充满活力的画面;它力图表现的正是中华民族进入文明社会后,征服了世界后强大的荣誉感。他认为应该从这样的角度切入,重新解读与评价汉赋,这样才能纠正千百年来对汉赋的错误看法。龚克昌认为应透过汉赋粗重笨拙的外壳看见其内在描写场景的无限张力,这既是时代精神的必然要求,也是汉赋"心胸开阔""气派雄沉"的魅力之所在。龚克昌从思想内容、艺术手法等方面,全方位地肯定了汉赋的价值。

汉赋是否具有"讽谏"精神是20世纪汉赋研究者争论的焦点之一。在《汉赋研究》中,龚克昌肯定了汉赋的讽谏意义,并且认为表现在两个方面。(一)讽谏帝王过分骄奢淫逸。枚乘的《七发》、司马相如的《天子游猎赋》中都有体现,扬雄的《长杨赋》、张衡的《二京赋》则在序言中明确写明作赋的目的是反对骄奢淫逸的行为。

(二)反映统治阶级压制人才、摧残人才。贾谊的《吊屈原赋》痛斥了社会的贤愚不分、是非不辨;赵壹的《刺世疾邪赋》真实地反映了东汉后期外戚宦官交替专权的黑暗现实。此外,龚克昌也指

---

① 龚克昌:《汉赋研究》,山东文艺出版社1990年版,第22页。

出汉赋的讽谏是有限的，有时甚至叫人感觉不出来。他认为汉赋讽谏性的弱化首先与赋家的身份有关，赋家在汉代的身份类似倡优，是供帝王消遣娱乐的工具，所以他们只能把对帝王的劝诫埋藏在诙谐谈笑之中、暗含在隐语里。其次，与文学艺术的特征和作用相关。哲学是用抽象的概念来论证，而文学则是通过具体的形象来描绘。汉赋就是通过描绘大量的画面来体现作家讽劝帝王的意图。最后，汉赋讽谏性的弱化正是赋家们摆脱儒家经典束缚的表现。龚克昌指出汉赋已处在文学自觉的阶段，已要求挣脱儒家经典的束缚，跳出哲理性散文、历史性散文、政论性散文的界限，显示出"竞为侈丽闳衍之词"的独特风格。龚克昌认为汉赋"为以后各种文学体裁的诞生发展扫清了道路，为文学艺术从儒经羁绊下解放出来，在意识形态下成为一门独立的学科奠定了基础。它的功德是无量的，在中国文学史上具有划时代的意义"[1]。

汉赋在文辞上的华丽和铺陈也是从两汉到今天人们一直争论的一个话题。司马迁批评相如赋"靡丽多夸"，班固也批评汉赋"寓言淫丽""文艳用寡"。他们认为汉赋过于艳丽的言辞淹没了作品本身的思想内容，因而是不可取的。龚克昌认为这样的指责基本上是以儒家经典为评判标准，却忽视了文学艺术的特征。文艺作品讲究文采是其发挥力量的关键所在，正是凭借着艺术文采才与史论等其他文体区分开来。龚克昌指出汉赋重视文采正是意味着它对儒家经典的背叛，是"文学自觉时代"的来临。对于汉赋的铺陈，人们也多有非议。龚克昌却认为汉赋的铺陈对中国文学的发展作出了不可磨灭的贡献，体现在两个方面：其一，历史的发展、社会的进步，需要有一种新的文体来描绘眼花缭乱的现实世界，汉赋就在这样的条件下产生的；其二，文学艺术的进步。先秦文学强调"诗言志"，作

---

[1] 龚克昌：《汉赋研究》，山东文艺出版社1990年版，第39页。

者多以抒发自己的感情为主，对外在的世界描绘较少。《楚辞》比起《诗经》有所进步，能够借助外在的事物来抒发作者的情感，篇幅也加长了，但对外在客观的世界认识作直接的描写。龚克昌认为只有汉赋才将描写的重心由诗人的内心转向外界空间，开拓了文学的题材，丰富了文学的内容，这是文学艺术进步的表现，也为后代的"以赋入诗""以赋入词"奠定了良好的基础。

龚克昌驳斥了历来对汉赋的所有否定的评价，从艺术形式到思想内容全面肯定了汉赋的价值，最后提出了令汉赋研究界为之一振的论点，即认为汉赋是文学自觉的起点。在20世纪的汉赋研究者中，对汉赋持否定态度的学者也大有人在，有的学者对汉赋的指责过于偏激了，有失文学评价的客观性。龚克昌对汉赋的评价过高，赞其为文学自觉时代的起点，同样有失文学评价的客观性。他指出汉赋作品存在着讽谏性，不仅反映了统治阶级压制人才和摧残人才的行为，还规劝了帝王骄奢淫逸的行为。汉赋的讽谏性较之其他的史论类著作而言，没有那么强烈，可是汉赋讽谏性的弱化正是它摆脱儒家经典的桎梏，成为文学自觉时代的起点的标志。对于这样的论断，笔者认为其中存在着不合理性。首先，文学的自觉应该是人性的自觉，而汉赋作品更多的是在描绘外在的客观世界，很少表现创作者人性自觉的内容。其次，汉赋讽谏性的弱化其实是因为赋家地位的低下，不敢大胆地对帝王的行为提出控诉，但是，汉赋作家又意图提高汉赋作品的社会地位，向主流意识靠拢，所以在作品的最后略微表达自己的讽谏之意。可见，汉赋讽谏性的弱化并不是为了摆脱儒家经典的束缚，而是一种向着儒家经典极力地靠拢的行为。此外，龚克昌还指出汉赋华丽的文辞也是对儒家经典的一种背离，预示着文学自觉时代的来临。这样的论断也是有待商榷的。汉赋是以描述为主的文体，为了作品呈现出形象而生动的画面，赋家运用各种优美华丽的文辞是情理之中的事情，并不是汉赋作家刻意地背离儒家经典的行为。而且,汉赋中绝大多数作品是对汉帝国的讴歌,形成了"润色鸿业,义尚光大"的统一的感情基调。在一个文学自觉的时代,创作者的情感表达不应该是单一而乏味的,应该是多样化与全方位的。

龚克昌是新时期汉赋研究的开拓者。他全面肯定了汉赋的历史价值,仿佛一声春雷唤起了学者对汉赋研究的热情,汉赋研究进入了一个新的历史时期。他对汉赋研究的贡献主要体现在以下五个方面。

第一,不囿于成见,扫清新时期汉赋研究的历史障碍。早在汉赋诞生之初,汉代学者司马迁、枚皋、扬雄、王充等就对其价值进行了不同程度的批判。此后,类似的现象每个朝代从未间断。"文革"时期,汉赋更被视为反现实主义、形式主义和宫廷文学的典型被扔进历史的垃圾堆。在中国文学史上,没有哪一种文学形式像汉赋一样如此长期饱受争议。龚克昌不囿于成见,以全新的视角重新定义了汉赋的历史价值,推翻了对汉赋的种种鄙薄之词,为新时期的汉赋研究扫清了障碍。其一,对"歌功颂德"的评价。东汉班固在《两都赋序》中对汉赋"兴废继绝,润色鸿业"的内容进行了充分的肯定,而这后来也成为汉赋"歌功颂德"的口实。针对这一现象,龚克昌认为:"评价历史人物,评价文艺作品,主要是观察他(它)们的活动是否与历史发展的进程相一致,是否为历史增添了新内容,推动了历史的前进。"[①]汉代幅员辽阔、经济繁荣,是中国历史上第一个扬眉吐气的时代,生长于这一片沃土上的汉赋自然篇幅宏大、辞藻华美,在内容上歌颂大汉帝国的商业繁荣、山河壮丽、物产丰富、城市发达、文化进步等。总之,龚克昌认为汉赋记录了大汉帝国发展的时代脉搏,书写了大汉帝国蒸蒸日上的精神风貌,

---

① 龚克昌:《汉赋研究》,山东文艺出版社1990年版,第326页。

是一种客观合理的历史存在。对于汉高祖、汉武帝、光武帝等在历史上有所贡献的帝王，汉赋作品是予以歌颂的；对于末代昏君，汉赋是予以讽谏和批判的。这一令人耳目一新的观点，为新时期的汉赋研究扫清了障碍，对于当时的极左思潮更起到了拨乱反正的作用。其二，对于"忽视讽谏"的认识。早在西汉时期的扬雄曾指责了汉赋"曲终奏雅""劝而不止""没其讽谏之意"，其后刘勰、程延祚也批判了汉赋缺乏讽谏意义。龚克昌认为，在经学昌盛的汉代，文学艺术长期成为经典的附庸，如果一味强调文学作品的社会功能和讽谏意义，使文学作品具有较强的现实针对性，那么文学作品的艺术性就被削弱了，也会妨碍文学艺术的发展。所以，龚克昌认为汉赋作家放弃了讽谏，"把自己的注意力着重放在发展艺术形式上，以期把作品打扮得更美，更吸引人一些，更符合艺术自身发展规律"。①"汉赋作家的这些努力，在当时尚处在发展早期阶段的文学艺术，无疑是具有重大进步意义的，它为文学艺术最后发展成为一个独立社会科学门类打下了坚实的基础"②这一观点体现了龚克昌对汉赋研究不囿于成见、另辟蹊径的探索精神，也为探讨汉赋"忽视讽谏"问题提供了新的维度。其三，对于"虚辞滥说"的看法。司马迁在《史记》中指出司马相如赋"靡丽多夸""虚辞滥说"，此后扬雄、班固、王符、王充、左思、刘勰等文论家都对汉赋的这一特点提出过非议，这也是古代文论家批判汉赋的一个重要特点。关于这一问题，龚克昌认为："'虚词滥说'实际上就是文学艺术中的虚构、夸张等浪漫主义艺术手法。古人对此不理解，是因为当时文学艺术还没有获得独立的地位，人们自然要用儒经的写作标准来衡量它，评判它。中华人民共和国成立后人们对此也不加细察，随声附

---

① 龚克昌：《汉赋研究》，山东文艺出版社1990年版，第15页。
② 龚克昌：《汉赋研究》，山东文艺出版社1990年版，第15页。

和古人的意见,对汉赋的夸张虚构肆加指责,这是不应该的。汉赋按照文学艺术的特点,运用了一些夸张虚构的浪漫主义手法,增强了文章的表现力和感染力,这是一种非常可贵的探索。"①龚克昌认为,汉赋的浪漫主义艺术手法较屈原借助神话传说抒发情感是一种进步,因为汉赋主要通过对人世间客观事物的夸耀和描写以达到浪漫主义的抒情效果。至于汉赋在运用夸张虚构时有不妥之处,龚克昌认为这是任何一种艺术形式在发展过程中都不可避免会出现的现象。其四,对于"丽靡之辞"的论述。司马迁、班固称司马相如赋"靡丽多夸""文艳用寡",扬雄也称汉赋"丽靡之辞";刘勰评汉赋"繁华损枝,腴辞害骨";程延祚评汉赋"有助于淫靡之思,无益于劝诫之旨意"。可见,古代文论家都倾向于否定汉赋语言华丽、辞藻绚烂的特点,认为汉赋华丽的辞藻妨碍了文意的正常表达,削弱了作品的社会功能。龚克昌批驳了这样的观点,他说:"我们要把汉赋讲究辞采视为文学艺术的觉醒,视为文学自觉时代到来的重要标志。"②他认为,鲁迅先生曾称赞汉赋辞藻华美,也称赞曹丕"诗赋欲丽"的主张,认为其是"为艺术而艺术"的一派。而汉赋辞藻华美、唯美尚丽的创作实践正是曹丕"为艺术而艺术"的理论基础。龚克昌进一步指出,从这一层面而言,汉赋辞藻华美、唯美尚丽的创作实践为文学从经学中分离出来发展自身的特点作出了积极的贡献。③其五,对于"见视如倡"及扬雄薄赋的分析。在汉赋的发展史上出现了一种奇怪现象,即汉赋作家对汉赋作品的强烈抨击和对赋家身份的强烈不满。对于这一现象,龚克昌认为是"这些附加批判汉赋是具有其复杂的时代背景,含有其特殊的思想动机的"④。汉代倡优

---

① 龚克昌:《汉赋研究》,山东文艺出版社1990年版,第21页。
② 龚克昌:《汉赋研究》,山东文艺出版社1990年版,第45页。
③ 龚克昌:《汉赋研究》,山东文艺出版社1990年版,第339—340页。
④ 龚克昌:《汉赋研究》,山东文艺出版社1990年版,第9页。

的社会地位低下，被视为帝王取乐的工具，是不祥之物，是国家动乱的根源，所以倡优在汉代是遭人厌弃的。司马迁在《史记》中单列《滑稽列传》，并对倡优予以应有的评价。龚克昌指出，如果今人仍鄙视倡优，则是一种历史倒退。扬雄早年间曾倾力作赋，而后评汉赋"壮夫不为"（《法言·吾子》）。对于扬雄薄赋，龚克昌认为原因在于扬雄后来的思想发生了变化。扬雄仿《周易》作《太玄》、仿《论语》作《法言》，他把主要精力都放在了专研经学儒术上了，对汉赋的否定和批判是他经世致用的文学观所带来的必然结果。以上五点是龚克昌对种种否定汉赋、批判汉赋现象的分析和反驳。他是汉赋研究史上第一位全面而系统分析这些旧说的研究者，他的研究对新时期汉赋的研究具有启发性和开创性。许结评价其为："其对历史性荒谬的反驳，不啻空谷足音，震惊学界。"[①]

第二，肯定汉赋的文学史地位，深入探讨其艺术贡献和思想价值。在全面厘清和分析汉赋旧说的基础上，龚克昌细致分析了汉赋文本，多方面探索汉赋所蕴藏的丰富内涵，从而形成了独特的汉赋观。他充分肯定了汉赋的文化意蕴和思想内容，其观点如下。其一，汉朝社会稳定、经济繁荣、政治统一、文明昌盛，汉赋作品正是歌颂了大汉帝国蒸蒸日上的精神风貌，汉赋作品展现的正是一个物产高度丰富、版图空前辽阔、精神上无比自信的帝国。这样的情怀在《两都赋》《天子游猎赋》《二京赋》《长杨赋》等散体大赋中都有所体现。其二，汉赋作品还反映了社会的阴暗面，揭示了统治者骄奢淫逸的腐朽生活。如《七发》劝诫膏粱之子要听取要言妙道，不要骄奢淫逸。《天子游猎赋》借子虚和乌有之口充分暴露了统治者的荒淫失道，又借亡是公之词大力夸饰统治者的奢靡生活，最后言归正传，点明谏奢劝俭的内容主题。其三，《悲士不遇赋》《解嘲》《刺士

---

① 马积高、万光治主编：《赋学研究论文集》，巴蜀书社1991年版，第304页。

疾邪赋》等有力地揭示了社会的阴暗面，宣泄了文人怀才不遇的郁闷和愤恨。揭露了统治者对贤才的压抑和摧残，具有很强的思想性和战斗性。[1]龚克昌认为汉人所评论的"虚辞滥说"实际上是汉赋作品浪漫主义手法的展现，这也是汉赋作品在艺术上的最大贡献。例如汉赋作品为展现汉代物产的丰富和汉帝国囊括万物的胸襟和气度，在描写时往往把东西南北的物象、春夏秋冬的景致都汇聚在一起；汉赋作品为展现宏大的狩猎场面，在描写时从宫廷、苑囿的景致扩大到整个帝国，乃至整个宇宙。汉赋作品将浪漫主义的形象发挥到了极致。龚克昌认为，汉赋的夸张、虚构的浪漫主义手法描写对象主要是人世间客观存在的事物，这较之于楚辞是一大进步。通过对以上汉赋作品思想内容和文化意蕴的分析，龚克昌进一步指出，汉赋作品较好地完成了历史赋予的使命，为文学艺术的发展和进步作出了积极贡献，不愧为汉代的一代之文学。两汉四百年间，汉赋作品多达上万首，汉赋创作的队伍空前庞大，取代了诗的地位，形成"词赋竞爽，而吟咏靡闻"（钟嵘《诗品序》）的盛况。汉赋展现了汉帝国繁荣的时代风貌，在艺术上的创新点也颇多，汉武帝、汉宣帝、司马相如、扬雄、班固还提出了比较系统的文学理论，为文学史的发展作出了重大贡献。龚克昌认为，鲁迅先生根据曹丕"诗赋不必寓教训"的主张，认为曹丕的时代是"文学自觉的时代"，我们完全可以根据汉赋忽略讽谏功能以及对文学艺术美的形式自觉追求，把这个自觉时代再提前350年，即提到汉武帝时的司马相如身上。[2]这一观点是龚克昌在1981年发表的《论汉赋》中首次提出的，在学术界引起强烈反响。

第三，梳理汉赋发展的历史流程，系统研究汉赋作家作品。龚

---

[1] 龚克昌：《汉赋研究》，山东文艺出版社1990年版，第24—35页。
[2] 龚克昌：《汉赋研究》，山东文艺出版社1990年版，第22—48页。

克昌对汉赋的研究不仅仅局限于总体评价和宏观把握,龚克昌《汉赋研究》由 21 篇论文组成。全书的主体是汉赋作家、作品论,逐一对赋家赋作进行深入研究。这些论文之间又有着紧密的内在联系,构成了一部系统的汉赋发展史,展现了"汉赋由产生、发展到兴盛以至衰弱的进程全貌"[①]。《汉赋研究》设专题讨论了 13 位赋家的作品真伪、生平考辨、作品艺术特色与思想内容、文学史地位及作品价值和影响等,论述中创意颇多、新见迭出。

第四,校注和评析了所有的汉赋作品,为学术界提供了丰富的研究资料。《全汉赋评注》是龚克昌的又一巨作。该书一百余万字,共评注汉赋 70 余家 195 篇(不含建安赋),将前人未曾注及的小赋、残赋、残句全部纳入注释的范围,尹湾汉墓新出土的《神乌赋》也被收入此书中并详加评注。该书是第一部囊括了现存所有汉赋并进行评注的著作,对新时期的汉赋研究具有开创之功。在《全汉赋评注》中,每篇赋作包含了作者小传、正文、说明、注释、辨析五个部分。"作者小传"简单介绍了作者的生平、一生的事迹、思想倾向和主要著作,这是理解汉赋作品的前提。"说明"则包含了颇多独创的见解,主要交代了正文的出处、赋家创作作品的原委、作品的思想内容与艺术特色、文学史地位及影响。"注释"则不作烦琐考辨,简要明晰。"辨析"及对围绕该赋有争议的问题提出个人见解,创见颇多,见解具有开创性。可见,《全汉赋评注》为新时期的汉赋研究提供了全面而可靠的研究资料,具有很强的学术性和资料性。它既是 20 世纪汉赋研究的完美总结,更为 21 世纪汉赋研究奠定了基石。

第五,建立辞赋研究所,筹办国际赋学研讨会。龚克昌为新时期汉赋研究的组织化、系统化和规范化作出了突出的贡献。他于 1988 年在山东大学建立了辞赋研究所,这是我国首个专门研究辞赋的机

[①] 霍松林主编:《辞赋大辞典》,江苏古籍出版社 1996 年版。

构，被美国的康达维誉为"世界赋学主要研究中心"。此外，龚克昌于 1990 年 10 月在山东大学筹办了首届国际赋学研讨会，并取得了圆满成功。此后的历届国际赋学会，龚克昌都积极参与会议的组织和领导工作，并作重要发言，指导了汉赋研究的新方向。由此可见，龚克昌为汉赋研究的组织化、系统化、国际化作出了卓越贡献。

以上介绍了龚克昌汉赋研究的主要成果以及他为赋学研究作出的贡献，从中可看出他为新时期汉赋研究揭开了序幕。他不囿于成见，对种种否定汉赋、批判汉赋的现象进行了分析和反驳，是汉赋研究史上第一位全面而系统分析这些旧说的研究者，他的研究对新时期汉赋的研究具有启发性和开创性。他全面肯定了汉赋的文学史地位，深入探讨其艺术贡献和思想价值，为新时期的汉赋研究开辟了新的维度。他梳理汉赋发展的历史流程，系统研究汉赋作家作品，展现了汉赋由产生、发展到兴盛以至衰弱的发展史，具有学术意义和史料价值。他校注和评析了所有的汉赋作品，为新时期的汉赋研究提供了全面而可靠的研究资料。他建立辞赋研究所，筹办国际赋学研讨会，为实现汉赋研究的组织化、系统化、国际化作出了卓越贡献。龚克昌为汉赋研究作出了巨大贡献，被中外学者誉为赋学界的"贤达"和"功臣"。

第三节　郭芳、徐声扬、金荣权

笔者在上一节里论述了龚克昌的汉赋观，他认为汉赋反映了汉帝国的声威和气象，它努力地摆脱经学的束缚，显示出了很高的艺术性，是时代精神的象征，是"文学自觉时代的起点"。这样的观点在 20 世纪的汉赋研究界引起了轩然大波，许多学者纷纷发表论文支持龚克昌的观点，主张对汉赋的地位与价值进行再评价，以郭芳、徐声扬和金荣权为代表。他们纷纷撰文肯定汉赋的价值，或论汉赋在中国文学史上的地位；或论汉赋衰落的原因；或论汉赋的意义，使汉赋的地位与价值受到学术界的普遍认可，为 20 世纪汉赋研究的复兴作出了贡献。其中，郭芳、金荣权认为汉赋的意义就在于它是文学自觉时代的起点，这一观点是直接继承了龚克昌的汉赋观。

郭芳《文学从这里开始走向自觉——试论汉大赋的意义》于 1988 年发表在《社会科学辑刊》第 3 期。她在文中指出汉赋的特点为铺采摛文、体物多夸，不仅是汉赋在艺术上的新探索，汉大赋在文学史上的独特魅力也正体现于此。她承接了龚克昌之汉赋观，认为汉赋铺采摛文、体物多夸的特点正是儒家经世致用的传统观念的反叛与背离，应以这样的角度去衡量汉赋的价值。对于这样的论断，笔者认为是有待商榷的，理由已在上文论及，此处不加赘述了。郭芳主要从三个方面论述了汉赋是文学自觉时代的起点。（1）在汉大赋的体制确立以后，便与以往的主张文以载道、以哲学思辨内容为核心的文学形式大相径庭，它将创作的重心转移到了形式的描写上，华美的文辞与大肆的夸张，汇集了此前的文学因素，更使文学发生了质的飞跃。汉赋铺采摛文、体物多夸特点的形成，更多是为了描绘宏大的事物的需要，若将这一特点与"文学质的飞跃"或"文学自觉"联系在一起，笔者认为是比较牵强的。郭芳所言的文以载道、以哲学思辨内容为核心的文学作品，很多都是作为文学经典流传到了今天，汉赋对这些经典的背离不能称作"文学的自觉"，应客观地评价为这是在特定历史背景下文学自身选择的一种行为。（2）汉大赋繁辞丽句的特点给传统的"辞达而已"文艺要求造成了巨大的冲击。汉赋作家以美丽的言辞描绘了汉帝国的雄伟壮阔，并且在音律、句式、构思方面都很讲究，使汉赋成为名副其实的"美丽之文"。鲁迅先生曾说道："司马相如在文学史上也还是很重要的作家，为什么呢？就因为他究竟有文采。"①可见汉赋在这方面的开拓之功是值得肯定的。（3）先秦文学强调个体的人对整体的人类的关注，具有浓郁的人文主义色彩。汉大赋不限于个人意识的抒发，而以突出的"体物"体现出汉帝国统一的时代风貌。汉代那前所未有的繁盛局面的确需要一种崭新的文体来描绘现实环境，这也是历史的发展、文学自身发展的一种需要，但若把这样的转变称为"文学自觉时代的起点"，这样的评价过高，有失评论的客观与公正。

在《汉大赋衰落原因探索》②一文中，郭芳指出汉赋在汉代以后的衰落是由两个方面的原因造成的。（1）在儒学之士的指责与非难下，汉大赋中加入了理性的内容，汉赋作家极力地加强作品的讽谏性。郭芳认为汉赋无法胜任这种非文学的使命，也无法成为统治者进行政教宣传的工具，浓重的诗教气息会使汉大赋窒息，因而追求形式美的汉赋必然衰落。（2）汉大赋的创作形式与内容僵化，缺少创新。汉大赋的衰落是由各方面的原因造成的，既包括儒学对汉大赋的束缚，也包括汉大赋自身的缺陷。若像郭芳在《文学从这里开始走向自觉——试论汉大赋的意义》中所说，汉大赋是在汉帝国繁盛富强的历史背景下孕育而生的，它是以形式的描写为主的。可见，汉大赋从诞生之日起就是弱化讽谏性的，也是从诞生之日起许多儒学之士就对汉大赋的意义质疑，认为它没有蕴藉深刻的哲学思想，对帝王的规劝之意并不明显，只是"曲终奏雅"似的一带而过。尽管如此，汉大赋的创作依然十分繁盛，在所有的汉赋作品中占了很大的比重。那么，儒家之士对汉赋的非难和指责不能成为汉

---

① 鲁迅：《从帮忙到扯淡》，《鲁迅全集》第六卷，人民文学出版社 1973 年版，第 59 页。
② 郭芳：《汉大赋衰落原因探索》，《社会科学辑刊》1989 年第 6 期。

大赋衰落的真正原因。汉帝国的繁荣催生了汉大赋，随着汉朝国力的衰弱，汉大赋也就慢慢地衰落了，再加上汉大赋僵化的内容与形式无法适应现实的转变，于是曾辉煌一时的汉大赋退出了历史的舞台。

徐声扬、金荣权和吴泽高主要论述了汉赋在文学史上的地位，他们都指出汉赋在中国文学史上具有非常重要的地位，为文学的发展作出了重大的贡献。徐声扬在《论汉赋起源发展和在文学史上的作用》[①]中指出先秦时期的文学作品在本质上仍属于学术性著作，汉赋则不同，它追求形式美，是一种新兴的纯文学的文学样式。另外，汉赋具有独特的审美情趣，它极丽靡之辞，闳侈巨衍，大胆夸张，大量的类比形成"润色鸿业"的宏大体制。金荣权在《论汉大赋在文学史上的地位》[②]一文中同样对汉赋的历史地位给予了充分的肯定。他指出汉大赋是中国古代文学史上的一个转折点，古典散文发展到两汉，正统形式便是司马迁的传记文，以《史记》为代表，但同时又衍生出了一个分支，即汉大赋。可见，对于汉赋之渊源说，金荣权是主汉赋乃出自先秦散文一说的。他同时也指出汉赋一反先秦散文的质朴，侧重形式的探索，以铺采摛文为主要特色，这是对散文文体的一次质的飞跃。此外，金荣权也承接了龚克昌之汉赋是"文学自觉时代的起点"一说，认为汉赋是文学发生质变、走向进步的标志。吴泽高在《论汉赋乃一代之文学》[③]中论述了汉赋的来源、繁盛的原因、发展和流变、思想内容、艺术特点和对后世文学的影响六个方面的内容，从内容到形式都对汉赋给予了充分的肯定，但论点大抵延续了20世纪汉赋肯定论者的观点，并未见新颖之处。此

---

① 徐声扬：《论汉赋起源发展和在文学史上的作用》，《中国文学研究》1988年第3期。
② 金荣权：《论汉大赋在文学史上的地位》，《信阳师范学院学报》（哲学社会科学版）1987年第1期。
③ 吴泽高：《论汉赋乃一代之文学》，《昆明师专学报》1988年第2期。

外，撰文肯定汉赋文学地位的还有仪平策、廖群等，由于文章的观点大抵与上述学者的观点相同，这里就不再赘述了。

第四节　顾绍炯、张志岳

龚克昌提出汉赋是"文学自觉时代的起点"，这一观点在20世纪的汉赋研究界产生了强烈的影响。许多学者纷纷撰文，肯定汉赋的文学价值与地位。其中，顾绍炯的《汉赋的再评价》《论汉赋对现实的批判》和张正岳的《汉赋新诠》可谓是延续了龚克昌的论点，但与上一节中论述的学者们不一样，他们主要是从整体上宏观地分析了汉赋的价值与地位。但较之龚克昌的汉赋观，两人的论点缺少新颖。

顾绍炯在《汉赋的再评价》[①]中，针对20世纪汉赋的批评者指出的"汉赋是歌功颂德的宫廷文学"发表了自己的观点。他承认汉赋的主题思想的确是歌功颂德的，但问题就在于汉赋歌的是什么样的功，颂的是什么样的德。汉赋歌颂了政治制度、风俗教化等汉帝国各方面的内容，顾绍炯认为这是相当合理的。首先，汉朝是我国历史上第一次出现的泱泱大国，它在政治上富强统一，在经济上繁荣昌盛，代表了当时最先进的生产关系。其次，汉初统治者实行休养生息，重视农业生产，经过七十年的积累，汉武帝时期的国力已十分强盛。顾绍炯认为汉赋以崭新的形式和特定的艺术手法，圆满地反映了汉代的社会现实，而歌功颂德之意也是合情合理的。在20

---

① 顾绍炯：《汉赋的再评价》，《贵州文史丛刊》1985年第2期。

世纪的汉赋研究中,关于汉赋的"歌功颂德"问题是研究的一个重镇。持肯定态度的学者们大多从汉朝的历史背景为切入点,分析汉赋"歌功颂德"的合理性。可见,顾绍炯的论点具有代表性,但并未见新颖之处。

在论及汉赋对现实的批判时,顾绍炯的观点却颇具新颖。在《论汉赋对现实的批判》①一文中,他对汉赋的现实批判性给予了很高的评价,认为汉赋不仅广泛地揭露了现实中的弊端,还指出了产生这些弊端的原因,深刻的思想性与精湛的艺术技巧为后世批判现实的文学树立了楷模。他认为汉赋作品中普遍存在着批判性,根据批判的力度可分为三类:(1)对英明之主在某一时期的决策错误,则以委婉的方式加以规劝,如司马相如《上林赋》;(2)对于溺于享受、荒淫失政的昏庸君主,则予以直率的揭露,如张衡《二京赋》;(3)对于昏庸无能,又犯下滔天罪行的君主,则予以猛烈的抨击,如赵壹《刺世疾邪赋》。根据这样的分类,顾绍炯指出汉赋的批判明确、具体而深刻,在以后的诗、词、曲等文学作品中都是少见的。这样的论断对汉赋的现实批判性评价过高了,有待商榷。在汉代的所有赋作中,汉大赋不仅代表了汉赋的最高成就,也是汉赋的最成功的典范,讨论汉赋的现实批判性应以汉大赋为分析与考察的对象。此外,顾绍炯所言的直接地猛烈抨击君王昏庸的一类赋作,实际上是指东汉后期的很少量的抒情小赋,并不能代表汉赋思想内容的倾向性。

张志岳在《汉赋新诠》②中指出要正确考察汉赋的思想性和艺术性应从汉赋的渊源谈起。他认为到了汉代,四言诗已不足以充分地反映社会的新事物,散文成为集史料、诗歌、寓言、故事等各类素

---

① 顾绍炯:《论汉赋对现实的批判》,《贵州文史丛刊》1990年第3期。
② 张志岳:《汉赋新诠》,《求是学刊》1981年第2期。

材为一体的综合性文体,人们迫切地需要一种新的文学形式来抒发现实生活中的各种感受,汉赋便承担了这样一种历史任务。在20世纪汉赋研究的学者中,很多对汉赋持肯定态度的研究者都从汉赋渊源的角度探讨汉赋的价值和地位,多言汉赋是在汉帝国繁荣富强的历史背景下孕育而生的,汉代辽阔的疆域和广阔的城池呼唤一种可以勾勒眼前所有美好事物的新兴文体,汉赋就是在这样的背景下产生的。如前文论述的龚克昌就是持这样的观点。张志岳却从文学自身发展的需要论述汉赋产生的必然性,研究的角度颇为新颖。对于李嘉言先生在《关于汉赋——读书札记之一》一文中所说到的"文人把统治阶级的生活游戏变为文字游戏,把它们穷奢极欲的生活搬进了文章,这在统治阶级读来,无异对于他们的奢侈豪华的生活换个形式的再享受"①,张志岳给出了完全相反的意见。他认为司马相如的赋作无论在思想性和艺术性上都达到了完美的高度,对文学自觉时代的来临作出了积极的贡献。

第五节 小结

20世纪初,从社会学的角度批评汉赋的情形依然大量存在,但更多的学者从社会背景、文体特征、审美特征出发,肯定汉赋在文学史上的价值和地位,这样的观点成为这一时段汉赋研究的主流。

龚克昌提出了令汉赋研究界为之一振的论点,即"汉赋是文学自觉时代的起点"。鲁迅先生曾指出魏晋时期乃文学之自觉时代。龚

---

① 李嘉言:《关于汉赋——读书札记之一》,《光明日报》1960年4月17日。

克昌则认为文学自觉的时代应该提前到两汉时期，因为汉赋是一种创造性的文字，它极力地摆脱儒家的束缚，显示出了很高的文学性和艺术性；汉代文人提出了比较系统的辞赋理论，使文学艺术改变了自发的被动的局面而进入自觉的崭新阶段，因此，汉赋是"文学自觉时代的起点"。①龚克昌从形式到内容都对汉赋持肯定的态度，尽管他对汉赋的评价过高，有些论点（如汉赋究竟是力图挣脱儒经的束缚，还是不断地向儒经的要求靠拢）是有待商榷的，但他从汉代具体的历史背景中去寻求汉赋文体中许多因素的合理性，这样的研究方法是值得肯定的。总的来说，龚克昌的汉赋观是对长期以来否定汉赋价值的一个重大突破。

此外，许多学者纷纷发表论文支持龚克昌的汉赋观，也在一定程度上将20世纪的汉赋研究推向高潮。根据研究维度，可将这样的学者分为三类。一类是从宏观上肯定汉赋的地位和价值，以顾绍炯和张志岳为代表。这类研究者多针对20世纪汉赋否定论者的言论撰文，肯定汉赋的现实批判性，观点未见新颖。一类是从微观上肯定汉赋的价值和地位，以韦凤娟、张子敬、徐扶明、胡士莹为代表。他们撰文探讨汉赋对建安文学、古典戏剧、山水文学、骈文的影响。韦凤娟认为汉赋在文学辞藻、描写技巧以及内容诸方面对建安文学产生了巨大影响；②张子敬从写作要求、创作原则、实践范例上论述了辞赋对山水文学的形成和发展的重要意义；③徐扶明认为古典戏曲中出现的描绘宫殿府第气象、山川景色、生活物品的赋体文均来自汉赋；④胡士莹则认为唐代传奇小说委曲婉丽的风格，宋代话本小说

---

① 龚克昌：《汉赋——文学自觉时代的起点》，《文史哲》1988年第5期。
② 韦凤娟：《谈汉代辞赋对建安文学的影响》，《光明日报》1983年3月29日。
③ 张子敬：《浅谈赋对山水文学的影响》，《锦州师院学报》（哲学社会科学版）1985年第3期。
④ 徐扶明：《古典戏曲作品中的赋体文》，《光明日报》1983年9月20日。

和元明以来的章回小说中人物的服饰、体态、行动或环境的描写，乃至清代弹词中的长篇叙事诗，都是从赋里汲取养料的。[1]这类研究者使汉赋的研究从概括的判断走向细致的分析，为汉赋研究拓展了新的维度。还有一类研究者则大体上是延续了龚克昌的汉赋观，以郭芳、徐声扬、金荣权等为代表。

本章论及的研究者，或是全盘肯定汉赋的价值和地位，或是从微观上探讨汉赋对后代文学的影响，他们为汉赋研究开拓了新的维度，使汉赋的价值越来越受到人们的普遍关注和认可。在20世纪，对于汉赋持否定态度的研究者依然存在，围绕着汉赋展开的各种争端依然在延续，但是，重新评论汉赋的价值已成为这一时段主流的思潮，汉赋的肯定论者更在其中占据着重要的地位，他们为20世纪汉赋研究的复兴作出了重大的贡献。

---

[1] 胡士莹:《话本小说概论》，中华书局1980年版，第10页。

第五章　汉赋艺术论者

汉赋的艺术美越来越成为现当代学者们关注的焦点。刘文勇先生对汉赋的文化属性进行了界定，他指出"汉赋应该主要是南方文化的结晶"[①]。强盛的汉帝国并未实现文化上的"大一统"，而作为"一代之文学"的汉赋也游离于主流意识之外，并且表现出了浓厚的南方文化特征。刘文勇所谓的"南方文化"主要是指以屈原为代表的楚辞文化。汉赋不仅代表了南方的文化精神，更是楚辞文化在汉代的发展、演变与兴盛的美学成果，它在艺术形式与精神风韵上都流露出了楚文化般强烈的艺术美感。在20世纪，汉赋的艺术美也受到了学者们的关注，研究者从艺术特色、审美特征、美学的角度研究汉赋的价值，本书把这类论者称为汉赋艺术论者。他们对汉赋的评价多持一种客观而公正的态度，对汉赋的艺术价值作了有益的探索，为本时段的汉赋研究开拓了新的维度。汉赋艺术论者在汉赋研究史上占据了重要的地位。主要代表人有朱一清、万光治、章沧授、康金声、何新文、冯俊杰、刘斯翰、简宗梧、曹淑娟等。

---

① 刘文勇：《汉赋文化属性探议》，《广西大学学报》（哲学社会科学版）2005年第4期。

第一节　朱一清、章沧授、康金声

朱一清的《论汉赋的艺术特色》[1]将汉赋的艺术特色概括为：铺陈夸张，想象丰富；辞藻华丽，描写细致；词语丰富，用词贴切；散韵相杂，句式参差。他同时也指出汉赋的缺点是矫揉造作、为文造情、因袭模仿、僵化板滞。朱一清将汉赋的艺术特色作为研究的对象，文章思路清晰，分析细致合理，为汉赋研究开拓了新视野，其后许多研究者从各个方面对汉赋的艺术特色发表了见解，如章沧授、康金声。

章沧授在《汉赋的浪漫主义特色》中指出汉赋以浪漫主义与现实主义相结合的创作方法，创造了一代有价值的文学。他从想象、夸张、幻境、虚构、拟人五个方面探讨汉赋的浪漫主义特色，并将其概括为：想象宏阔、丰富奇异；拟人状物、怪相丛生；夸张声貌、铺陈扬厉；假设人物，虚构情节；巧构幻境、瑰丽神奇。[2]同时，对汉赋浪漫主义特色的探讨，对它在文辞华丽、虚辞滥说、反复铺陈等方面的缺陷和不足就可以理解了。章沧授从浪漫主义的角度肯定汉赋的地位和价值，这样的研究方法从细微处入手，还原汉赋文学的本质，体现了20世纪汉赋研究的全面性和客观性。在《汉赋的修辞成就》一文中，章沧授还从修辞手法的角度进一步探讨了汉赋的艺术成就。[3]他列举了汉赋的十四种修辞手法：夸张、排比、比喻、

---

[1] 朱一清：《论汉赋的艺术特色》，《文学评论》1983年第6期。
[2] 章沧授：《汉赋的浪漫主义特色》，《文史哲》1987年第2期。
[3] 章沧授：《汉赋的修辞成就》，《中国文学研究》1988年第3期。

假设、用典、对比、拟人、衬托、设彩、层递、对偶、借代、叠字、示现,在论述中先引入理论依据,再以具体的赋篇为例详加分析。可见,汉赋的语言艺术价值在20世纪的汉赋研究中越来越受到学者们的关注,它突出的修辞成就更令它成为语言修辞宝库中一颗璀璨的明珠。在《汉赋与山水文学》一文中,章沧授指出"汉赋是直接从赋体文学中产生出来的,它的形成在汉赋"[①]。以往的山水文学论者,在谈到山水文学的起源时,大多认为诗歌对山水文学的起源和发展产生了重大的作用。有的也认为汉赋的出现虽打破了先秦诗文中描写出现的"只言片语",但终未出现完整的山水篇。论者们一致认为直到魏晋才出现完整的山水篇,并认定曹操的《观沧海》是第一首完整的山水诗。章沧授为山水文学下了这样的定义:"以山水景物作为主要的描写对象,以审美的心理,或歌颂赞美,或游观娱乐,或欣赏寄情"。汉赋正是承担了这样的历史使命。汉赋对山水风光的描绘,包括山川原野、日月星辰、亭台楼阁、宫殿苑囿、自然美景,题材内容十分广泛,它对后代山水文学的创作提供了宝贵的创作技巧,但山水文学的形成时期应该是晚于汉代的。从描写技巧上来讲,汉赋已经十分成熟了,作者在情感表达上却较单一和乏味,作为主流文体的汉大赋多是表达对汉帝国的赞美之情,抒发对自然景物的热爱,而表达个体内心情感的赋作只占了很小的一部分。所以,汉赋中的创作技巧为山水文学的形成奠定了基础,山水文学的正式形成是晚于汉代的。

康金声同样认为汉赋是一种将现实主义与浪漫主义相结合的文体,汉赋中既涉及了王风教化的内容,也包括对奇幻诡谲的追求。他在《论汉赋的审美价值》一文中指出,到了汉代,人们的审美意识开始觉醒,从欣赏美、创造美的角度开始自觉地追求文学作品辞

---

① 章沧授:《汉赋与山水文学》,《安庆师院学报》(社会科学版)1987年第3期。

藻的华美。① 汉赋的浪漫奇谲与浑朴雄健,显示了汉代特殊的审美意识和审美风尚,但他同时也指出汉赋在审美王国里并不是一块无瑕的完璧,它对封建帝王的粉饰、枯燥的道德说教、艺术上的僵化因袭,准以审美,是具有反价值的。康金声对汉赋审美价值的论述是十分中肯的,他既看到了汉赋在体现蓬勃向上的时代精神时所表现出的审美价值,也指出了其中所存在的不足与缺陷。在《论汉赋的语言成就》中,康金声又专门论述了汉赋在语言上的成就。他认为汉赋促进了文学语言的华丽典雅;发展了文学语言的修辞技巧;奠定了美文学和近体诗的语言基础;丰富了文字语言的修饰词语。康金声从语言角度探讨汉赋艺术,突出表现了当代汉赋研究从细微处着手的特点。

第二节 万光治、何新文、冯俊杰

20世纪的汉赋研究者还从美学的角度作了有益的探索。万光治使用绘画理论研究汉赋,提出汉赋有图案化和类型化的倾向。赋家在"挟四时,超方域,统万物,集大成的艺术构思与创作方法"的统摄下,使汉赋作品集静态美、动态美、夸张美和繁复美于一身,图案化倾向成为最主要的特征。② 但是,这种创作方法,加上时代的特殊性,带来的另一种结果是导致文学形象走向类型化。冯俊杰、何新文、陈洪波等学者也从美学的角度指出了汉

---

① 康金声:《论汉赋的审美价值》,《文史哲》1989年第4期。
② 万光治:《论汉赋的图案化倾向》,《四川师院学报》(社会科学版)1982年第3期。

赋"以大为美""以奇为美"的艺术特征。他们认为"以大为美"贯穿大赋内外和创作始终，是汉赋的艺术本质，并致使其繁荣和泯灭。

万光治的汉赋研究专著《汉赋通论》分为文体论、流变论和艺术论三部分。其文体论探究汉赋本源，并把汉赋分为四言赋、骚体赋、散体赋。流变论在时间轴上，纵向地把汉赋的发展分为西汉初期的骚体赋、西汉中期到东汉中期的散体赋和东汉末期的抒情小赋；而在横向上则考察文人心态、社会思潮、地域文化等对汉赋的发展和流变的影响。艺术论部分是此书最具新颖之处，主要从四个部分对汉赋的艺术进行了论析：图案化倾向、类型化倾向、汉赋的描绘特征、用字造句的风格。万氏在对汉赋艺术进行深入细致的研究中，表现出了自己独到的见解。

描绘是文学的一种基本表现手法。万光治认为描绘性是赋义之一，描绘在先秦文学的普遍运用中渐次成熟，并直接导致了汉赋描绘性特征的产生。先秦文学中的描绘重人物行为、神态细节的刻画，用宏观的、写意的方式描绘事物的进程；在空间上对事物的发展作全方位的描绘；用铺叙的方式进行物象的描绘。汉赋中的描绘性特征在散体赋中体现得淋漓尽致，但其描绘手法较之先秦文学有了质的飞跃。散体赋的描绘手法将宏观与细节相结合，对事物作整体性的把握与动态的描绘，时常以动词点化静态之物。可见，从局部上看，散体赋在描绘的形象性与生动性上的确取得了相当的成就。对散体赋的艺术成就，以往的学者也多有论及，如龚克昌、康金声、章沧授等，他们都从不同的角度肯定了散体赋的艺术性。万氏在《汉赋通论》中对散体赋中描绘性的来源、特点作了细致的剖析，见解新颖而独到，为汉赋艺术性的研究拓展了新的维度。

司马相如《答盛览作赋书》有云："合綦组以成文，列锦绣而为质,一经一纬,一宫一商,此赋之迹也。"①这段话被许多学者认为是汉人对汉赋的理论探索,万氏却指出经纬编织锦绣、宫商组合音律的结果,使图案化倾向成为汉赋最主要的艺术特征。汉赋的图案美,其基本要素则包括追求空间的完整,尽力在平面上展开描绘对象的各个方面,从而得到一种静态美;它还追求时间的完整,让描绘对象展开的各个方面连续地在若干空间出现,从而得到一种静态的美。②将绘画中的图案理论运用在汉赋的理论阐述上,体现了万氏汉赋研究的独到之处。此外,汉赋中铺陈堆砌的画面描绘借助于绘画理论加以阐述,又体现了万氏汉赋观的合理性。汉赋研究历来便缺少专门的理论阐述,将绘画理论引入汉赋研究,既为汉赋研究拓展了新的维度,也丰富了汉赋的理论探索。

万氏还指出类型化倾向是汉赋的一个重要创作特征。它的形成,源于作家在创作中给对象以双重的理想化,即对象选择的理想化和艺术表现的理想化。对象选择的理想化,是指汉赋作家以自以为完美的类型来概括他对于客观事物的认识;艺术表现的理想化,是指汉赋作家力图给这个类型赋予尽可能完美的艺术表现形式。③汉人咏物赋、宫殿赋、都城赋辞采华美、艳丽,对描绘对象的色彩、光泽、形态都作了理想化的加工。因此,就形式而言,汉赋中所呈现的事物可能比真实的事物更加完美,却因缺乏个体的特征而失去了神韵与感染力。万氏将汉赋作品以描写内容的不同分为不同的类型,这样的分类标准以往的学者们也曾采用,例如萧统《文选》中就按自然、人物、情志等内容将汉赋分章收集,但是,较之以往的汉赋研究者,万氏首次提出了汉赋的类型化理论,并对其产生的原

---

① (汉)刘歆撰,(晋)葛洪集,向新阳、刘克任校注:《西京杂记校注》,上海古籍出版社1991年版,第91页。
② 万光治:《汉赋通论》,中国社会科学出版社、华龄出版社2004年版,第333页。
③ 万光治:《汉赋通论》,中国社会科学出版社、华龄出版社2004年版,第363页。

因进行了分析。在评价汉赋类型化倾向时，万氏则指出："从先秦作家不自觉地创造出个性丰满的人物形象，到汉赋作家在创作中的类型化倾向，再到魏晋人开始注重人物的个性，塑造出鲜明的、富于典型意义的文学形象可见我们民族的文学在螺旋式的运动中上升到一个新的阶段。"① 汉赋类型化特点被许多学者斥为僵化、呆板、烦琐，多对此给予否定的评价，万氏却从历史原因与历史地位的角度对汉赋的类型化倾向进行了合理的评价。

汉赋用字造句的怪异、重沓、同偏旁字的联绵堆砌是汉赋受到严厉批评的重要原因之一，万光治在《汉赋通论》中探讨汉赋作为一代之文学的语言魅力，试图揭开汉赋的用字造句之谜。汉赋继承了楚辞的语言风格，辞藻华丽、繁复，描绘、叙述内容"千态万状，层见叠出"。汉赋好罗列具体名词，首先是因为汉赋作家追求描绘的图案化效果，其次是汉赋歌功颂德的社会功用。此外，汉赋半口头的文学性质，给赋家的诵读提供了炫耀口齿伶俐、玩味声韵美感的条件，促使他们于名物的罗列有更为着意的追求。② 总之，万光治认为汉赋的用字造句之谜就在于汉赋语言的复古倾向，以及汉人从诵赋中获得语言美感。随着时间的流逝，汉赋已成为文学的古典，从汉人特有的审美心理等角度探求汉赋语言现象产生的原因，从艺术、美学的层面上挖掘汉赋作品的意义，汉赋的文学史地位才能得到真正的确定。

冯俊杰在《大赋的艺术本质》一文中指出汉大赋的艺术本质是"以大为美"。这里的"大"，反映的是皇权之大、疆域之大、国势之大；是专制的威严、统一的力量、民族的正气；是物资的丰饶、建筑的雄伟、国家的富强；也是力量的夸耀、权威的展出和统

---

① 万光治：《汉赋通论》，中国社会科学出版社、华龄出版社2004年版，第383页。
② 万光治：《汉赋通论》，中国社会科学出版社、华龄出版社2004年版，第397页。

治阶级胜利的陶醉!①"以大为美"在大赋的体制上表现为篇幅大、场面大、画面大、题材内容大。冯俊杰认为"以大为美"的艺术本质贯穿了汉大赋内外表里和创作始终,并致使其繁荣和泯灭。何新文在汉赋艺术论的研究上与冯俊杰持相同的观点。他认为汉大赋作家追求的是一种以"大"为美的审美观点。这表现在汉大赋作者怀抱着对汉帝国的无限热爱,用华美瑰丽的语言来创造形象、铺摛文采,追求一种大的体制形式、大的描写对象和内容。②此外,黄广华、刘振东阐述了司马相如的作品在中国文学史上的主要贡献、缺点,③在研究的深度上有着新的开拓;谢明仁从系统论的角度分析了汉赋盛衰的原因,对汉赋的兴盛和消亡作了清晰的勾勒,④这是对汉赋研究有意义的尝试和探索。总的来说,汉赋研究向着微观的方向发展,角度在逐渐更新,正在打破过去纯粹而单一的社会学考察方法。

第三节 小结

汉赋是一种崭新的文体,它兴盛于两汉四百年间,是社会发展与文学发展的产物。汉赋是在汉帝国经济繁荣、文化昌盛、国力强盛、空前统一的大背景下产生的,它吸取了先秦诗歌的韵美、诸子散文的铺陈排比、楚辞辞采的华美。所以汉赋作为一种新的文

---

① 冯俊杰:《大赋的艺术本质》,《山西师院学报》(社会科学版)1984年第2期。
② 何新文:《刘熙载汉赋理论述略》,《中国文学研究》1988年第3期。
③ 黄广华、刘振东:《从审美角度看司马相如的赋》,《文史哲》1987年第3期。
④ 谢明仁:《汉大赋兴盛和消亡原因新探》,《广西大学学报》(哲学社会科学版)1991年第2期。

体，有着自身的艺术特征和发展规律。由于两千多年来，人们对汉赋的评价一直存在着重大的分歧，直接影响了人们对汉赋艺术性的研究。中华人民共和国成立后的汉赋研究，囿于扬雄"劝百讽一""童子雕虫篆刻""壮夫不为"的观点，人们对汉赋艺术性的探索只见寥寥几篇文章。20世纪初，随着汉赋研究的蓦然复兴，人们开始从多角度研究汉赋的价值和地位，其中对汉赋艺术性的探索占了很大的比重。

20世纪的汉赋艺术论者，或从整体上探索汉赋的艺术美，或从细微处挖掘汉赋的艺术性。前者以朱一清、章沧授、康金声为代表，他们对汉赋艺术美作了整体的归纳。朱一清将汉赋的艺术特色概括为：铺陈夸张，想象丰富；辞藻华丽，描写细致；词语丰富，用词贴切；散韵相杂，句式参差。此后，章沧授、康金声则重点分析了汉赋中的浪漫主义特色，他们认为汉赋是一种将现实主义与浪漫主义相结合的文体。章沧授还将汉赋中的浪漫主义与山水文学相衔接，指出山水文学是赋中的一个分支；康金声则认为汉赋中对封建帝王的粉饰、枯燥的道德说教、艺术上的僵化因袭，准以审美，是具有反价值的。这些论点都是颇具新意的，体现了这一时段的汉赋艺术论者已经开始从细微处、多角度地进行汉赋的研究。

汉赋的理论研究一直是汉赋研究中的薄弱环节，万光治将绘画理论引入汉赋，对汉赋的描绘特征、图案化倾向、类型化倾向、用字造句的风格进行了深入细致的分析，见解独到而新颖。谢明仁从系统论的角度分析了汉赋盛衰的原因，对汉赋的兴盛和消亡作了清晰的勾勒，这是对汉赋研究有意义的尝试和探索。

在汉赋艺术论者中，有一类论者则对汉赋"以大为美"的特点进行了深入的阐述，如冯俊杰、何新文等。他们认为汉赋的总的特征可以用一个"大"字来概括，表现在篇幅大、场面大、画面大、题材内容大。"以大为美"的艺术本质是汉赋作家的一种审美追求,贯穿了汉大赋内外表里和创作始终,并致使其繁荣和泯灭。

总的来说,20世纪的汉赋研究者在肯定汉赋价值的同时,还对汉赋的艺术性进行了深入细致的研究。研究的视野更加开阔,汉赋研究向着微观的方向发展,角度在逐渐更新,正在打破过去纯粹而单一的社会学考察方法。

第六章　百余年来海外汉赋研究

第一节　百余年来海外汉赋研究概述

近百年来，海外（境外）有许多学者致力于汉赋研究。

欧美的赋学研究，从费之迈（August Pfizmaier）翻译《离骚》算起，已有160余年，其研究历史可分为译介评论、零散研究和系统研究三个阶段。

丁韪良（W. A. P. Martin）1901年将贾谊的《鹏鸟赋》翻译为英文，并将其与美国诗人爱伦·坡（Allan Poe）的《乌鸦》（"The Raven"）进行了比较。英国汉学家翟理斯（Herbert Allen Giles）发表"Poe's Raven in Chinese"纠正了丁的翻译问题，并认为二者相似之处极少。欧美早期翻译中国辞赋引发欧美学界的讨论并不多，随后韦利（Arthur Waley）出版了两部著作，译介了诸多辞赋。德国汉学家何可思（Eduard Erkes）在翻译《神女赋》时使用了"Shen-Nü-Fu: The Song of the Goddess"一名，既有中文的音译，又有外语的意译，其翻译文本也附有详细的96条注释，属于学术型翻译。此后，李高洁（Le Gros Clark）、华兹生（Burton Watson）、凡·赞克（Erwin von Zach）、马古烈（Georges Margouliès）也都以不同语言译介了中国辞赋。

20世纪50年代开始，方志彤（Achilles Fang）英译了《文赋》并详细分析了该文的韵脚，对难以意译的词语附上了详细的注释，可以视为欧美赋学的研究阶段。修中诚（Ernest R. Hughes）翻译了班固和张衡的几篇赋作并将作品视为研究中国汉朝政治制度的重要数据来源。韦利、华兹生也探讨过"赋"的本质是诵读，并将其译为"Rhapsody"。辛德勒（Bruno Schindler）结合贾谊的经历分析《鵩鸟赋》，认为这是中国文学中最早把典故用赋的形式表现的作品。卫德明（Hellmut Wilhelm）撰写的《学者的挫折感——论"赋"的一种形式》认为几乎所有的赋都有政治主题，汉代学术研究达到机构化的结果是缺乏自主性和自由性。他还通过研究其他赋作得出观点"赋是政治家及其讽谏艺术的遗产"。海陶玮（James Robert Hightower）介绍了陶潜、司马迁等作家的11篇赋作，认为赋作都属于"闲情"主题，是作家对自己写作技艺和博学的确认。英国克内契格斯从西方修辞学角度研究赋的语言和起源，认为中国文学一向重质轻文。

以卫德明和海陶玮为代表的欧美赋学研究成果具有根本性的影响，被称为"赋之历史学、语文学探究的杰作"。遗憾的是，欧美赋学研究者队伍不够，所呈现的研究面貌也是零散且不系统。美国汉学家康达维对中国古代辞赋的研究成果丰富，已形成系统研究的脉络。康达维先后翻译了八十余篇辞赋作，发表研究中国辞赋的论文二十余篇，对扬雄和中国古代辞赋若干专题进行了精深研究，代表了20世纪欧美等西方国家赋学研究的最高成就。其关于汉赋研究的论文有《七种对太子的刺激：枚乘的〈七发〉》《古代中国文学中的机智、幽默与讽刺》《扬雄〈羽猎赋〉的叙事、描写与修辞：汉赋的形式与功能研究》《论贾谊的〈吊屈原赋〉和扬雄的〈反骚〉》《司马相如的〈长门赋〉》《道德之旅：论张衡的〈思玄赋〉》《班婕妤诗与赋的考辨》《皇帝与文学：汉武帝》《汉颂：论班固〈东都赋〉和同时代的京都赋》《汉代纪行之赋》《赋中描写性复音词的翻译问题》等，专著有《汉赋：扬雄赋研究》《昭明文选赋（英译）》《汉代宫廷文学与文化探微》（自选集）等。总之，康达维在赋的起源、性质、定义、鉴别、评论、接受与传播方面都有所涉猎，所用的研究方法也不同于国内的研究，使辞赋在世界文学中获得新的认知。美国赋学研究者还有刘若愚、施友忠、柯马丁等，他们的研究主要集中在对司马相如和扬雄汉赋的批评上。刘若愚在其专著《中国文学理论》（*Chinese Theories of Literature*, 1975）中对司马相如《赋心》之研究；施友忠在其译注《文心雕龙：中国文学中的思想与形式研究》（*The Literrary Mind and the Carving of Dragon: A Study of Thought and Pattern in Chinese Literature*, 1983）中对扬雄论赋与司马相如《赋心》的研究；柯马丁在论文《西汉美学与赋之起源》（"Western Han Aesthetics and the Genesis of the Fu", 2003）中对扬雄汉赋观的研究

欧美学者对楚辞的研究也大概呈现了上述体貌。顾路柏（Wilhelm Grube）、叶乃度（Eduard Erkes）、德理文（Marquis d'Hervey de Saint Denys）、理雅各（James Legge）、庄延龄（Parker, Edward Harper）、费德林、雷永明（Gabriele Maria Allegra）、高延（J. J. M. De Groot）、高本汉（Bernhard Karlgren）在不同时期对楚辞、屈原或《离骚》进行了译介、批评或系统研究。

欧美赋学研究的兴盛回流至国内，又引起了国内学者对赋学和欧美赋学研究的重视。龚克昌、何新文、马积高、踪凡、任增强、蒋文燕、苏瑞隆（新加坡）一直在赋学领域深耕，成绩斐然，甚至出现了以康达维赋学研究为博士学位论文的成果，如王慧、钟达锋。也有少量单篇论文对欧美辞赋研究进行了分析，如陈亮、孙晶、张晓等。截至2021年，国际辞赋研讨会已经举行了14届，上述国内

学者与欧美赋学研究代表学术互动频繁，对欧美赋学研究的评述、整理、翻译也取得了丰富的成果，对后继学者接踵欧美赋学研究有极高的参考价值。

第二节　康达维的汉赋研究

美国西雅图华盛顿大学亚洲语言文学系康达维先生，是西方当代著名的汉学家、翻译家、汉赋及六朝文学专家。1942年出生于美国蒙特拿州，高中时开始学习中文，对中国文学产生浓厚的兴趣。1960年进入西雅图华盛顿大学攻读中文学士学位，其间涉猎中古欧洲文学，是以能学贯中西。1964年大学毕业后，继续到哈佛大学攻读文学硕士学位，师从汉学名家海陶玮。其间，康达维对汉赋产生了浓厚的兴趣，1965年获得硕士学位后返回华盛顿大学攻读博士学位，师从卫德明。1968年取得博士学位，其博士学位论文为《扬雄及其赋研究》。文中将扬雄所有的汉赋作品翻译为英文并加以详细的解析，奠定了其扎实的汉赋研究根基。

康达维对中国古代辞赋的研究成果丰富，已形成系统研究的脉络。康达维先后翻译了80余篇辞赋作品，发表研究中国辞赋的论文20余篇，对扬雄和中国古代辞赋若干专题进行了精深研究，代表了20世纪欧美等西方国家赋学研究的最高成就，被誉为"当代西方汉学之巨擘、辞赋研究之宗师"。

康达维对汉赋的研究成果也成绩斐然，总之，康达维在赋的起源、性质、定义、鉴别、评论、接受与传播方面都有所涉猎，所用的研究方法也不同于国内的，使汉赋在世界文学中获得新的认知。

康达维在汉赋的译介、研究及学术交流、传播等方面都作出了突出的贡献。

一 康达维对汉赋作品的具体剖析

（一）枚乘《七发》

1964年，康达维大学毕业后，继续到哈佛大学攻读文学硕士学位，师从汉学名家海陶玮。其间，他对汉赋产生了浓厚的兴趣。1968年，他在华盛顿大学出版了第一本汉赋研究的专著《汉赋的两种研究》。此后的二三十年间，康达维经常有关于汉赋研究的论文和专著问世，享誉海内外的赋学界，更推进了20世纪的海外汉赋研究。

1970年，康达维和史万森博士合写的文章《七种对太子的刺激：枚乘的〈七发〉》("Seven Stimuli for the Prince: The Ch'i-fa of Mei Ch'eng's")，发表在了德国的《华裔学志》(Monumenta Serica)。文章在英译的基础上，首先明确枚乘《七发》之主旨在于用一种传统的修辞手法以达到劝说的目的，其次讨论了这种修辞手法的来源、具体表现，以及汉赋作家使用这种修辞手法的原因。文章一开始便分析和批判了英国汉学家韦利和美国汉学家华兹生的观点。韦利在1923年出版的《赋和诗的译文集..：中国诗歌介绍》中说："我认为，可以说，赋在所有阶段都呈现出与其源头紧密联系的特点：赋从源头上说是一种咒语。它有着纯魔幻的形式，源于楚国巫师吟咏的颂诗，迫使神灵从天而降，在信众面前显灵。屈原的《九歌》就具有这种性质，它是赋的浓缩。"[①] 韦利认为楚辞是汉赋的源头，由此推理出汉赋起源于巫师的咒语，是一种"文字魔法"，不是通过辩说或修辞手法而达到文学的表现力，而是通过节奏或语言而造成纯感官的兴奋。汉赋是巫师施展的咒语，汉赋的"治愈"作

---

① Arthur Waley, *The Temple and Other Poems*, London: George Allen & Unwin Ltd., 1923, p.9.

用实际上是咒语发挥的神奇效果。康达维在文章中批评了韦利的观点，他指出汉赋所展现的文学效果来自修辞手法，而非咒语：

> 韦利将赋视为具有魔力的咒语只是部分正确，因为他混淆了修辞和魔法……然而，诗人和劝说者都是魔法师只是从比喻义上来说的。他们可以用语言的魔法魅惑或迷住听众，但咒语由修辞产生，而非魔法。①

韦利认为楚辞作品是降神的咒语，而汉赋源自楚辞，汉赋作品中的语言也是一种咒语。楚辞作品绚烂的辞藻、丰富的想象力、夸张的用词、反复的铺陈确实对汉赋的创作产生了深远的影响，但这种联系并不能说明汉赋是一种咒语。康达维指出了韦利观点的症结，认为楚辞对汉赋的影响更多体现在修辞手法上。

同时，康达维也在文章中批判和反驳了华兹生的观点。华兹生认为汉赋作品完全是文人修辞性修辞的练习，是赋家展现文学创作技巧的结果，汉赋作品结尾部分的劝诫只是一种敷衍，只是为了遵从儒家经典经世致用的传统。康达维否定了这一观点，他在文中指出汉赋作家使用华丽辞藻的原因在于："既然君王需要朝臣的建议，为不犯龙颜，必须使用一些修辞手法，特别是当劝谏触及君王的个人行为问题。于是劝谏总是采用前面所述的委婉呈现的形式。"康达维认为汉赋是一种宫廷文学，它的目标读者是高高在上的君王，而赋家则一般为宫廷侍从文人，两者地位存在着巨大的悬殊。然而，赋家作赋的目的是劝谏君王改正其过失，为达到这样的目的，赋家采用委婉的方式，在汉赋作品中大量地使用铺陈描写以达到"娱乐

---

① Knechtges, David R., and Jerry Swanson, "Seven Stimuli for the Prince: The Ch'i-Fa of Mei Ch'eng", *Monumenta Serica*, Vol. 29, 1970, pp.99–116.

君王，使他高兴，以吸引其注意力，同时使批评显得不那么难以接受，不具冒犯性"。①康达维的分析更加符合汉赋作家的创作实际，承袭了国内龚克昌等汉赋研究者的观点，推进了海外汉赋研究。

此外，文章重点分析了《七发》中修辞手法源流。康达维在文中指出：《七发》的对话体辩论形式源自先秦时期的纵横家，而将一些充满诱惑的活动描写得出神入化，并将之献给生病的太子，则源自《招魂》的传统。首先，《七发》中的修辞采用了先秦纵横家"双重劝说"的模式，即提出两个完全相对的选项或论点，最后指向谏说的行为，从而达到劝谏的效果。《七发》中用大量的篇幅、华美的辞藻描写了六种活动：自然之音乐、山珍野味、骏马良御、山海奇景、校猎、广陵之潮，最后一部分"要言妙道"未及说明太子已痊愈。康达维认为枚乘对这六种活动是不提倡的，而"要言妙道"部分劝谏太子将心思和精力放在学问上才是他真正想表达的内容。其次，与《招魂》一样，《七发》运用了大量的双声叠韵字和铺陈罗列的描写，也将音乐和美食作为"治愈"太子的诱惑。

在1976年出版的专著《汉赋：扬雄赋研究》(*The Han Rhapsody: A Study of the Fu of Yang Hsiung*)中，康达维将上述提到的修辞方法概括为"劝说性修辞"(persuasive rhetoric)和"修辞性修辞"(epideictic rhetoric)，并进一步阐释了此文的观点。康达维对《七发》的翻译和剖析，使枚乘的《七发》受到了美国学者的广泛关注，推动了20世纪海外的汉赋研究。

（二）扬雄《羽猎赋》

1972年，康达维发表《扬雄〈羽猎赋〉的叙事、描写与修辞：汉赋的形式与功能研究》，刊于香港中国出版公司出版的《转变与恒

---

① Knechtges, David R., and Jerry Swanson, "Seven Stimuli for the Prince: The Ch'i-Fa of Mei Ch'eng", *Monumenta Serica*, Vol. 29, 1970, pp.99–116.

久：萧公权先生纪念论文集》①中。他在文中指出,《羽猎赋》的叙事顺序基本与狩猎活动本身的次序保持了一致。《羽猎赋》首先描写了狩猎的准备,其次描绘了狩猎队伍的集结、皇帝行列的出现、捕杀动物、水上表演、文人们的出现参与等,最后描写了皇帝态度的转变。康达维指出,《羽猎赋》中呈现的狩猎活动只有最后两项与狩猎活动本身的次序不符,不然的话,整篇赋作的叙事结构将更为紧凑。由此可见,扬雄将"委婉的讽谏"插入赋作,对他认为不符合儒家道德标准的行为活动提出劝诫。纵观康达维的汉赋研究,他是肯定扬雄赋"委婉的讽刺""委婉的讽谏"的,他在博士学位论文《扬雄及其赋研究》中也阐释了这样的汉赋观,但在该书中,康达维认为《羽猎赋》用带有魔幻与奇妙色彩的文字,将叙事、描写和修辞结合在一起,而将"委婉的讽谏"隐藏在叙述和描写之后,赋作所具有的修辞性则大大削弱了。

（三）司马相如《长门赋》

康达维在汉赋研究中,比较关注"闺怨"主题的赋作。他认为抒发宫廷女子的哀怨是中国宫廷文学中非常重要的主题,且司马相如的《长门赋》是汉赋作品中最早抒发这一题材的赋作。所以,康达维展开了对司马相如《长门赋》的研究,并于1981年在《哈佛亚洲研究》(*Harvard Journal of Asiatic Studies*)上发表了《司马相如的〈长门赋〉》("Rhapsody on the Tall Gate Palace By Sima Xiangru")一文。这篇文章最早由王心玲译成中文在中国台北出版,后收录于康达维自选集。

康达维在文中着重讨论了《长门赋》的真伪问题。他认为《长门赋》的押韵模式只有在西汉蜀郡汉赋作家的作品中才能见到,这

---

① [美]康达维：《汉代宫廷文学与文化之探微：康达维自选集》,苏芮隆译,上海译文出版社2013年版,第79页。

样的押韵模式是证明《长门赋》为司马相如所作的最有力证据。在论文最后，附有韵律表和韵部表。韵部表详尽地统计了《长门赋》中所有的韵字，并一一标注其所属的韵部和所在的诗行，从中便可直观地看出其为司马相如的押韵模式。

（四）张衡《思玄赋》

1982年，康达维发表了《道德之旅：论张衡的〈思玄赋〉》（"A Journey to Morality: Chang Heng's The Rhapsody on Pondering the Mystery"），文章刊登于中国香港冯平山图书馆出版的《冯平山图书馆金禧纪念文集》。这是唯一一篇深入分析和探讨张衡《思玄赋》的英文文章。首先，他详尽解释了中国古代纪行之赋的传统，探讨了在张衡之前出现的纪行赋作，如屈原的《离骚》、司马相如的《大人赋》等。其次，他认为张衡创作《思玄赋》受到了屈原《离骚》之影响，却不是《离骚》的仿制品。《思玄赋》摒弃和驳斥了骚体赋中悲观、沉郁、颓废的理念，从而使其在汉赋发展史上具有重要的意义。张衡在《思玄赋》中表现出了对于道德秩序的强烈信心，他对这种秩序的迫切追求使他不仅可以从骚体赋悲观、沉郁、颓废的情绪中解脱释怀，更成为他除去心中矛盾与困惑的力量源泉。与骚体赋中塑造的优柔寡断的人物形象不同，张衡笔下的主人公果断而决绝，对自己的决定充满信心。

此外，康达维在文中强调了文学写作惯例（literary convention）的运用，探讨了张衡运用前代文人在写作纪行赋作中使用的文学写作惯例，创作了具有强烈个人特色的《思玄赋》。

（五）班婕妤《自悼赋》、班昭《东征赋》

1993年，康达维的论文《班婕妤诗与赋的考辨》[①]发表，这篇文

---

① [美]康达维：《班婕妤诗和赋的考辨》，中国文选学研究会、郑州大学古籍整理研究所编《文选学新论》，中州古籍出版社1997年版，第260—278页。

章被译成中文，收录在1997年中州古籍出版社出版的《文选学新论》里。文章将班婕妤的《自悼赋》译成英文，是20世纪西方汉赋研究中唯一的一篇深入探讨这篇赋的论文。康达维认为在班婕妤之前的西汉前期出现了数名具有文名的才女，如司马相如的妻子卓文君、汉高祖的侍妾唐山夫人、江都王刘建之女刘细君，但是，这些才女的身份并未得到肯定，归于她们名下的作品真伪也有待考证。因此，康达维认为班婕妤是汉朝的第一位女诗人。在文章中，他对班婕妤的诗和赋进行了仔细的考辨，还重点考察了《怨歌行》中提到的"圆扇"。根据《汉代物质文化资料图说》中关于圆扇的记载，康达维认为"圆扇在东汉初年就已经见存于中国"，所以他认为《怨歌行》是东汉时期的作品。对班婕妤诗和赋的仔细考辨，对《怨歌行》真伪的详尽辨析，体现了康达维深厚的文学积累和扎实的文献功底。

1999年，康达维用中文发表了《班昭〈东征赋〉考》，文章收录在南京大学中文系主编的《辞赋文学论集》里。文章重点考察了班昭《东征赋》的写作背景，对于很多学者认为此赋写作于永和七年或永初七年班昭随丈夫曹世叔赴任途中，康达维认为这种观点是错误的。他指出永和七年的年号不存在，而此赋若作于永初七年，即公元113年，当时班昭丈夫曹世叔已去世。所以，康达维认为《东征赋》不可能作于永和七年或永初七年。他根据《文选》李善注所引《大家集》"子谷为陈留长，大家随至官，作《东征赋》"的说法，认为此赋是班昭随儿子曹子谷（曹成）赴任时所作。他再依据《文选旁证》所引清阮元"赋首永初为永元之误"，认为永初是永元的笔误，《东征赋》作于永元七年（95年）。根据上述的文献资料考辨分析，康达维认为班昭的《东征赋》作于永元七年，其儿子曹成赴任途中。此外，康达维还结合具体的文本分析，认为此赋不仅是一篇述行怀古之作，还蕴含着母亲对儿子的告诫之情。班昭希望儿子能"遵循大道,行走仁义道德的道路"。康达维运用历史学、语文学的考辨方法,在解析汉赋作品的主旨和真伪方面,新见频出,体现了其广泛的阅读和深厚的文学功底。

(六)赵壹《刺世疾邪赋》

2000年,康达维用英文撰写的《古代中国早期的宫廷文化与文学》("Country Culture and Literature in Early China")一文,发表于《跨文化视野中的宫廷文化论文选》(台北:台湾大学出版社2000年版)。2001年,此文作为漳州"国际辞赋研讨会"论文,由苏瑞隆、龚航译成中文后收入《辞赋研究论文集》(中国文史出版社2003年版)。

在此文中,康达维评述了赵壹对当时社会和朝廷的评判。他先征引了史蒂芬·贾格(Stephen Jaeger)对欧洲宫廷的描写:"危机四伏,寄生虫、毁谤和谄媚者聚集之地","一个与地狱相差无几的宫廷的图画"。康达维认为史蒂芬·贾格笔下对腐朽宫廷生活的揭露与赵壹赋作中对中国汉代后期朝廷的批判,两者有异曲同工之妙。康达维指出,赵壹的《刺世疾邪赋》"无情地攻击当时的朝廷,指控朝廷的权臣为谄媚者、舐痔者与癞蛤蟆一样的奉承者,他们一同谋害忠良之士:佞谄日炽,刚克消亡。舐痔结驷,正色徒行。妪媚名势,抚拍豪强。偃蹇反俗,立致咎殃。捷慑逐物,日富月昌。浑然同惑,孰温孰凉?邪夫显进,直士幽藏"。康达维认为,赵壹在《刺世疾邪赋》中描写的汉代朝廷比扬雄笔下所描绘的还要腐败。赵壹甚至公然指出朝廷种种祸害的来源是皇帝宠幸的姬妾、近侍、宦官。其实,对于赵壹《刺世疾邪赋》中对朝廷和社会评判的评述,康达维在为龚克昌先生《汉赋讲稿》英译本所写的序中,已有表达。康达维说:"赵壹最成名的赋《刺世疾邪赋》,是汉后期讽刺作品极好的例子,是对当权者的尖锐讽刺","赵壹以率真的语言称那些阿谀者'舐痔结驷'、'抚拍豪强',讽刺他们在政治权贵面前卑躬屈膝"。此外,康达维在序文中高度评价了龚克昌先生在其《汉赋研究》中以专文《抒情小赋作家赵壹》称赞赵壹行文的直率以及字里行间充满的战斗性，同时分析了赋中所特有的文学特点，认为应该把赵壹《刺世疾邪赋》放在当时特定的历史背景下来解读。

康达维《古代中国早期的宫廷文化与文学》一文中关于赵壹《刺世疾邪赋》对当时社会和朝廷的评判的评述，抓住了此赋"尖锐讽刺"汉后期朝廷的特点，更以此解析了汉代文人对朝廷的批评方式。

二 康达维对西汉赋家扬雄的全面探讨

对西汉赋家扬雄的全面探讨，是康达维早期汉赋研究的重点。其研究成果丰硕，包含1968年于西雅图华盛顿大学完成的博士学位论文《扬雄及其赋研究》、1968年出版的专著《两种汉赋研究：贾谊的〈吊屈原赋〉和扬雄的〈反骚〉》、1976年出版的专著《汉赋：扬雄赋研究》、1982年出版的译著《扬雄的汉书本传（前53—18年）》，以及1972年发表的论文《扬雄〈羽猎赋〉的叙事、描写与修辞》、1978年发表的论文《打开酱瓶：对扬雄〈剧秦美新〉的文学诠释》、1980年发表的论文《刘歆与扬雄关于〈方言〉的往来书信》等。通过这些研究成果，康达维试图要解决的主要问题有以下两个。其一，如何对扬雄及其赋作进行准确定位？其二，如何解读扬雄赋？康达维对扬雄及其赋作的深入剖析和全面探讨，有利于改变长期以来对汉赋和扬雄的偏见，从而使人们更加客观地评价汉赋的价值和历史地位，对于正确解读汉赋、客观定位扬雄及其作品提出了新的思路，更推进了20世纪海外汉赋研究的进程。

（一）康达维的扬雄赋篇英译

对扬雄赋的研究是康达维辞赋研究的开端，而对扬雄赋篇的英译是康达维扬雄研究的重要内容。从1968年至1987年，20年间康达维对扬雄赋作的英译四易其稿。第一次，1968年康达维于西雅图华盛顿大学完成的博士学位论文《扬雄及其赋研究》，论文附录部分有《汉书·扬雄传》的英译文，包含了《甘泉赋》《河东赋》《羽猎赋》《反离骚》《长杨赋》《解嘲》《解难》七篇辞赋作品。第二次，1976年由剑桥大学出版社出版的康达维汉赋研究专著《汉赋：扬雄赋研究》，对其博士学位论文进行了重新修订，新增了《解嘲》《逐贫赋》的英译文。第三次，1982年，康达维对其博士学位论文附录部分的《汉书·扬雄传》进行了重新翻译，并由亚利桑那大学亚洲研究中心出版为专著《扬雄的汉书本传（前53—18年）》。第四次，1987年，由普林斯顿大学出版社出版的《昭明文选（英译）》第二册，其中收录有扬雄的《甘泉赋》《羽猎赋》《长杨赋》，修订了之前的英译本。康达维对扬雄赋作的四次翻译，不断推陈出新，展现了其扬雄赋研究不断精进的过程。

综合分析康达维对扬雄赋作的四个译本，其历时二十年，其炼字用词更加精练、准确和考究，对赋作中专有名词的考究更为精细；在句式上四个版本之间有较大的变化，句子趋向简洁，译本中虚词和主语的数量日趋减少；在语言风格上，在译文中选择较常用的、正式的、文学的词汇来表现扬雄赋作的典雅风格，四个译本日渐趋向于古雅。康达维不仅在联绵词的翻译上下足了功夫，对扬雄赋作中中国星名、地名、宫殿、鬼神等专有名词的翻译更是注重了在声韵上强化律感，体现了扬雄赋作的音韵美。康达维对扬雄赋作的英译经过四个版本的改进，其注释日趋细化，有的甚至是原文篇幅的两倍多，在句式、语言风格、律动感、音韵美等方面日益纯熟，更体现了其对扬雄赋的研究日益精深。

（二）康达维的博士学位论文及专著《汉赋：扬雄赋研究》

1968年，康达维于西雅图华盛顿大学完成的博士学位论文《扬雄及其赋研究》，以西汉赋家扬雄为研究对象，论文介绍了扬雄的生平、辞赋作品和辞赋理论。论文附录部分英译了《汉书·扬雄传》全文，包含了扬雄的《甘泉赋》《河东赋》《羽猎赋》《反离骚》《长杨赋》《解嘲》《解难》7篇辞赋作品。其后，康达维的扬雄研究日益精深，其扬雄赋作英译本在句式、语言风格、律动感、音韵美等方面日益纯熟。1976年，康达维在其博士学位论文的基础上，撮其要旨，从剑桥大学出版社出版了专著《汉赋：扬雄赋研究》[*The Han Rhapsody: A Study of the Fu of Yang Hsiung(53 B.C.-A.D. 18)*]，对其博士学位论文进行了重新修订，接着又对其博士学位论文附录部分的《汉书·扬雄传》进行了重新翻译，再新增了《解嘲》《逐贫赋》的英译文，最后由亚利桑那大学亚洲研究中心出版为译著《扬雄的汉书本传（前53—18年）》。

《汉赋：扬雄赋研究》是康达维汉赋研究的第一个里程碑，奠定了其在20世纪海外汉赋研究者中的地位。该书在其博士学位论文《扬雄及其赋研究》的基础上，历时八年，最终修订而成。全书内容包括：第一章《导言》；第二章《扬雄之前的辞赋》，主要介绍扬雄之前的辞赋传统；第三章《〈甘泉赋〉与〈河东赋〉》；第四章《〈校猎赋〉与〈长杨赋〉》；第五章《赋之批评与变革》；第六章《结语》。该书第三章、第四章、第五章中对《甘泉赋》《河东赋》《校猎赋》《长杨赋》《解嘲》《逐贫赋》的英译和解析是全书的主体部分。该书另附有三个附录：1.扬雄皇家大赋作年考辨；2.扬雄赋真伪考辨；3.扬雄生平年表。

第一章《导言》部分，简述了扬雄的生平、辞赋作品、辞赋理论，回顾了欧美汉学家对扬雄及其作品的研究，更着重介绍了扬雄久负盛名的哲学著作《太玄》。康达维强调了《太玄》和《易经》的区别：两者都是以一系列复合结构为基础，但《太玄》使用的是四线型，产生的变化有八十一种；《易经》使用的是六线型，产生的变化有六十四种。康达维指出，扬雄之《太玄》以"玄"的力量为核心，构建了宇宙中一分为三的等级制度，并以此类似的三元进程来统管着世间万物的产生。由此看来，康达维认为扬雄并不是历史的盲从者和模仿者，他在前人经典中注入了自己独到的体悟和思想。因此，他是"深刻的思想者"。康达维对扬雄生平、思想的介绍，对其辞赋作品、哲学著作的梳理，使海外的读者对扬雄其人有多层次、立体式的了解，对其辞赋作品和辞赋理论有更加深入的认识，有利于人们以更加公正、客观的态度看待扬雄及其辞赋作品。

在第二章《扬雄之前的辞赋》中，康达维梳理了从先秦到汉代的辞赋作品，指出从《楚辞》、荀子的《赋篇》和《战国策》到贾谊的《吊屈原赋》、枚乘的《七发》、司马相如的赋作、王褒的《笛赋》等，辞赋作品在内容、形式和修辞等方面的发展日趋完善，汉赋作品的特点日益形成。通过对扬雄之前的辞赋作品的梳理、对赋体文学源流的追溯，康达维旨在于说明：扬雄早期的汉大赋作品、后期的抒情言志小赋，都是对前人赋作的继承和发展。康达维还指出，扬雄前后期汉赋作品创作风格的转变是为了适应其赋学思想由早期的铺张华丽向简洁凝练的转变，而扬雄汉赋作品创作风格的转变又开启了汉大赋向抒情小赋的转变。由此，康达维称赞扬雄"在许多方面，他对赋的发展与司马相如同等重要"。

第三章《〈甘泉赋〉与〈河东赋〉》、第四章《〈校猎赋〉与〈长杨赋〉》，康达维运用文本细读的方法，详尽地解析了扬雄赋作的背景、主题、结构、语言等各个层面。其中，康达维重点剖析了《甘泉赋》和《羽猎赋》。

对《甘泉赋》的解析，康达维着重说明了劝说性修辞和修辞性修辞在此赋中的具体运用。他将《甘泉赋》中玉女和宓妃的形象与屈原《离骚》中宓妃的意象进行对比，认为《离骚》中巫师对女神的追求象征着失意文人对明君的追求，而《甘泉赋》中玉女和宓妃意象的运用与求女无关。康达维在文中指出："君王不是求女失败，而是自己拒绝了女神。扬雄在此插入令人训诫成分，对迷人女神的拒绝标志着君王对浮华行为的放弃……两位道德败坏、变化无常的女神是对赵昭仪和其姐的委婉批评，扬雄可能是希望汉成帝放弃两位美人。"[1]通过对扬雄赋作中劝说性修辞和修辞性修辞的运用分析，康达维在文中总结道："扬雄用模糊迂回的暗指确实意在批评君王的不当行为。但是如《大人赋》一样，道德训诫被语言的藻饰所遮蔽。并且，扬雄受命作赋，不可能对其赞助人提出强烈的批评，这部作品的重要性在于扬雄确实意在讽刺。"[2]康达维对《甘泉赋》的解析指出了扬雄运用迂回批评的原因，以及扬雄运用劝说性修辞的目的在于讽谏。

对于《羽猎赋》的解析，康达维从叙事结构、内容、语言、修辞手法等方面将其与司马相如的《上林赋》进行了对比，进一步分析了劝说性修辞和修辞性修辞在扬雄赋作中的运用。

第五章《赋之批评与变革》，主要论述了扬雄晚年从哲学层面对赋之思考。康达维在文中指出，在汉代，"文学"的概念涵盖了所有的学术、学识和教育，与现代纯文学的概念有所差异。因此，汉代对文人的考核既包括对经学的掌握，也包含书面和口头形式的文学创作。接着，康达维又论及了"辞"。在汉代，纯文学即为"辞"或"文辞"，指的是使用艺术的想象力和装饰性文字写成的作品。最后，康达维论述了古代文学理论中"文、质"的概念渊源。扬雄在《太玄》中进一步阐释了孔子关于"文、质"的理论，他借用道家的自然观念，指出太多修辞、太过华丽的语言不自然。在《法言》中，扬雄认为太过雕饰的语言将扭曲对真实事物的描绘。为此，扬雄主

---

[1] David R. Knechtges, *The Han Rhapsody: A Study of the Fu of Yang Hsiung(53 B.C.-A.D. 18)*, New York: Cambridge University Press, 1976, p.91.

[2] David R. Knechtges, *The Han Rhapsody: A Study of the Fu of Yang Hsiung(53 B.C.-A.D. 18)*, New York: Cambridge University Press, 1976, p.120.

张"诗人之赋"的朴直,肯定赋的讽谏作用,摈弃语言华美而缺乏讽谕功能的汉大赋。康达维在此书中英译了扬雄的《解嘲》和《逐贫赋》二赋,以此解析扬雄将"诗人之赋"的文学理念彻底运用到了创作实践中。

在第六章《结语》中,康达维回顾了从西汉至唐代,文学评论家们对扬雄赋作在语言艺术、作品体裁、创作风格和理念方面的赞美,并将其与民国初年学界对扬雄赋作贬低的情况予以对比。康达维认为扬雄赋作前后风格的变化,一方面反映了汉赋作品风格的多样性和复杂性,另一方面也反映了扬雄对心中理想赋作的追求。对理想赋作的风格、样式和功能的追求,扬雄最终摈弃了言辞华美、以审美为目的、缺乏讽谕功能的汉大赋。在该章的最后,康达维论述了扬雄赋作中的说辞表达和曲笔讽谏的技巧对西方学者的启发和影响。

《汉赋:扬雄赋研究》是康达维汉赋研究的第一个里程碑,对扬雄的生平、辞赋作品、辞赋理论进行了全面的考证和论述,回顾了欧美汉学家对扬雄及其作品的研究。此外,康达维还在书中介绍了西方及日本学者对扬雄与汉赋的研究情况,这为中国学者研究汉赋提供了新的思考维度。在《汉赋:扬雄赋研究》一书中,康达维对扬雄之前出现的赋体文学的发展演变作了历史性的梳理,又进一步探讨了扬雄在中国古典文学和哲学方面所取得的成绩,从而对扬雄其人及其作品在赋史、文学史的地位予以恰当的定位。《汉赋:扬雄赋研究》一书更显示了康达维运用资料的能力和深厚的文学功底,全书的参考文献多达226种,且涉及中、英、日、法、俄、德、拉丁七种语言。如此丰富的文献资料,对20世纪西方的汉赋研究具有指导和促进作用。此外,康达维立足于文本,用传神、准确而优美的语言翻译了扬雄的辞赋,更以文学为本位,完成了对扬雄辞赋理论的系统研究。《汉赋:扬雄赋研究》一书代表了当时海外汉赋研究的最高水平，其影响回流至国内，对 20 世纪中国汉赋的研究也具有启发意义。

三　康达维关于汉赋的若干专题研究

康达维关于汉赋的研究，内容丰富，涉及广泛。除上述对汉赋作品的具体剖析、对扬雄及其赋作的全面探讨之外，康达维对汉赋的若干问题都有深入的研究。

（一）关于赋的渊源

康达维在《论赋体的源流》[①]一文中对赋的源流进行了深入研究，这是西方学术界最早对赋之源流的探讨，同时也是最为精深的探讨。该文最早用英文发表，后被译为中文，刊登于山东大学《文史哲》杂志。在文中，康达维把"赋"一词和中国原产的植物——石楠花相比，石楠花有几种不同的品种：原产于中国，由交配而成的新品种。中国文学中的"赋"也正如石楠花一般，也包括几种不同的种类：原来的文体，原来的文体和其他的文体相配而成的新的文体。康达维将"赋"类比为石楠花，精简地说明了赋体文学的发展渊源。

刘勰在《文心雕龙》中将"赋"定义为"赋者，铺也；铺采摛文，体物写志也"；刘歆在《诗赋略》中将"赋"定义为"传曰：'不歌而颂谓之赋，登高能赋可以为大夫'"，康达维认为这样的说法不是针对"赋"这种文学体裁而言的，而是针对《诗经》"六义"之"赋"而言的。赋体文学以铺陈的手法叙事写景，因此导致了文体的"赋"与"六义"之"赋"在意义上的混淆不清。康达维指出，文体之"赋"之所以被称为"赋"，不在于其铺陈描写的特点，而在于其能诵读的本质。通过对"赋"之渊源与本质的探析，康达维进一步

[①] ［美］康达维：《论赋体的源流》，《文史哲》1988 年第 1 期。

证明了赋体文学的本质并非铺陈，而是诵读。

中国学者龚克昌先生和马积高先生也不约而同地提出了与此相似的观点，由此可见，20世纪海内外的汉赋研究学者对汉赋渊源和本质的探讨已经超脱了经世致用的评价体系，回归了文学的本质。

（二）汉大赋与君主的关系

在20世纪80年代，汉赋被贴上了"宫廷文学""贵族文学"的标签，而这也成为汉赋遭到批判的原因。康达维认为皇帝与汉赋的发展和兴衰存在着紧密的联系。他在《皇帝与文学：汉武帝》一文中指出：由于对文人的尊敬在中国具有悠久的历史传统，人们以此假设从秦始皇统一六国建立秦朝时，文人在宫廷中就有着显赫的地位。而现实与这样的假设恰恰相反，秦始皇仇视诗人和文士，汉代早期的君主也并未表现出对文学艺术的热情。直到汉代的第六个统治者——汉武帝刘彻，他积极地投身汉赋创作，汉赋在他的大力推动之下盛行起来。其作家群体为宫廷侍从文人，其赋作展现的内容主要是铺陈描写宫廷生活的方方面面。

在《皇帝与文学：汉武帝》一文中，康达维叙述并分析了汉赋作为"一代之文学"兴起的全过程，分析了汉武帝诗赋作品的内容和风格，探讨了宫廷文学品位的形成。在汉武帝之前，汉赋创作主要集中于诸侯王的宫殿，汉武帝即位后，大力招揽辞赋作家，他不仅懂赋、爱赋、赏赋，组织文人进行汉赋创作，是汉赋创作的组织者、策划者和领导者，他还积极参与汉赋创作，创作了《李夫人赋》《秋风辞》。汉武帝的贡献为汉赋成为一代之文学起到了决定性的作用。由于汉武帝对赋的推崇，赋在他统治期间成了宫廷文学专属的文类。由此，康达维进一步分析认为，汉大赋在进京之前是一种地方性的文学形式，这表明地方性的或者区域性的文学形式对宫廷文学品位的形成也有着重大的影响。而汉武帝通过对汉大赋的认可，将汉赋从地方性文学提升到皇家文学的地位，不论其动机为何，康达维肯定了汉武帝对提升赋的文学地位所起到的重要历史作用。

康达维对汉武帝与汉大赋兴盛繁荣关系之分析，使我们看到君主对文学乃至文化产生的巨大影响。不过，对于汉大赋的兴盛繁荣的原因，除了君主个人的大力推崇，还需考虑赋家的才能、前代物质财富和精神财富的积累以及文学自身的发展规律。

（三）汉赋与歌颂

康达维的《汉颂：论班固的〈东都赋〉和同时代的京都赋》（"Rhapsody: Eastern Capital Rhapsody and Capitals"）英文原文，1990年刊于《秦汉中国的思想与法律》。后由苏瑞隆译成中文，2002年收录于《康达维自选集》①之"辞赋研究中的主题和文体"部分。关于"汉颂"，在汉代有不少文人将其作为写作的题目，如王充《论衡·宣汉篇》载"杜抚、班固等所上《汉颂》"；《后汉书·文苑传》载"曹朔作《汉颂》四篇"。康达维以"汉颂"为题，巧妙地概括了"班固的《东都赋》和同时代的京都赋"的共同主题，以此为题可谓是点睛之笔。

关于汉赋"歌颂"的内容或特征，中国的汉赋研究者亦多有论及。如刘大杰在《中国文学发展史》中称汉赋"多是歌颂性的作品"；游国恩等主编的《中国文学史》中谓之"汉赋自司马相如始以歌颂王朝声威和气魄为其主要内容，后世赋家相沿不改，遂形成一个赋颂传统"；龚克昌之《汉赋研究》称"汉赋……对祖国进行了尽情的歌颂"，"提倡法度、歌颂法度，就是《两都赋》的主题"。此后的汉赋研究者，如毕万忱、阮忠、郭维森、何新文、许结、胡学常、曹胜高、冯良方、郑明璋、吴凤仪、刘向斌等都对汉赋"歌

---

① David R. Knechtges, *Country Culture and Literature in Ealy China,* London: Ashgate Press, 2002.

颂"有所论及，但是，以"汉颂"为题探讨这一问题的，康达维是第一人，这体现了其开创性和精准的概括力。

在《汉颂：论班固的〈东都赋〉和同时代的京都赋》一文中，首先，康达维开宗明义地指出"汉代最宏伟的诗篇是京都长赋"，萧统《文选》第一篇即为班固的《两都赋》，接着他简要地交代了"两都"的废兴以及班固《两都赋》的由来。文章的主体部分主要阐述了《〈两都赋〉序》中所展现的赋史观点和赋作功能。康达维认为，班固主张汉赋作品应该具有颂扬、劝诫两种社会功能，但颂扬是主要功能，赋本身即为一种歌颂的文类。文章的第三部分主要论析了《东都赋》，康达维认为《东都赋》充满了对光武帝伟大功绩的盛赞，"他的功绩可与前朝历代最贤明的君主相媲美"。其次，《东都赋》还歌颂了汉明帝，盛赞其对礼仪的重视，如在"三雍"（明堂、辟雍、灵台）中进行"养老礼"和"大射礼"，在苑囿中举行"礼仪狩猎"，等等。最后，康达维叙论了与班固同时代的其他汉赋作家的京都赋，如傅毅的《洛都赋》、崔骃的《反都赋》、李尤的《辟雍赋》等，这些京都赋赞美了东汉的礼仪与建筑，歌颂了其君主的贤明，体现了汉赋作品的歌颂功能。

通过对班固的《东都赋》和同时代的京都赋的分析论述，康达维认为在公元 1 世纪的后半叶出现了大量的颂美篇章，说明这一时期的文人将颂美作为文学的主要功能。康达维所谓的"颂诗"，即指的是以班固的《东都赋》为代表的京都赋，这些赋作以颂扬汉代朝廷、歌颂汉代君主为主要目的。康达维明确地以"汉颂"为题而论，其论证娓娓道来，颇为引人入胜，结构完整严密，层次分明清晰，更明确地指出汉赋主要功能是颂扬，赋本身即为一种歌颂的文类。这一明确的见解对汉赋研究富有启发意义。

（四）纪行赋

以"纪行"为主题的汉赋作品研究是康达维汉赋研究中另一个

重要的专题，他分别研究了汉赋作品中描写现实旅行和描写想象旅行的纪行赋。

《汉赋中的纪行之旅》一文主要探讨了描写现实旅行的纪行赋。这篇文章最早用英文写成，收录于1986年台北"中研院"主办的"第二届国际汉学会议"的会议论文集中，于1989年出版。2002年收入《康达维自选集》之"辞赋研究中的主题和问题"部分。2013年，由苏瑞隆翻译成中文，由上海译文出版社出版。

在《汉赋中的纪行之旅》一文中，康达维首先指出"纪行"主题是萧统《文选》中"赋"的一种主题类别。"纪行"主题中描写"现实旅行"的作品，最早可以追溯到《楚辞·九章》中屈原被流放到楚国南部的经历。此后，司马相如的《哀秦二世赋》描述了皇帝到秦二世陵的一次巡游。当看见残破的风景，作者满目苍凉，这位亡国之君的悲剧令人沉重地思考。由于《哀秦二世赋》中描写现实旅行只涉及一个地点，康达维认为此赋是纪行赋的先声。

康达维认为最早的以记录现实旅行为主题的汉赋作品出现在西汉末年，主要有刘歆的《遂初赋》、班彪的《北征赋》、班昭的《东征赋》、蔡邕的《述行赋》。其中，刘歆的《遂初赋》是西汉纪行赋中的精品。康达维分析了这些纪行赋作品的具体内容、历史背景，重点剖析了其中描写旅行的部分所传达出的主旨，他发现"叙述真实的旅途而不是幻想的旅途，这一点是这个时期的赋更加个人化的明显反映。这个时期（按：西汉末期）的赋也表现在时间、地点和表达个人意见方面的进一步具体化"。到了东汉末期，整个中国文学都呈现出这种具体化的趋势。康达维认为，纪行赋是展现这种具体化趋势最好的例子。

康达维通过对以记录现实旅行为主题的汉赋作品的探讨，不仅是对中国文学传统的一种探索，也是对探索中国文学发展脉络提供了一种新的方法。通过对纪行赋作具体内容、历史内容、主旨意义等多方位的剖析，康达维描绘了在建安时期文学自觉时代来临之前积累和发展的全过程，更揭示了文学自觉时代的来临不是一蹴而就，而是一个需要逐渐积累和发展的过程。康达维对以记录现实旅行为主题的汉赋作品的探讨也启发我们，可以将主题研究作为汉赋研究的切入点，以探索汉赋演进的规律。

以"纪行"为主题的汉赋作品还描写想象的旅行。康达维的《道德之旅：论张衡的〈思玄赋〉》就探析了纪行赋作中的想象旅行。这篇文章的英文版最早于1982年收录在中国香港《冯平山图书馆金禧纪念论文集》(*Commemoration of the Golden Jubilee of the Fung Ping Shan Library*)，后1996年由陈广宏翻译成中文，载于《古典文学知识》。这篇论文也收录于《康达维自选集》之"辞赋研究中的主题和问题"部分。

在《道德之旅：论张衡的〈思玄赋〉》一文中，康达维回顾了纪行赋作中描写想象旅行的赋，其最早可溯源至《楚辞·九歌》中描写"一个作为男巫或者女巫的主角进行的一次以寻神为目的长途旅行"。而描绘想象旅行达到极致的作品是屈原的《离骚》，它使这种想象的旅行有了一个更现实的主角，即"有着极高的道德水准和高尚情操"的"失意学者"。康达维认为描写想象旅行的纪行赋都有一个共同的主旨，即"一个人必须通过长途旅行来逃离世俗世界的狭隘"。然后，康达维指出司马相如的《大人赋》进一步创新了这一主题，他改变了天庭之旅的惯例，以往旅行的主角是一位失意的文人，旅行的目的是抒发忧郁绝望之情、逃离世俗世界的狭隘，而《大人赋》的创作主题是歌颂皇帝陛下，盛赞汉朝之强盛。描写想象旅行的纪行赋在司马相如的笔下已发展为颂扬汉代朝廷、歌颂汉代君主为主要目的美颂篇章。而到了东汉后期，张衡的《思玄赋》借助想象的旅行表达的主旨却有别于前代的纪行赋作品。康达维通过对《思玄赋》文本的详细解析，认为"张衡的作品很明显是建立在他对宇宙道德秩序乃是世间伦理规范的信心上的",他直接反对《离骚》中忧郁、悲观的思想,他将想象的旅行当成一种媒介来探讨他所要面对的两种选择——逃离这个世界或是留下来,而最终张衡选择了自信地留在这个尘世寻求道德秩序。康达维进一步分析到,从《离骚》中的悲观厌世、绝望地逃离世俗世界到《思玄赋》中自信乐观地寻求尘世的道德秩序,认为其原因在于张衡对于"玄"之理解,即"宇宙准则,道德秩序的纲领","来自上天唯一可知可信的就是其道德准则,那是人类伦理规范的来源。因此,虽然人并不能理解命理天数,但仍有可能通过'德行'获得上天的祝福"。

康达维细致地考察了从先秦到汉代以想象旅行为主题的辞赋作品,比较了这些作品在内容、主旨等方面的差异,并深入探讨了其差异出现的原因。通过康达维的分析,可清晰地看到以想象旅行为主题的纪行赋的演进过程,以及不同时代的辞赋作家对这一主题的传承和发展。

(五)汉赋中联绵词的翻译问题

对汉赋作品的翻译是康达维的主要学术成果之一。从1968年至今,康达维已经英译了包括《昭明文选》所收19卷56篇汉魏六朝的赋,以及《文选》未载的《吊屈原赋》《柳赋》《自悼赋》《旱云赋》《感二鸟赋》《山居赋》《复志赋》等众多赋篇。积累整理逾四十年的翻译经验,康达维撰写了《赋中描写性复音词的翻译问题》《玫瑰还是美玉——中国中古文学翻译中的一些问题》《〈文选〉英译浅论》《翻译的险境和喜悦:中国经典文献的翻译问题》等多篇翻译研究的学术论文。针对中国古典文献的翻译,康达维提出了明确的翻译观和具有实操性的翻译策略,对汉赋作品中描写性复音词的翻译问题更进行了深入的探析和研究。

首先,康达维非常明确地提出自己的翻译观。他特别注重语言和文化的异质性,在他看来,对一部作品的翻译不是简单的原版复制，也不是在两种语言间像"变魔术"一般的简单转换，而是迫使读者从自己的语言习惯转向原作者的语言习惯。因此，康达维认为一部好的译作会让读者接受到来自不同时代的不同文明的熏陶，这种被强化的历史意识会将读者带到一片"妙境"。这片妙境会为读者带来一种新的视野，可以产生积极的效果，甚至激励读者脱离原有的观看世界的方式。总之，康达维认为翻译的目的不是两种语言间的简单转换或原版复刻，而是在译文中呈现源语文化中语言和文化的异质性，使译文最大限度地贴合原文，引起读者对文化和语言的兴趣，从而给读者带来新的知识和新的观念。

其次，康达维提出翻译汉赋作品的基本要求是准确性。他认为译文应尽量保留原文中的修辞和用语，忠于原文的翻译远胜于自由形式的翻译，语言的准确性是翻译的基本要求。他强调译文要最大限度地贴合原文，无限制地在语言、修辞、形式等方面向原文靠近，模糊的、泛泛的翻译无论对中国文学还是对英语读者来说都是一种很大的伤害。此外，在译文准确性的基础上，康达维还主张兼顾文字的可读性，具体到汉赋作品而言，即要求忠实于原文的用词，保留原文夸张的修辞，使译文达到准确性与文学性的统一。为了达到这样的目的，康达维将汉学研究的传统方法——语文学的方法运用到汉赋作品的翻译中；为了能展现汉赋作品的原作风貌，康达维采用了直译加注的翻译方法。康达维积累逾四十年的翻译经验形成一系列具有实操性翻译策略，不仅符合中国古典文献的特点，对汉赋作品的翻译具有指导意义，更为20世纪海外汉赋研究的发展奠定了基础。

最后，康达维对汉赋作品中描写性复音词的翻译问题更进行了深入的探析和研究。所谓"描写性复音词"，也即现代汉语中所说"联绵词"。汉赋作品中有大量的联绵词，这也是由其铺陈描写且利于诵读的特征决定的。在汉赋作品中，不仅联绵词连篇累牍地出现，而且这些联绵词还常使用双声或叠韵的奇异玮字,这给西方汉学家的翻译工作带来巨大的困难。有的欧美学者甚至断言"因为联绵词的存在而不可能翻译赋"。康达维以其在语言学、中西文学传统等方面扎实的功底,以逾四十年孜孜追求的实践精神,以准确性的基本要求为指导,不仅以优美典雅的语言英译了包括《昭明文选》所收 19 卷 56 篇汉魏六朝的赋,以及《文选》未载的《吊屈原赋》《柳赋》《自悼赋》《旱云赋》《感二鸟赋》《山居赋》《复志赋》等众多赋篇,更对汉赋作品中联绵词进行了深入的研究和精准的翻译,取得了令人惊叹的卓越成就,更对 20 世纪西方汉赋翻译者和中西方汉赋研究者们提供了具有方法论意义的借鉴和启示。

康达维对汉赋作品中描写性复音词的翻译策略可总结为这几个方面。第一,遵守"不可拆解"原则是理解联绵词的前提。汉语研究者普遍认为,联绵词是指两个音节连缀成义而不可分割的词。可见,"不可拆分"是其基本特点。康达维对联绵词的这一特点有着完整的理解和清晰的认识,他在《赋中描写性复音词的翻译问题》一文中说:"赋中最麻烦的词汇,是具有两个相同声母或韵母的描写性词语,现代汉语把这些词称为联绵词。古代这些词被称为双声或叠韵。"在此基础上,康达维坚守"不可拆解"原则,纠正了东西方学者的误区,译出了汉赋作品中描写性复音词原有的意义和神韵,这种观点为今后海外的汉赋研究者和翻译者提供了可效法的成功典范。第二,使用注音注释和"变体"把握描写这些联绵词的整体词义。为了能整体把握汉赋作品中描写性复音词的整体词义,康达维充分利用汉赋作品中古今相关的注释,考辨古今中外相关的译本,使译文无限制地向原文靠近。此外,康达维在理解和翻译联绵词词义时,充分利用了"一词多形"(即所谓"变体")的作用来判断词义的方法,提高了词义理解的准确性。第三,基于上下文语境寻找英文的对应词。康达维认为准确性是翻译汉赋作品的基本要求,而在翻译具体的汉赋作品时，应该恰当地去寻找英文中的对应词，力求尽可能贴切地表达这些词在中文原文中的语用及意义。第四，使用"头韵法"及同义词重复方法翻译。汉赋在形式上韵散相间，它不像诗歌那样句式齐整，所以汉赋更利于诵读。汉赋作品里大量的联绵词、双声或叠韵的复音词，使其更富韵律性和节奏感，诵读起来铿锵婉转。为了让西方的读者能够充分地领略到汉赋作品里这些复音词的语言魅力，康达维总结出了用"双声或同义词重复"的方法来翻译汉赋作品中的复音词。这里所说的"双声"，在英文诗的创作中被称为"头韵"，指的是相邻或相近的几个词的起头音相同，如：Pride and Prejudice、First and Foremost 等。用"头韵法"创作的诗歌具有较强的韵律感和节奏感，读音十分悦耳。而在汉赋作品里，以双声叠韵为主的联绵词，因声母或韵母相同，读起来容易产生婉转铿锵、回环往复的音韵效果。因此，康达维用英文诗歌创作中的"头韵法"来翻译汉赋作品里的复音词，可谓是在两者之间找到了一个最为完美的契合点。使用"头韵法"及同义词重复方法来翻译汉赋作品，既体现了汉赋作品语言的华美艳丽，也使意义的表达更加贴切和动人。康达维在攻克汉赋作品里复音词翻译这一传统难题时，取得了前人无法企及的卓越成绩。他提出了系统地理解和翻译汉赋作品里复音词的方法，并付诸实践。通过他的翻译，汉赋这一朵朵生涩的"玫瑰"变成了价值连城的"美玉"，呈现在西方读者面前。

康达维从20世纪60年代后期开始致力于《文选·赋》的英译工作。到目前为止，前三册已经出版，分别是《昭明文选（英译）》第一册（1982年）、《昭明文选（英译）》第二册（1987年）、《昭明文选（英译）》第三册（1996年）。这三册译文，涵盖了《文选》中的所有赋，"译文精确流畅。实臻信达雅之境界，令前人译作黯然失色"。

在《文选·赋》英译本的引言中，康达维对赋的诗学特征作出了明确的描述，他认为汉赋本质上是辞藻夸饰的狂歌，包含着极尽铺陈的事物，奇险的绘饰，重章叠句、夸张、排比和对仗等特征，呈现出令人心驰神往的诵读魅力。

正因为了解赋的详细特点，所以康达维在翻译的过程中能够做到用准确而恰当的词进行翻译。康达维高品质的辞赋翻译，立足于对字词含义的精准要求。他主张"更深入地挖掘源文本，找出术语的真正含义"，比如，对于《长门赋》中"登兰台而遥望兮"句中的"兰台"究竟是指什么，他进行了深入的考察，得出此处的"兰"指的是"木兰花"（magnolia），因为该赋的下文中提到"刻木兰以为榱兮"，所以这句翻译成了"I climb Magnolia Terrace and look into the distance"，并且提到此处的"兰台"与汉代宫内藏书之处"兰台"并无关联。

康达维在遣词造句方面不仅追求准确性，而且注重形式美与音韵美的和谐。在对双声联绵词的翻译中，他没有尝试使用押韵来翻译押韵双韵体，但他极为注重头韵和具有韵律感的"声音形象"（rhyming sound-images）的表达。为了表达中文的音韵之美（euphonic effect），他尽可能地以英语头韵、近义重复的方式来进行翻译。虽然并未在注释中提供专门的文学分析，但他认为翻译出的诗歌本身就可以达到诗意的表达。例如：

廓独潜而专精兮
Disheartened in my lonely seclusion I am absorbed in thought
天漂漂而疾风
Across the sky furious and fast a strong wind blows.
登兰台而遥望兮
I climb Magnolia Terrace and look into the distance
神怳怳而外淫

My spirit troubled and confused spills out of my body.
浮云郁而四塞兮
Drifting clouds thickly gathered cover the entire sky
天窈窈而昼阴
The heavens turn black and the day darkens.
雷殷殷而响起兮
The sound of thunder rumbling and roaring
声象君之车音
Reminds me of the sounds of my lord's chariot.
飘风回而起闺兮
A whirlwind blasts round my chamber
举帷幄之檐檐
Lifting the curtains which shake and shudder.

康达维在翻译的过程中，并非一味地模仿原文词序或其他形式，无论是在选词、词序、诗行还是句子衔接方面，他都作出了适当的调适，其翻译表达的宗旨就是要做到明晰、悦耳、流畅，诗一般的表达。在《长门赋》原文中，开头部分并没有对话的形式，而译文第一节改变了原来的形式，用第三人称并且出现了对话的形式：Her lord promised, "I must depart at dawn, but I shall return at dusk"（言我朝往而暮来兮），这样的处理让读者更容易理解前面铺垫的内容。"比喻，是诗歌翻译中必须特别重视，尽可能译得准确的结构成分。如果能把每一首诗全当成比喻，再进一步把每个实词都看成比喻，并恰如其分地落实在新的译文里，就可以说离成功不远了。"在这点上，赋与诗歌都是相通的，比喻与排比的恰当使用能够增强表达的艺术性与感染力。康达维之所以能把《文选赋》成功翻译，与他在修辞层面的恰当处理是分不开的。在《长门赋》中，比喻出现多处，他都能进行很好的处理。原文中的比喻不仅仅以上所列，而且用的都是明喻"象""似"等。而在译文中除了明喻的"like""just like""resemble"之外，还用了"reminds"这个表达。这个词虽然没有对应原文，但是传达的意思极为准确。如果按照原文直译的话，就缺少了韵味。听到的声音其实很清楚，是雷声，这里用"remind"来表达陈皇后盼君之情切、思君之情深，以至于听到雷声都能想到君车的声音。

第三节　百余年来海外其他汉赋研究者

中国古代最早的两篇域外赋，董越的《朝鲜赋》和湛若水的《交南赋》用纯文学的古雅体式，持体国经野的写作态度精致地描绘异国的山川形胜、民俗风情，并辅之以大量的自注文字。董越的《朝鲜赋》在纪实功能上，较湛若水的《交南赋》为胜。

《朝鲜赋》的内容大致可分为三部分，先记朝鲜的地理形胜和风俗礼制，再叙朝鲜的山川气象和城郭建筑，以及描述国王接待明朝使臣的诸多礼数。所述皆与《明史·朝鲜传》相合，而精细过之，是一篇不可多得的文学性质的历史文献。开篇对朝鲜社会典制的描写，质实无藻，所记多不同于中土习俗。如赋中"刑不以宫，盗乃荷校"一句，董氏注曰："阉宦皆非宫刑。惟取幼时伤疾者为之，所以甚少，惟盗贼则不轻贷。此事以询诸三四通事，所言皆合。"[①]这

---

① （明）董越:《朝鲜赋》,《景印文渊阁四库全书》史部第594册,台北:台湾商务印书馆1986年版,第105页。

种宫廷内臣的选拔方式，无疑相当人道，反观明景泰以后京师子弟一波接一波的自宫风气，恐怕董越在字里行间蕴含了讽谏之意。又如"贸迁一以粟布，随居积以为赢；用使尽禁金银，虽锱铢而亦较"二句，董氏注曰："民间不许储分文金银，以积粟布之多者为富室，其贸迁交易一以此，其国贪官少者亦以此。"①当时朝鲜的经济，以粮食和布匹为一般等价物，禁止金银等重金属的流通。既然不存在商品经济，自然没有奢靡享乐行为的滋生土壤，社会风气非常淳朴，董越对此流露出赞许之意，恐怕也在暗示明中叶江南经济的繁盛，导致整个社会贿赂肆行，世风日下。再如"家不许藏博具"一句，董氏注曰："棋局、双陆之类，民间子弟皆不许习。"②此俗亦与中土大相径庭。围棋是一种高雅身份的符号象征，民间禁习，以彰显社会等级之差别，尚情有可原，但双陆一戏，是中土酒楼茶馆的常见娱乐活动，一些大城市中还有相关的赌博组织，社会普及面很广并不只是文人才士的专爱。而在朝鲜，上至围棋，下至双陆，一概禁之，杜绝轻浮之风于未然。

在董越看来，与中土社会的日趋浮躁相比，朝鲜的一些礼制反而更接近上古之原貌，言辞间颇有"礼失求诸野"的感慨。比至朝鲜国王接见及临别之时。"至诵轲书之重内，谬许予党为皆能。及引老氏之赠言。自慊其才之不逮。意盖将赠予以诗句，惜不为予党所解也。"③这是在说语言交流上的障碍。因为在私人场合，两国士大夫用文字交流，不会产生歧义，但在官方场合，君臣以译官为中介，难免会出现译误。董越一行辞别，国王曰"明日盖有天渊之隔"，译

---

① （明）董越：《朝鲜赋》，《景印文渊阁四库全书》史部第 594 册，台北：台湾商务印书馆 1986 年版，第 106 页。
② （明）董越：《朝鲜赋》，《景印文渊阁四库全书》史部第 594 册，台北：台湾商务印书馆 1986 年版，第 106 页。
③ （明）董越：《朝鲜赋》，《景印文渊阁四库全书》史部第 594 册，台北：台湾商务印书馆 1986 年版，第 107 页。

者误以"天渊"为"天远";及劝酒,复有"远别千里"之言,译者又误传"远别"为"永诀",弄得君臣好不尴尬。究其原因,"张有诚善华语而少读书,李承旨读书而不熟华语",即译官文学涵养欠佳,文官缺乏外语技能。董越观其传言而云可笑,其实明朝的译官培养体制有相同缺陷,不知他征引此事入赋,是否有委婉劝谏孝宗之意。

论朝鲜民俗,中有男女职事之淆,董越以为咄咄怪事。"所谓川浴同男,邮役皆嬬。始则甚骇于传闻,今则乃知已更张。岂亦以圣化之所沾濡,有如汉广之不可方也欤。"①董氏在国内的时候,听闻朝鲜以嬬妇供事馆驿之事,颇为反感,以为亵渎之举。等到亲眼所见,"供事者皆州县官吏,妇人则执爨于驿外之别室",才知道此制景泰后已改易,川浴同男之俗也已不存。由此感叹道德政教之功,使民风移易,鄙习为之一清。无论是之前的礼失求诸野还是之后的怀柔教化远邦,董越都努力在辞赋中注入道德、政治元素,以达到君臣周览咨询的积极功效,此为《朝鲜赋》一大特色。

域外赋是一种特殊的都邑赋,传统的都邑赋一般篇幅很长,绝少用骚体。因为大赋用骚体,会有一种戴着脚镣跳舞的感觉,原本可以纵横驰骋的才气,被极大地限制。故使用骚体创作大赋,多少有些逞才弄巧的嫌疑,若对自己的才力没有十足的信心,多会知难而退,使用骈散结合,会容易得多,也合适得多。而湛若水的《交南赋》,却反其道而行之,无一句不用"兮"字,可算是明代骚体大赋的冠冕之作。特别是《越峤书》中的版本,保留了大量湛氏自注,为他本所未见,尤为珍贵。此篇洋洋三千余言,用古雅之词,尽描绘之能事,当地的地理、风土、人情、物产,皆跃然纸上。且广征

---

① (明)董越:《朝鲜赋》,《景印文渊阁四库全书》史部第594册,台北:台湾商务印书馆1986年版,第107页。

先唐典籍,纯熟地化入骚体文字之中,兼容博学与典雅之风,深得翰林文学之奥旨。与董越《朝鲜赋》一骚一散、一南一北,可称明人域外赋之双璧。

20 世纪的海外赋学研究,从费之迈(August Pfizmaier)翻译《离骚》算起,已有 160 余年,其研究历史可分为译介评论、零散研究和系统研究三个阶段。康达维对中国古代辞赋的研究成果丰富,已形成系统研究的脉络。对扬雄和中国古代辞赋若干专题进行了精深研究,代表了 20 世纪欧美等西方国家赋学研究的最高成就,被誉为"当代西方汉学之巨擘、辞赋研究之宗师"。康达维的汉赋研究代表了 20 世纪海外汉赋研究之系统研究阶段,本节将论述这一时期其他的汉赋研究者。

海外汉赋研究者对中国古代汉赋作品的译介,发轫于 19 世纪末 20 世纪初,至今已有 120 余年。丁韪良、翟理斯、韦利、何可思、方志彤、霍克思(David Hawkes)、修中诚、李高洁、华兹生、凡·赞克、马古烈等研究者都为汉赋作品的译介工作作出了突出的贡献,为 20 世纪的海外汉赋研究奠定了基础。

20 世纪海外汉赋研究肇始于丁韪良 1901 年在《北华评论》(North China Review)上发表的《中国版的乌鸦》("A Chinese 'Raven'")一文。在文中,他将贾谊的《鹏鸟赋》翻译为英文,并将其与美国诗人爱伦·坡的《乌鸦》("The Raven")进行了比较。此后,贾谊的《鹏鸟赋》成为这一时期海外汉赋研究者关注的一个热点。随后,英国汉学家翟理斯 1915 年在《汉学杂录》上发表了《中国版爱伦·坡的乌鸦》("Poe's Raven in Chinese"),纠正了丁韪良在翻译和观点上的错误,并认为二者相似之处极少。

英国汉学家、翻译家韦利为早期汉赋作品的翻译和传播作出了突出的贡献。1923 年,他出版了专著《寺庙与其他诗歌:中国诗歌介绍》,其"简介"部分用大量的篇幅介绍了枚乘、司马相如、扬雄、张衡等汉赋作家的生平及作品，专门介绍了赋的起源、赋的结构、骚体赋的韵律形式。韦利的许多观点影响了后来的汉赋研究者。例如，他认为赋是诗歌的一种，"不歌而诵"是赋的本质特征，[1]康达维的汉赋研究承袭了这一观点，他把诵读作为汉赋的本质属性，在探讨赋之本质和渊源时强调"不歌而诵"；韦利认为"赋的形式神奇，它源自于楚国巫师吟唱祈求降神和显神的咒语"[2]，华兹生沿袭并进一步发展了韦利的观点，提出"赋虽然有完全独特的形式，其实与巫歌和民间宗教中的吟唱相关"[3]。目前，海外汉赋研究的很多观点仍然追随韦利，他在赋的起源、赋的结构、赋的韵律形式等方面的探究促进了20世纪海外汉赋研究的发展。此外，《寺庙与其他诗歌：中国诗歌介绍》中英译并收录了宋玉《高唐赋》，邹阳《酒赋》，扬雄《逐贫赋》，张衡《髑髅赋》、《舞赋》（残文），王逸《荔枝赋》，王延寿《王孙赋》、《梦赋》、《鲁灵光殿赋》（节译），束晳《饼赋》，欧阳修《鸣蝉赋》11篇赋作。韦利的译文注重可读性和流畅度，主要针对一般的读者。有学者评论韦利说："韦利是把中国和日本的高端文学介绍给英语普通读者大众的伟大传播者。他是20世纪上半期，将东方文化传入西方的使者。"[4]韦利将中国古代的辞赋作品翻译成英文，介绍给英语普通读者大众，使英语读者开始初步接触中国的辞赋作品，其筚路蓝缕之功，何其可贵。

德国汉学家何可思在翻译《神女赋》时使用了"Shen-Nü-Fu: The Song of the Goddess"一名，既有中文的音译，又有外语的意译，其翻译文本也附有详细的96条注释，属于学术型翻译。修中诚

---

[1] Arthur Waley, *The Temple and Other Poems*, London: George Allen & Unwin Ltd., 1923, p.9.
[2] Arthur Waley, *The Temple and Other Poems*, London: George Allen & Unwin Ltd., 1923, p.12.
[3] Arthur Waley, *The Temple and Other Poems*, London: George Allen & Unwin Ltd., 1923, p.16.
[4] E. Bruce Brooks, *Sinological Profiles: Arthur Waley*, Warring States Project of University of Massachusetts, 1993.

在《两篇中国诗歌》中英译了班固的《西都赋》《东都赋》和张衡的《东京赋》《西京赋》。他的译文只是释义,重点是提取了这四篇汉赋作品中的城市布局、社会思想、宫廷生活、政治制度,从历史学的角度予以探讨,未涉及文本分析。

华兹生于1971年出版了专著《汉魏六朝辞赋》①一书,收录了贾谊的《鹏鸟赋》、宋玉的《风赋》、司马相如的《子虚赋》和《上林赋》、王粲的《登楼赋》、向秀的《思旧赋》、潘岳的《闲居赋》、木华的《海赋》、曹植的《洛神赋》、孙绰的《游天台山赋》、鲍照的《芜城赋》、江淹的《别赋》、谢惠连的《雪赋》、庾信的《小园赋》14篇赋作的英译文。华兹生译文通畅顺达,主要针对一般的英语读者,缺少学术性的注释。

卫德明撰写的《学者的挫折感——论"赋"的一种形式》("The Scholar's Frustration: Notes on a Type of Fu"),1957年发表在芝加哥大学出版社出版的《中国的思想与制度》(*Chinese Thought and Institutions*)一书中。他在文中分析了贾谊的《旱云赋》《荀子·赋篇》,董仲舒的《士不遇赋》,司马迁的《悲士不遇赋》这类学者失意、怀才不遇的赋作,他认为这类赋作呈现了学者在社会中的地位以及他们和统治者的关系。此外,他还指出几乎所有的赋都有政治主题,汉代学术研究达到机构化的结果是缺乏自主性和自由性。最后,他通过研究得出观点"赋是政治家及其讽谏艺术的遗产"。后来,康达维评价此文是"对赋最有意义和最为轰动的研究"之一。

哈佛大学海陶玮在1954年发表了《陶潜的赋》一文②,他在文中介绍了陶潜的《闲情赋》《感士不遇赋》和《归去来兮辞》,张衡的《定情赋》,司马迁的《悲士不遇赋》,董仲舒的《士不遇赋》等

---

① Watson, Burton, *Chinese Rhyme-Prose: Poems in the Fu Form from the Han and Six Dynasties Periods*, New York and London: Columbia University Press, 1971.

② James Robert Hightower, *The Poetry of T'ao Ch'ien*, London: Oxford University Press, 1970.

11篇赋作。海陶玮指出这些主题都是属于"闲情"的主题,这类主题最早可溯源至宋玉的《神女赋》和曹植的《洛神赋》。后来,陶潜在《闲情赋》中将这一主题发展成熟,他并未借用这类"闲情"的主题赋中传统比喻的内容,而是将传统的比喻融进其创作中铸成和谐统一的整体。他还指出,在《感士不遇赋》中陶潜用精妙的方式展现了文人所面临的困境,在《归去来兮辞》中则用传统的形式巧妙地表达了个人情感。海陶玮系统地分析了"闲情"这一主题赋作的来源、发展和成熟的全过程,并解读了陶潜在其赋作中是如何呈现这一发展过程的。他对汉赋的研究角度新颖、系统深刻,为20世纪海外汉赋研究提供了新的维度。

修中诚曾深入研究陆机的《文赋》,正是这项研究使他对古典文学的研究方法有了特别的理解,形成了自己的研究思路:查找作者背景信息,作者、事件或作品的时间,确定文本,再顺着这些线索来研究文本的内容。他将《文赋》译成英文,并在译作中表达了自己研究的心得和体会,尤其探讨了中国文论的特点以及中西文论的比较。修氏研究班固和张衡的赋,也基本循此思路。探查两位作者及同时代人的思想结构;将赋的作者置于民族信仰和制度的证人席上,考察其可信度;对两位作者提供证据的具体事项进行说明;在研究获得的历史细节的基础上,修氏对《二京赋》和《两都赋》进行了翻译。

修中诚通过对班固《两都赋》和张衡《二京赋》的翻译和研究,以文学的角度研究汉朝历史,整体把握了班固和张衡的作赋意图和赋的重点,进而促成了他翻译策略的选择,在这个过程中对长安都城重点部分进行了直译、全译、具体化翻译,而对其他部分则省译和不译,对列举的事物自己加以总结翻译,是因为作者认为这不会影响原文要传达的主要思想,而且真实性也有待考证。相反,修中诚对于洛阳都城的部分几乎为直译,部分地方进行了解释和深化翻译，有些部分虽具有不可译性，也有译错的地方，但是遗漏原文信息不多，也不影响主要思想的表达，整体上忠实于原文。这4篇赋的翻译，体现了修中诚在研究的过程中牢牢把握了班固、张衡二人的历史背景、写作意图和人生观。

如上所述，在康达维出现之前约70年的汉赋研究历程中，海外汉赋研究者对汉赋作品的翻译成果不多，译文质量也良莠不齐，没有全面地展现出汉赋作品的精华及体裁、内容的多样性。对汉赋的研究成果主要见于各类辞赋英译作品的《前言》《序》和单篇的论文中，其所涉及赋的起源、特征、体裁、内容、评论和主题方面，多为点到为止，缺乏深入的研究。

第四节　小结

海外赋学研究，从费之迈翻译《离骚》算起，已有160余年，其研究历史可分为译介评论、零散研究和系统研究三个阶段。

译介评论阶段发轫于19世纪末20世纪初，至今已有120余年。丁韪良、翟理斯、韦利、何可思、方志彤、霍克思、修中诚、李高洁、华兹生、凡·赞克、马古烈等研究者都在汉赋作品的译介工作中作出了突出的贡献，为20世纪的海外汉赋研究奠定了基础。但是，译介阶段对汉赋作品的翻译成果不多，译文质量也有局限性。

零散研究阶段对汉赋的研究成果主要见于各类辞赋英译作品的《前言》《序》和单篇的论文中，主要研究者有卫德明和海陶玮。卫德明撰写了《学者的挫折感——论"赋"的一种形式》，他在文中分析表现学者失意、怀才不遇的赋作，他认为这类赋作呈现了学者在社会中的地位以及他们和统治者的关系。此外，他还指出几乎所有的赋都有政治主题，汉代学术研究达到机构化的结果是缺乏自主性和自由性。最后，他通过研究得出观点"赋是政治家及其讽谏艺术的遗产"。后来，康达维评价此文是"对赋最有意义和最为轰动的研究"之一。海陶玮在1957年发表了《陶潜的赋》一文，他在文中介绍了以"闲情"为主题的赋作，这类主题最早可溯源至宋玉的《神女赋》和曹植的《洛神赋》。海陶玮系统地分析了"闲情"这一主题赋作的来源、发展和成熟的全过程，并解读了陶潜在其赋作中是如何呈现这一发展过程的。他对汉赋的研究角度新颖、系统深刻，为20世纪海外汉赋研究提供了新的维度。零散研究阶段其所涉及赋的起源、特征、体裁、内容、评论和主题方面，多为点到为止，缺乏深入的研究。

系统研究阶段主要指的是美国西雅图华盛顿大学亚洲语言文学系康达维的汉赋研究成果。康达维对中国古代辞赋的研究成果丰富，已形成系统研究的脉络。首先，他先后翻译了八十余篇辞赋作品，发表研究中国辞赋的论文二十余篇，对枚乘的《七发》、扬雄的《羽猎赋》、司马相如的《长门赋》、张衡的《思玄赋》、班婕妤的《自悼赋》、班昭的《东征赋》、赵壹的《刺世疾邪赋》进行了译介。其次，对西汉赋家扬雄的全面探讨，是康达维早期汉赋研究的重点。其研究成果丰硕，前文已详细列出。康达维对扬雄及其赋作的深入剖析和全面探讨，有利于改变长期以来对汉赋和扬雄的偏见，从而使人们更加客观地评价汉赋的价值和历史地位，对于正确解读汉赋、客观定位扬雄及其作品更提出了新的思路，更推进了20世纪海外汉赋研究的进程。除对汉赋作品的具体剖析、对扬雄及其赋作的全面探讨之外，康达维对汉赋的若干问题都有深入的研究。通过对"赋"之渊源与本质的探析，康达维进一步证明了赋体文学的本质并非铺陈，而是诵读；通过对汉大赋与君主关系之分析，我们看到君主对文学乃至文化产生的巨大影响；通过对汉赋与歌颂关系之分析，他更明确地指出汉赋主要功能是颂扬，赋本身即为一种歌颂的文类；以"纪行"为主题的汉赋作品研究是康达维汉赋研究中另一个重要的专题，他分别研究了汉赋作品中描写现实旅行和描写想象旅行的纪行赋。康达维对以记录现实旅行为主题的汉赋作品的探讨也启发我们，可以将主题研究作为汉赋研究的切入点，以探索汉赋演进的规律。康达维细致地考察了从先秦到汉代以想象旅行为主题的辞赋作品，比较了这些作品在内容、主旨等方面的差异，并深入探讨了其差异出现的原因；对汉赋作品的翻译是康达维的主要学术成果之一，积累整理逾四十年的翻译经验，康达维撰写了《赋中描写性复音词的翻译问题》《玫瑰还是美玉——中国中古文学翻译中的一些问题》《〈文选〉英译浅论》《翻译的险境和喜悦：中国经典文献的翻译问题》等多篇翻译研究的学术论文。针对中国古典文献的翻译，康达维提出了明确的翻译观和具有实操性的翻译策略，对汉赋作品中描写性复音词的翻译问题更进行了深入的探析和研究。总之，康达维在赋的起源、性质、定义、鉴别、评论、接受与传播方面都有所涉猎，所用的研究方法也不同于国内的研究，使汉赋在世界文学中获得新的认知。康达维在汉赋的译介、研究及学术交流、传播等方面都作出了突出的贡献。他代表了 20 世纪欧美等西方国家赋学研究的最高成就，被誉为"西方汉学之巨擘、辞赋研究之宗师"。

20 世纪海外汉赋研究的兴盛回流至国内，又引起了国内学者对赋学和欧美赋学研究的重视，国内外相关研究相互促进，成果丰硕。

第七章　结语

第一节　百余年来汉赋研究的特点

百余年来，海内外的汉赋研究取得了丰硕的成果，其进展可以说是空前的，与其他时期的汉赋研究相比，也存在不一样的特点。

20世纪初期，国内的赋学研究者们研究的重点主要集中在对汉赋的思想艺术价值和在文学史上的地位等问题争论上。对汉赋全盘否定的观点就出现在这期间，例如王缵叔就认为，汉大赋是受命于帝王，填补统治者精神空虚的御用文学，它们缺乏真情，有形无神，唯求辞之华艳靡丽，即使是从状物的技巧上讲，也毫无可取之处。郑在瀛对汉赋的价值也持否定的观点，认为是统治者的提倡使得汉赋成为歌功颂德、装点太平的官方文学、贵族文学，专供统治者娱心之资。尉天骄则对李泽厚的汉赋观提出异议，他把汉赋比作一只形态笨拙的"恐龙"。此外，中国科学院文学研究所、中国文学史编写组编写的《中国文学史》，游国恩等主编的《中国文学史》都对汉赋给予了很低的评价，由于两书是高等院校的教科书，所以两书中的汉赋观对汉赋研究产生了深远的影响。而另一类论者只对汉赋的不足和缺陷提出批评，但对其文学史地位是认可的，例如马积高、姜书阁。

国内除了关于汉赋研究的专著数部，汉赋研究的论文也大量地出现，研究的特点可概括为以下四个方面。

第一，从各个角度对汉赋的价值给予了肯定。龚克昌提出"汉赋是文学自觉时代的起点"，他指出汉赋以崭新的时代风貌抒写汉帝国的形象，为摆脱儒家思想的束缚而淡薄讽谏，在艺术上把浪漫主义向前推进了一步，由描写诗人的内心世界转向外界广阔的现实，题材无限增多、内容无限延伸，在文学史上具有重要的地位。虽然龚克昌对汉赋的评价过高，有些论点也有待商榷（如汉赋是挣脱儒家经典的束缚，还是尽力向儒家经典靠拢），但他对汉赋研究的蓦然复兴起到了推动作用。郭芳、金荣权直接继承了龚克昌的汉赋观，认为汉赋的意义就在于它是文学自觉时代的起点。总的来说，汉赋的价值和在文学史上的地位也越来越受到人们的重视，对汉赋持肯定态度的研究者已成为这一时段的主流思想。

第二，研究的视野更加开阔了。以前学者们对汉赋的研究多集中在汉大赋，对抒情言志赋、咏物小赋谈论较少，但这一时段的汉赋研究，除像《赋史》《汉赋研究》这样的专著全面综合、按作家进行分类研究外，大量的探讨抒情言志赋、咏物小赋的论文也在各种刊物发表。如曹明纲对"宫怨""闺怨"题材作品产生的社会根源、艺术渊源进行了探讨；何天杰指出在汉代中央集权的影响下，汉代的抒情小赋呈现出理胜于情的现象；叶幼明则对咏物小赋的价值和地位进行了论述。

第三，探索新的研究角度和方法。不少学者不只把研究目光放在汉赋本身，还从纵的方向指明了汉赋与后代文学的承接线索。如韦凤娟、张志岳、张子敬、徐扶明先生等分别撰文对汉赋对建安文学、骈文、山水文学、古典戏曲的影响进行了探讨；胡士莹先生更认为唐宋元明的小说乃至清代弹词，都受到了汉赋的影响。这样新的尝试为我们理解各种文体表现手法的相互贯通性提供了思考成果，也为这一时段的汉赋研究打开了新的维度。

第四，从审美的角度为汉赋研究作了有益的探索。万光治运用绘画理论研究汉赋，认为图案化倾向和类型化倾向是汉赋最主要的艺术特征。冯俊杰、何新文则认为汉大赋的艺术本质是"以大为美"，表现在汉大赋追求体制和描写内容的宏大上。黄广华、刘振东对汉赋在中国审美发展史上的重要地位作了深入的阐述。可见，这一时段的研究者们已经将汉赋作为一种文体，对它的艺术特征进行了深入而细致的研究，其研究的角度也打破了过去单一的社会学维度。

国内汉赋的研究具有以上的特点，这一时期的研究具有重大的价值，不仅将汉赋的研究推向一个新的高度，也为以后的研究奠定了基础、积累了宝贵的经验。总的来说，这一时期汉赋研究所取得的成就是令人瞩目的。

20世纪海外汉赋研究也呈现出一些明显的特点。

首先，海外汉赋研究逐渐系统化。海外汉赋研究从最初的译介到零散研究，然后以康达维为代表的综合研究代表了汉赋在海外的研究发展趋势。

其次，海外汉赋研究者数量增多，涉及国别范围扩大，逐步形成了世界范围内的汉赋研究局面。涉及国家和学者如奥地利费之迈、赞克，德国何可思、顾路柏、叶乃度，法国德理文、马古烈、吴德明，英国翟理斯、理雅各、庄延龄、韦利、李高洁、艾约瑟，美国海陶玮、华兹生、康达维，还有比利时的哈利兹、荷兰的高延、意大利的雷永明、瑞典的高本汉等。

最后，海外汉赋研究从片面逐渐走向深入，汉赋从中国文学走向世界文学舞台。海外研究者在汉赋研究初期，大都是从赋与诗的关系入手来谈对赋的认识和界定问题，但在具体论述赋与诗的关系上又各持己见。他们或从"不歌而诵"的角度认识赋，或从赋为诗之"六义"之一的角度来论赋，或从赋为有韵文的角度来论赋，或从研究者话语体系内寻找与之对应的文学体裁进行研究，但始终未能给予汉赋独立的文学地位。随着中国经济的发展，中国文学在世界文学舞台上崭露头角之时，汉赋研究也开始逐渐系统化。

这一时期的赋学研究还出现了一些新视野。蒋晓光、许结《宾祭之礼与赋体文本的构建及演变》[①]，考察赋体的形成历史，认为其中内含的"瞍赋""六义之赋"及"体物之赋"，源头在宗庙献赋，尤其是作为一代文学之胜的汉大赋，其文本构建及演变均与宗庙中的宾祭之礼有着紧密的关联。宗庙献物及辞不仅是赋体立名的因缘，而且使这一文体始终具有"宗庙性"与"礼仪性"的特征。在宗庙贡献中宾祭执礼的告庙"先君"制度和辞令之用，影响着赋体以遑辞为主要特征的结构机制。宾祭礼中的备物享神方式，以"物"为中心、以"德"为旨归，其物、辞、义三端，影响了赋体托物、陈辞、兼义的修辞方法。宾祭礼的媚神观德，是赋体"欲讽反劝"的宗教根源。西汉赋表现出的因"省祸福"以"训戒""改作"，东汉赋表现出的因"观威仪"以"昭德""宣威"，为赋体文本讽劝传统中的两种最重要的书写模式。

余恕诚先生在赋与唐诗的交叉研究方面，用力颇深，《杜甫与唐代诗人创作对赋体的参用》[②]一文围绕杜甫的几类诗歌，从其融赋入诗的表现，到如何实现异体相生、创变升华，予以探讨。兼及四杰、李白、韩愈、白居易、李商隐等，对唐诗吸收赋体概况作简要勾勒，指出赋之不断被诗吸纳，参与唐诗演进创变过程，说明异体相生是

---

① 蒋晓光、许结：《宾祭之礼与赋体文本的构建及演变》，《中国社会科学》2014年第5期。
② 余恕诚：《杜甫与唐代诗人创作对赋体的参用》，《文学遗产》2011年第1期。

促进文体发展与繁衍的重要因素。又在《赋对李商隐诗歌创作的影响》一文中考察赋对李商隐诗歌创作的影响,认为宋玉之《高唐》《神女》等赋为义山写闺帏粉黛题材渊源所自;赋体体物的成就,给义山咏物诗提供了营养。义山借助诗体注重抒情、长于比兴的优长,将六朝以来咏物诗提升到赋体咏物与比兴相融合的高度。谐隐则从取材到修辞立意和情趣追求,由赋而诗,产生一系列潜在影响。又在《李贺诗歌的赋体渊源》[①]一文中指出李贺推重赋家赋体,多次引司马相如自喻。李贺诗歌的多种题材内容,对赋家皆有所继承;赋体的隐言谲说被李贺纳入诗性思维,用于抒情状物、创造意象、锤炼字面,以更加诡异的形式出现,直接影响到诗境与风格,体现了长吉体奇诡僻艳的面貌。又比如,赋体文学与小说虽分属一雅一俗两种文体,但在发展过程中相互渗透和影响。

程毅中先生在《叙事赋与中国小说的发展》[②]一文中指出赋比传记更注重文采,对传记体的小说有影响,六朝以至唐代的小说,就有传承辞赋的一派,叙事赋的虚构手法为中国小说的发展创造了条件。

王思豪《小说文本视阈中的赋学形态与批评——以〈镜花缘〉中的赋与赋论为中心》[③]一文,以《镜花缘》中的赋与赋论为中心,认为小说中的赋论、赋韵探讨较正统赋论之作多了份谐趣和韵味,迥异于正统的赋学批评,在赋学史上具有独特价值。

赋体文学作为中国所独有的一种文体样式,经过一代代赋家的经营结构,开始向周边邻国流播,对朝鲜、韩国、日本、越南等国产生了重要影响,形成了汉文化圈中的赋学创作热潮。较早对域外

[①] 余恕诚:《李贺诗歌的赋体渊源》,《文学遗产》2014年第1期。
[②] 程毅中:《叙事赋与中国小说的发展》,《中国文化》2007年第1期。
[③] 王思豪:《小说文本视阈中的赋学形态与批评——以〈镜花缘〉中的赋与赋论为中心》,《安徽大学学报》(哲学社会科学版)2015年第1期。

赋体进行研究的是曹虹先生,她在其著作《中国辞赋源流综论》①中专设"域外篇",收录文章四篇:《中国赋的感春传统及其在朝鲜的流衍》《陶渊明〈归去来辞〉与韩国汉文学》《论朝鲜女子徐氏〈次归去来辞〉——兼谈中朝女性与隐逸》《苏轼〈赤壁赋〉与赵缵韩〈反赤壁赋〉》等,对朝鲜赋家的辞赋创作进行研究,肯定域外赋家对中国文学典范的接受,虽有模拟的痕迹,但也能体现出自身的领悟与创作力,显示出相当的水准,并以此来反观中国辞赋文化性格与审美魅力。

詹杭伦先生对韩国辞赋也加以关注,他在《韩国(高丽、李朝)科举考试律赋举隅》②一文中对高丽和李朝科举考试中使用的律赋作了举例分析,并论及李朝用于科举考试的六言赋体;又在《韩国"酒赋"与中国有关赋作之比较》③一文中,指出历史上的韩国文人与中国文人一样,有近似的生活方式,喜欢饮酒赋诗、登高作赋,因而韩国与中国都流传下来一批"酒赋"类作品。詹杭伦先生还对日本的赋体创作加以研究,在《日本平安朝学者都良香律赋初探》④一文中,对生活年代相当于中国的唐文宗大和八年(834年)至唐僖宗乾符六年(879年)间的都良香的律赋创作进行考察,认为都良香可以写作限韵而且限时完成的律赋,但尚不是中晚唐八字韵脚的标准格式,都良香及与他唱酬的渤海国上流文人的律赋,已经达到中唐初年唐朝一般参加科举考试的文人赋作的写作水平。

受中国影响,越南也是诗赋的国度,以汉文为语言载体的越南诗赋创作历经千年,涌现了众多作家和大量的作品,取得了辉煌的

---

① 曹虹:《中国辞赋源流综论》,中华书局2005年版。
② 詹杭伦:《韩国(高丽、李朝)科举考试律赋举隅》,《西南民族大学学报》(人文社会科学版)2012年第1期。
③ 詹杭伦:《韩国"酒赋"与中国有关赋作之比较》,《中文学术前沿》2012年第2期。
④ 詹杭伦:《日本平安朝学者都良香律赋初探》,《古代文学理论研究·第三十二辑·中国文论的古与今》,华东师范大学出版社2011年版,第59—75页。

成就。潘秋云的博士学位论文《越南汉文赋对中国赋的借鉴与其创造》[1]对现存的越南汉文赋加以收集、整理和研究，指出越南汉文赋是在借鉴中国赋的基础上形成与发展的，但也创出了有自己民族特色的表达方式，体现出历代越南士大夫的思维、情感与志向。孙福轩先生《中国科举制度的南传与越南辞赋创作论》[2]一文指出中国的科举制度南传到越南，诗赋在科举取士中也占有突出的地位，但相较于同时期的中国科举试赋，越南课艺赋与试赋的创作特征主要表现在题类和取径的多元化，有汉赋体、唐律体、李白体等；题材也多种多样，诸如咏史、景物、记事、拟古诸题的创制。

王焕然《汉赋与地方志论略》[3]认为不少汉赋与地方志可以参照阅读，汉赋中与地方志相关的作品很多，主要有都城赋与述行赋两类，但汉赋与地方志毕竟属于不同学科，应注意区分二者之间的异同。此论具有指导意义。踪凡等《〈会稽三赋〉的注本和版本》[4]除介绍《会稽三赋》的历代版本及注本之外，逐一比对明代尹坛对南逢吉注的补充。文章发现前行学者未见之处，用力较深。李洪亮《三曹·谯·谯地赋》[5]认为三曹于帝都谯地所作之赋不仅未承袭汉大赋书写模式，也有别于同时期徐干、刘桢等的京都书写，反而以抒情赋为魏晋赋开启了新的写作风格。潘务正《张惠言〈七十家赋钞〉与常州学风》[6]对张惠言早期所编这部赋学选本进行了全面的研究，指出该书与清代常州文选学、汉学、今文经学之间的紧密关系，

---

[1] 潘秋云：《越南汉文赋对中国赋的借鉴与其创造》，博士学位论文，复旦大学，2011年。
[2] 孙福轩：《中国科举制度的南传与越南辞赋创作论》，《浙江大学学报》（人文社会科学版）2010年第1期。
[3] 王焕然：《汉代士风与赋风研究》，中国社会科学出版社2006年版。
[4] 踪凡、方利侠：《〈会稽三赋〉的注本和版本》，《绍兴文理学院学报》2014年第4期。
[5] 李洪亮：《三曹·谯·谯地赋》，《安康学院学报》2014年第6期。
[6] 潘务正：《张惠言〈七十家赋钞〉与常州学风》，《江苏师范大学学报》（哲学社会科学版）2015年第1期。

突出了该书的文学价值、文献价值和学术价值。

莫崇毅《论乾嘉浙西赋学的兴盛与特点》[①]指出，清乾隆、嘉庆年间浙西地区赋学兴盛，原因在于浙西赋学能够秉持赋源诗骚和赋体代变的理念描述赋之历史，在充分接受历代小赋基础上研究律赋，并以家学和地缘为纽带充分交流和传承辞赋，文章很有见地。赵逵夫《论汉魏六朝赋风转变的地域因素》[②]从汉魏六朝自然观的演进过程入手，深入探讨了地域因素对赋风转变的深刻影响。此文是该领域前沿的学术成果。

林仁昱《敦煌弥陀净土赞歌的铺述特质》[③]分别从铺述的必要性、面貌、特色与技巧等方面对"敦煌弥陀净土赞歌"进行分析与论证，显现其铺述特质具体展现的意义与作用，引人关注。

龚又丽《〈台湾赋〉中风物之描绘与特色》[④]则以清代中国台湾的近百篇风物赋为主题，具体介绍了有关中国台湾的花卉、建筑、动物、海产、瓜果、特产、生活、节庆等赋作。显然，这让我们对中国台湾的赋学文献有了进一步了解。域外文献是一种特殊的地域文献。侯立兵《唐前诗赋中的狮子书写》[⑤]从西域献狮的朝贡行为中，探讨了唐前狮子赋的描写内容。权赫子《〈哀江南赋〉接受与朝鲜后期辞赋创作》[⑥]从7个方面探讨《哀江南赋》在朝鲜的接受情况，并分析其对朝鲜辞赋书写的影响。

---

① 莫崇毅：《论乾嘉浙西赋学的兴盛与特点》，《问学：思勉青年学术集刊》第3辑，复旦大学出版社2018年版。
② 赵逵夫：《汉魏六朝赋注评》，三秦出版社2010年版。
③ 林仁昱：《敦煌弥陀净土赞歌的铺述特质》，《第十一届国际辞赋学学术研讨会论文集》，陕西师范大学文学院、延安大学文学院，2014年。
④ 龚又丽：《〈台湾赋〉中风物之描绘与特色》，《第十一届国际辞赋学学术研讨会论文集》，陕西师范大学文学院、延安大学文学院，2014年。
⑤ 侯立兵：《汉魏六朝赋多维研究》，人民出版社2007年版。
⑥ 权赫子：《〈哀江南赋〉接受与朝鲜朝后期辞赋创作》，《四川师范大学学报》（社会科学版）2015年第1期。

近百年来，赋学论文数、研究机构、研究队伍空前增加与壮大，而就赋学研究的实质内容而言，也彰显出鲜明的学理化倾向，呈现有"汉赋学""律赋学""辞赋文化学"，以及赋学理论批评系统化、赋学文献整理的规模化的特征。

第二节　汉赋研究的展望

汉赋作为一种特殊的文学现象，它不是一个孤立的存在，而是中国文学发展史上不可缺少的一环。因此，我们要正确地评价汉赋的价值和地位，就必须把汉赋放到文学史、韵文史中作横向的比较和考察，才能得出客观而公正的结论。20世纪初的汉赋研究围绕着"汉赋是否是现实主义文学""汉赋是否是宫廷文学"等问题展开了一系列的争论，研究的角度只是拘泥于汉赋文学本身，没有将汉赋放到文学史的长河中作横向的分析和考察。后来随着汉赋研究的进一步推进，研究者们在这一方面也取得了可喜的成绩。马积高的《赋史》对赋的发展作了通盘的研究，在论及汉赋时他则指出汉赋在我国古代文学的发展上作出了不可磨灭的贡献，为后代作者提供了宝贵的经验。马积高认为辞赋发展的最高成就在唐代，唐赋才是辞赋发展的最高峰！这一论点，正确与否，可以进一步研究，但他用文学史的眼光去考察汉赋的价值和地位，这样的研究方法是值得肯定的。

此外，任何一种文学现象的产生都离不开具体的社会历史背景。因此，汉赋的产生、发展、衰落都是有其复杂的原因的。它既有着同时代的其他文艺现象相同的文化背景，同时还具有自身特殊的发展规律。我们在进行汉赋研究时应该结合汉代具体的社会历史背景，具体分析汉赋的文体特征，对它的价值与地位作出客观的评价。龚克昌全面肯定了汉赋的成就，将汉赋誉为"文学自觉时代的起点"，他虽然对汉赋的评价过高，但在论及汉赋的价值与地位时从汉代具体的历史背景出发，分析了汉赋中各种文学要素的合理性。这样的研究角度影响了许多的汉赋研究者，他们纷纷撰文从汉代具体的背景下重新衡量汉赋的价值与地位，将这一时段的汉赋研究推向了新的高度。

将新的研究方法和理论引入汉赋研究，成为近百年来汉赋的一大亮点。以往的汉赋研究受庸俗社会学的影响，研究方法陈旧而单一，因而往往停留在"汉赋是否是宫廷文学的争论"上，没有重大的突破。而这一时期的汉赋研究者从美学的角度作了有益的探索。万光治运用绘画理论研究汉赋，认为汉赋有图案化和类型化倾向。冯俊杰、何新文、陈洪波等学者也指出了汉赋"以大为美""以奇为美"的艺术特征。他们认为"以大为美"贯穿大赋内外表里和创作始终，是汉赋的艺术本质，并致使其繁荣和泯灭。学者们从社会背景、文体特征、审美特征出发，肯定汉赋在文学史上的价值和地位，这样的观点成为这一时段汉赋研究的主流，他们为汉赋研究的蓦然复兴作出了巨大的贡献。

海外学者对辞赋的翻译因译者个人的学术阅历和译介目的不同而显得不够严谨，且数量和质量都有很大的提升空间。而对中国辞赋的研究仅出自文学史体例的需要，是为了印证世界他国的文学现象，并未看到中国文学的特殊性。译介阶段缺乏中国文学的主体性，而零散研究阶段赋学在海外学者的研究中，因不同的文化传统、价值观念和审美意识而出现了文化形态变异，即使在系统研究阶段，将海外赋学研究与中国赋学研究比照，也可以发现海外赋学研究尚未以世界文学的视野观照中国古代文学的地位。

21世纪以来的赋学研究，无疑处在赋学发展史上的繁盛时期，俨然成为古典文学研究界的"显学"，在中国古代文学研究领域占有重要一席。20世纪80年代，检索到的赋学论文2500余篇。论文发表数"机构排名"前五名是南京大学、山东大学、西北师范大学、安徽大学、湖南师范大学；"作者排名"前五名是许结、池万兴、章沧授、伏俊琏与龚克昌、何新文。

21世纪以来（截至2016年），发表的论文数有近8000篇，"机构排名"前五名是西北师范大学、山东大学、南京大学、首都师范大学、四川师范大学；"作者排名"前五名的是许结（49篇）、刘培（48篇）、踪凡（38篇）、伏俊琏（26篇）、孙福轩（22篇）；发表CSSCI文章统计，排前五名的是刘培（43篇）、许结（38篇）、伏俊链与踪凡（20篇）、郭建励（17篇）。与20世纪的最后20年相比，2000年以后的赋学研究尤为繁荣，论文总数几乎是前者的4倍；传统的赋学研究重镇如南京大学、山东大学、西北师范大学依旧是论文产出和人才培养的重要基地，赋学研究的新领地如首都师范大学、四川师范大学等也逐渐兴起；赋学研究的老一辈学者依然笔耕不辍，而新锐队伍也开始崭露头角。

研究队伍的规模逐渐壮大，20世纪的最后20年，发表论文数超过10篇的机构仅8家，发表论文5篇以上的学者仅6人；而21世纪的16年里，发表论文数超过30篇的机构达36家，发表论文10篇以上的学者达35人。从中可以看出21世纪以来赋学研究领域得到很大的拓展。

1988年许结先生在《〈汉赋研究〉得失探——兼谈汉赋研究中几个理论问题》一文中提出"汉赋学"理论体系建立问题。"汉赋学"研究的内容十分丰富，在21世纪的15年里，主要就汉赋文献的整理、汉赋与经学、汉赋批评史、汉赋研究史、汉赋文化学等问题展开探讨，取得丰硕成果。引人注目的是两部全汉赋注解本的出现，一是龚克昌先生等《全汉赋评注》，该书共评注汉赋70余家195篇（不含建安赋），每篇赋分为作者小传、正文、说明、注释、辨析五个部分；一是费振刚先生等《全汉赋校注》，收录汉赋91家（含一位无名氏作者），有赋319篇，其中可以判定为完篇或基本完篇者约100篇，存目者39篇，余为残篇，每篇赋分为作者介绍、原文、校注、历代赋评。总体来看，二书前者重"评"，后者重"校"，各有千秋，共同为20世纪的汉赋研究作了一个总结，为21世纪的汉赋研究铺上了一块奠基石。

辞赋文献整理方面成果丰硕，尤其是大型文献整理的出版，断代性质的总集如韩格平先生等《全魏晋赋校注》（吉林文史出版社2008年版）、龚克昌先生等《全三国赋评注》（齐鲁书社2013年版）、简宗梧先生等《全唐赋》（台北：里仁书局2011年版）、曾枣庄先生等《宋代辞赋全编》（四川大学出版社2008年版）；地域性质的总集如许俊雅先生等《全台赋》（"国家台湾文学馆"筹备处，2006年）；通代性质的总集如赵逵夫先生《历代赋评注》（巴蜀书社2010年版）等。最为引人注目的赋学文献整理成果是马积高先生《历代辞赋总汇》顺利出版，此书将作家作品按时代先后次序排列，分为"先秦汉魏晋南北朝卷""唐代卷""宋代卷""金元卷""明代卷""清代卷"，收录先秦至清末391位作者的辞赋30789篇。《历代辞赋总汇》是古典辞赋的集成，是首次全面而系统地展现"中国赋"的风采，为赋学研究与辞赋爱好者提供了最完整的创作库存。

21世纪以来的汉赋研究，就其论文数、研究机构、研究队伍来说，都比20世纪的最后20年空前增加与壮大，而就赋学研究的实质内容而言，也远较20世纪的最后20年精深、宏通，彰显出鲜明的学理化倾向，呈现有"汉赋学""律赋学""辞赋文化学"，以及赋学理论批评系统化、赋学文献整理的规模化的特征，但和传统的诗、词等文体的研究现状相比较，赋学研究还明显存在研究不足的现象。

据此，我们认为，今后汉赋研究应着重加强以下几个方面的研究。

第一，域外赋体研究力量有待加强。赋体文学作为中国所独有的一种文体样式，经过一代代的发展，开始向周边邻国传播，对朝鲜半岛、日本、越南等汉字文化圈国家产生了重要影响，形成了赋学创作的热潮。已有一些学者对域外赋体进行了研究，如曹虹先生，她在其著作《中国辞赋源流综论》中有"域外篇"，收录朝鲜赋学创作的 4 篇文章，对朝鲜赋家的辞赋创作进行研究，认为朝鲜赋作虽有模拟的痕迹，但也体现出了自身的领悟与创作力，显示出一定的水准。詹杭伦先生对韩国辞赋予以了关注，对高丽和李朝科举考试中使用的律赋作了分析，并论及李朝用于科举考试的六言赋体，但是域外赋体研究的规模还处于起步阶段，域外赋体成果不易收集，导致目前此方面研究成果不多见。

第二，汉赋或赋学研究的综合性有待提高。一是赋与诗、词关系的研究已取得了丰硕成果，但与通俗文学体式的小说、戏曲的关系，研究还流于表层，不够深入；二是赋与政治、制度文化的研究成果颇多，但与图像、地理、经济等文化形态的关系关注不足；三是古典辞赋与现代辞赋的创作与研究，其间出现断层，民国辞赋研究几乎无人问津。

第三，需要从多元文化视野关注汉赋或赋学的域外传播与接受。中国文化正阔步走向世界，在"走出去"的文化输出过程中会与不同国家进行文化对话和交流。中国古代文学承载着优秀的中国文化，也应是世界文学、文化的重要成分。对中国古代文学研究的观照和梳理是形成文化交流与认同的契机和基础。加强海外学者对中国辞赋研究的成果整理并加以分析，既有利于推动中西文学理论融契与异同探讨，解构和斥正中国文学研究中长期以西方文学理论为导向的病象，同时也有利于揭示中国文化在世界文化交流与传播中的重要意义，从而进一步增强民族文化自信和文化认同。

参考文献

古籍类

（汉）刘向撰，程翔译注：《说苑译注》，北京大学出版社 2009 年版。

（汉）刘歆撰，（晋）葛洪集，向新阳、刘克任校注：《西京杂记校注》，上海古籍出版社 1991 年版。

（汉）司马迁：《史记》，中华书局 1959 年版。

（汉）扬雄撰，韩敬注：《法言注》，中华书局 1992 年版。

（梁）萧统编，（唐）李善注：《文选》，中华书局 1977 年版。

（梁）刘勰著，韩泉欣校注：《文心雕龙》，浙江古籍出版社 2001 年版。

（宋）朱熹：《四书章句集注》，中华书局 1983 年版。

（元）祝尧：《古赋辩体》，《景印文渊阁四库全书》，台北：台湾商务印书馆 1986 年版。

（清）刘熙载撰，袁津琥校注：《艺概注稿》，中华书局 2009 年版。

（清）阮元校刻：《十三经注疏》（附校勘记），中华书局 1980 年版。

（清）章学诚著，刘公纯标点：《校雠通义》，古籍出版社 1956 年版。

（唐）房玄龄等：《晋书》，中华书局 1974 年版。

（唐）韩愈：《韩愈全集》，上海古籍出版社 1997 年版。

（唐）刘知几著，（清）浦起龙通释：《史通通释》，上海古籍出版社

2009年版。

(宋)朱熹集注:《诗集传》,上海古籍出版社1980年版。

专著类

曹道衡:《汉魏六朝辞赋》,上海古籍出版社1989年版。

曹明纲:《赋学概论》,上海古籍出版社1998年版。

曹顺庆:《中西比较诗学》(修订版),中国人民大学出版社2010年版。

陈庆元:《赋:时代投影与体制演变》,广西师范大学出版社2000年版。

费振刚、胡双宝、宗明华辑校:《全汉赋》,北京大学出版社1993年版。

冯良方:《汉赋与经学》,中国社会科学出版社2004年版。

龚克昌:《汉赋研究》,山东文艺出版社1990年版。

龚克昌:《中国辞赋研究》,山东大学出版社2003年版。

郭建勋:《汉魏六朝骚体文学研究》,湖南教育出版社1997年版。

郭绍虞主编:《中国历代文论选》,上海古籍出版社2001年版。

何沛雄:《汉魏六朝赋家论略》,台北:台湾学生书局1986年版。

何新文、苏瑞隆、彭安湘:《中国赋论史》,人民出版社2012年版。

黄焯:《毛诗郑笺平议》,上海古籍出版社1985年版。

姜书阁:《汉赋通义》,齐鲁书社1989年版。

[美]康达维:《汉代宫廷文学与文化探微:康达维自选集》,苏瑞隆译,上海译文出版社2013年版。

李曰刚:《辞赋流变史》,台北:台湾文津出版社1987年版。

林文光选编:《王国维文选》,四川文艺出版社2009年版。

刘师培:《刘师培全集》,中共中央党校出版社1997年版。

鲁迅:《鲁迅全集》,人民文学出版社1973年版。

马积高:《赋史》,上海古籍出版社1987年版。

马积高:《历代辞赋研究史料概述》,中华书局2001年版。

茅盾:《夜读偶记》,百花文艺出版社1958年版。

丘琼荪:《诗赋词曲概论》,北京市中国书店1985年版。

谭丕模:《中国文学史纲》,人民文学出版社1952年版。

万光治:《汉赋通论》,中国社会科学出版社、华龄出版社2004年版。

许结:《中国赋学历史与批评》,江苏教育出版社2001年版。

杨伯峻编著:《春秋左传注》,中华书局1981年版。

游国恩等主编:《中国文学史》,人民文学出版社1963年版。

章太炎:《国故论衡》,上海古籍出版社2006年版。

张书文:《楚辞到汉赋的演变》,台北:正中书局1983年版。

张弘:《中国文学在英国》,花城出版社1992年版。

中国科学院文学研究所、中国文学史编写组编写:《中国文学史》,人民文学出版社1962年版。

踪凡:《汉赋研究史论》,北京大学出版社2007年版。

期刊类

冯俊杰:《大赋的艺术本质》,《山西师院学报》(社会科学版)1984年第2期。

冯沅君:《汉赋与古优》,《中原书刊》1943年第9期。

龚克昌:《汉赋——文学自觉时代的起点》,《文史哲》1988年第5期。

郭芳:《汉大赋衰落原因探索》,《社会科学辑刊》1989年第6期。

郭芳:《文学从这里开始走向自觉——试论汉大赋的意义》,《社会科学辑刊》1988年第3期。

何新文:《关于汉赋的"歌颂"》,《湖北大学学报》(哲学社会科学版)1987年第5期。

蒋文燕:《研究省细微　精神入图画——汉学家康达维访谈录》,载张西平主编《国际汉学(第20辑)》,大象出版社2010年版。

[美]康达维:《欧美赋学研究概观》,《文史哲》2014年第6期。

康金声:《汉赋"歌功颂德"新议》,《山西大学学报》(哲学社会科学版)1992年第1期。

康金声:《试论汉赋的讽谕》,《山西大学学报》(哲学社会科学版)1981年第3期。

康金声:《论汉赋的审美价值》,《文史哲》1989年第4期。

康金声:《论汉赋的语言成就》,《山西大学学报》(哲学社会科学版)1986年第1期。

康金声、陈泳涛:《论汉赋在中国文学史上的地位》,《山西大学学报》(哲学社会科学版)1991年第3期。

李生龙:《近几年的汉赋研究》,《求索》1988年第6期。

刘文勇:《楚化与儒化:阐释汉代文学思想的一个框架》,《西南大学学报》(社会科学版)2008年第3期。

刘文勇:《汉赋文化属性探议》,《广西大学学报》(哲学社会科学版)2005年第4期。

刘文勇:《从比较的视角看中国文论界的焦虑症》,《当代文坛》2012年第4期。

马积高:《论赋的源流及其影响》,《中国韵文学刊》1987年第1期。

阮忠:《20世纪汉赋研究述评》,《学术研究》2000年第4期。

阮忠:《20世纪汉赋研究专著综述》,《南都学坛》2000年第2期。

任增强:《美国汉学界的汉赋批评思想研究》,《东吴学术》2011年第4期。

孙晶:《西方学者视野中的赋——从欧美学者对"赋"的翻译谈起》,《东北师范大学学报》(哲学社会科学版)2004年第2期。

苏瑞隆:《异域知音:美国汉学家康达维教授的辞赋研究》,《湖北大学学报》(哲学社会科学版)2011年第1期。

万光治:《论汉赋的图案化倾向》,《四川师院学报》(社会科学版)1982年第3期。

王缵叔:《略论汉大赋的泯灭》,《文艺研究》1981年第2期。
徐声扬:《论汉赋起源发展和在文学史上的作用》,《中国文学研究》1988年第3期。
许结:《二十世纪赋学研究的回顾与瞻望》,《文学评论》1998年第6期。
章沧授:《汉赋的浪漫主义特色》,《文史哲》1987年第2期。
章沧授:《汉赋的修辞成就》,《中国文学研究》1988年第3期。
章沧授:《汉赋与山水文学》,《安庆师院学报》(社会科学版)1987年第3期。
章沧授:《论汉赋对现实的批判》,《安庆师院学报》(社会科学版)1984年第1期。
张庆利:《近年汉赋研究综述》,《文史哲》1989年第6期。
张子敬:《浅谈赋对山水文学的影响》,《锦州师院学报》(哲学社会科学版)1985年第3期。
郑在瀛:《汉赋闲谈》,《黄石师院学报》(哲学社会科学版)1982年第1期。

学位论文类

王慧:《美国汉学家康达维的辞赋翻译与研究》,博士学位论文,湖北大学,2016年。
钟达锋:《康达维译〈文选·赋〉研究》,硕士学位论文,湖南大学,2016年。

外文专著

Knechtges, David R., *Two Studies on the Han Fu.* Parega1, Washington D.C.: University of Washington Press, 1968.

Giles, Herbert A., *A History of Chinese Literature*, New York: Appleton and Company, 1923.

Waley, A., *The Temple and Other Poem*, London: George Allen & Unwin Ltd., 1923.

Watson, B., *Chinese Rhyme-Prose: Poem in the Fu Form from the Han and Six Dynasties Periods,* New York and London: Columbia University Press, 1971.

外文期刊

Parker, Edward Harper, "The Sadness of Separation, or Li Sao," *China Review*, 1897, 67(5).

Yüh, Sung, & Ed. Erkes, "Shen-nü-fu, the Song of the Goddess," *T'oung Pao*, 1928, 25(5).

外文硕博论文

Knechtges, David R., *Yang Shyong, the Fuh, and Hann Rhetoric,* Washington, D. C.: University of Washington, 1968.

后　记

　　不知不觉，自选题开始至本书出版其实已有十年之久。十年前，我跟随导师刘文勇先生进入中国古代文论研究领域，刘老师给我们安排了汉赋研究的课题，并"指点"我们说，这些题目看似老旧，只要深入研究，坚持下去，未来必定还有蓬勃的生命力。随后，我以20世纪80年代的汉赋研究为主要内容开始了硕士学位论文研究。自那时，我便与汉赋研究结缘，直到今天。

　　毕业工作以后，幸得重庆师范大学文学院的领导和同人支持，我在硕士学位论文的基础上完成了校级青年课题研究。进而，在校级课题的基础上申请了教育部人文社会科学研究课题"20世纪汉赋研究史论"并获准立项。

　　本书即在该课题成果的基础上延展而来。与该课题成果不同的是，本书在纵向上增加了古代汉赋研究史论，在对百余年来的赋学研究梳理之前，本书首先简要回顾了既往先贤学者对古代赋学的研究概况，为本书的主体内容提供了宏大的叙事背景。在横向上增加了对百余年来海外汉赋研究的梳理，凸显"以中国为中心"，对海外汉赋研究的译介阶段和零散研究阶段作了简要介绍，重点整理研究了美国汉学家康达维及其之后的系统汉赋研究成果。

　　经过十余年的研究积累，我的第二个关于汉赋研究的教育部人文社会科学研究项目获准立项，又得重庆师范大学校级出版基金和文学院"精是"文库项目资助，是时候将前一阶段的研究成果出版了，以便开始新一段研究。

在此感谢重庆师范大学出版基金、文学院"精是"文库项目对本书出版提供资助。感谢中国社会科学出版社的郭晓鸿主任、王小溪编辑，感谢她们的支持和帮助！

杨海霞
2022 年 7 月 27 日